文春文庫

おちくぼ物語

田辺聖子

文藝春秋

目次

おちくぼ物語

第一章　おちくぼ姫

萩の咲きこぼれている繁みから身を伸ばして、しきりに部屋のうちをうかがっている、若い男がいる。

年のころははたちほど、この年齢にありがちな、小ずるそうな中にも、どこやら間の抜けた顔つきである。肩のあたりの色が褪《あ》せた、浅葱《あさぎ》色の水干、裾《すそ》が埃《ほこり》で白っぽくなった指貫《さしぬき》、それも色目さえさだかでなく、ぬりの剝《は》げた小刀を一本腰にして、垢じみた首のうしろには、ニキビなど出していようといった風態の青年である。

彼は、勾欄《こうらん》のもとへ近寄り、格子をあげたほのぐらい室内をうかがう。このあたりは、人けもない。簀子《すのこ》の縁も、風に吹き払われる御簾《みす》も、何だか古びて、荒れた感じである。

清少納言は「枕草子」の中で、

「人にあなどられ、軽んじられるもの」のくだりに、

「家の北おもて」

をあげている。

北側といえば、つまり、家の裏側である。

王朝時代のこのころは、貴族の邸宅は、南おもてを正面とする。北は、裏側というか、現代風にいえば勝手口というか……下人たちのすむ下屋《しもや》も、北に設けられる。

りっぱなお邸でも、裏へまわると、むさくるしいもの、日常生活の臭《にお》いなどがみちているものである。清少納言はそのために、「家の北おもて」を見て、取りすました貴顕《きけん》の生活の、裏側をのぞくような気がしたのだろう。

いま、若者のうかがっているこのあたりも、中納言《ちゅうなごん》・源《みなもとの》忠頼卿《ただよりきょう》のりっぱな邸宅の、北のはずれなのである。

この裏庭には、落葉や塵芥《じんかい》が掃きよせられてうずたかくなっていたり、また窪みに雨水がたまって枯葉が降りつむに任せてあったりする。

木々は枝をおどろおどろしく繁らせ、すすきがひとむら、ほうけた穂先を風になびかせている。人に見られる場所でもなし、と、手入れもせずうちすててあるのだろう。

若者はしゃがれ声をひそめて、

「阿漕《あこぎ》さん――阿漕さん」

と呼ぶ。

　すると、簀子の縁の端の、妻戸が開いて十八、九の姿のいい女が出て来た。髪の長い、色白の、身のこなしが生き生きして、はしっこそうな女である。小ざっぱりした蘇芳《すおう》色の袿《うちき》の裾をさばきながら、つかつかとやってきた。そうして、男を見おろし、軽蔑したようにずけずけいう。

「また来たの、性こりもなく……。あんたの用なんか、わかってるわ。なんべん来てもムダってもんよ。さっさとお帰り」

「まあ、そう嫌うなって」

　若者は、阿漕には弱いとみえて、そう無残に言われても怒る様子もなく、顔を赤らめてにやにやする。いや、阿漕という女が、意地悪くすればするほど、若者は心奪われて、呆けたように見とれているのである。

「阿漕さん、たのむよ。おれのご主人の恋文を、あんたの女あるじのお姫さまに手渡してくれよ。お返事はいいから渡すだけ……」

「だめだって、なんべんいったらわかるの、犬丸《いぬまる》のぼんくら」

　阿漕は、可愛らしい顔立ちをしているくせに、言うことばは辛辣《しんらつ》である。

「お姫さまは決してお受けとりにならないわよ。あんたのご主人、典薬《てんやく》の助《すけ》に、帰ってお言い。五十をすぎた中年男のくせに、花もさかりの十七のお姫さまに求愛するなんて、身のほど知らずっていうもんだわ、おまけに典薬の助なんて、身分ちがいというものよ。こちらのお姫さまは、いやしくも、中納言さまの姫君なのよ」

るのだ。
何か、返事をしゃべっていれば、そのあいだだけでも、好きな阿漕の顔を見ていられ
犬丸は、阿漕の顔にみとれながら、強いて反駁《はんばく》する。
「だけど、さ……」

「ご主人の典薬の助さまは、ずいぶんむつかしい病気もなおしてさ、名医という評判なんだ。高貴な方のお邸へも出入りして、身分からいえば同じ位だよ。――それに、こちらのお姫さまは、中納言の姫君といっても、いまの北の方が生んだ姫君ではないんだろう？　いうなら、まま子の姫君なので、このお邸での待遇は、実子の姫君より格段に粗末だという噂じゃないか。まま母にいじめられているよりは、典薬の助さまの北の方になられた方が、いくら幸せだか、知れはしない」

「バカ、バカ、犬丸のバカ！　おだまり！」

阿漕はくやしそうに叫んだ。

「お姫さまはね、ほかの姫君たちより、お血筋は尊いのよ。亡くなられた母君は、宮さまのおんむすめだったんだから。――それに」

阿漕は、イーをするように、下唇をつき出して、

「典薬の助の北の方が笑わせるわよ。あの助平爺は、ちゃーんともう妻子をもってるじゃないの、あつかましい」

「だって、男だもの――男が、一人の妻ですむもんか。身分のある男はみな、何人も妻

をもつのが、今の世間の常識じゃないか」

犬丸はふしぎそうにいう。

「お前みたいなバカには、いったたって分りゃしない」

阿漕は鼻であしらって、

「お姫さまは、そんな男と結婚なさらないんだから——。あたしが、決して、おさせしないわ。お姫さまだけを、たった一人の妻として愛して下さる殿方を、みつけてさしあげるのよ」

阿漕が言いすてて去ろうとすると、犬丸は勾欄のあいだから手をのばして、裾をとらえ、なさけなさそうな声になった。

「阿漕さん、それなら、おれはあんたにぴったり、だぜ——おれなら、終生、あんたを一人の妻として誓うがなあ」

犬丸はべそをかいて哀願する。

阿漕は思わず、ふき出した。

「犬丸ののろま。そこをお放し。お前、主人の使いで来たと思ったら、自分もついでに売りこんでいくのかい？」

「怒らないでくれよ、おれ、真剣なんだから……。これが、ほどほどの懸想《けそう》、ってもんじゃないか。典薬の助さまは姫君に、おれはあんたに。ねえ、阿漕さん」

犬丸は、あわれっぽくいいながら、じつはこんな男に限って、わりあい粘りづよく図々しいのである。

顔がひょこゆがむほど、勾欄にくっつけて、

「あんた、おれのことを無教養もの、と軽蔑してるんじゃないか。おれだって、歌の一つぐらいは詠めるんだ。——〝くれないの、はつ花染めの色ふかく、想いし心、われ忘れめや〟……わかるかい、この心。わからなきゃ、お姫さまにきいてみな。誓うよ、これはおれの初恋なんだよ……」

「バカ、いやらしい、主人が主人なら、下男も下男だよ、お前さんたちはそろって色きちがいだね。お放しったら！」

阿漕は身をかがめて、青年のあたまを思いきり、紙扇でぴしりと叩いた。

扇の骨が当ってかなりこたえたとみえ、

「あいた！」

と犬丸は思わず、両手であたまを防ぐ。

「ひどいじゃないか……そんなに意地わるすることはないだろう。女のくせに男をどやしつけるなんて、あんまりだよ……」

「あたしをみくびると、ひどいことになるよ。あたしは世間並みのお人よしの女じゃないんだから」

「わかりましたよ、これだけ、どやされれば骨身にこたえるよ。でも……」

と犬丸は、さっさと妻戸へはいろうとする阿漕を追いかけて、

「考えといておくれよ、ねえ、阿漕さん……。このごろ、町ではやってる歌、知らないかなあ。〝小車《おぐるま》にしきの紐といて、宵入《よいり》に忍ばせ、わが背子よ――〟ってんだ。とてもいい、ふしまわしで、おれ拍子とって歌うの、うまいんだ。酒一、二合とたべもの持ってくるから、今夜、忍んできてもいいかなあ……」

「きざったらしい、いやみな奴。お帰りッ。帰らないと水をぶっかけるよ。しッ、しッ」

「まるで、野良犬みたいにいうなよ」

「お前の名は、犬丸じゃないか」

「待っとくれよ、あッあッ、阿漕さん……」

縁へよりすがろうとする犬丸に目もくれず、阿漕は妻戸へ入って、かけ金をぱちんとかけた。そうして、姫君の部屋へいそぐ。

姫君は、部屋いっぱいに布地をひろげて、縫物に夢中だった。

「まあ。朝からずうっと、お仕事でございますか。そう、根《こん》をおつめになると、おからだに障《さわ》りますわ」

「でも、お母さまが、たいそうせかしていられたから……」

姫君は、やっと手をやすめ、阿漕をみあげる。――なんと、美しい姫君だろう。

髪がまず、めでたく長い。

そうして多すぎるくらいである。豊かに肩から背へなだれ落ち、衣の裾に渦巻いて、立てば身丈にあまるであろう。

髪の長いのが美人、という、この頃の風からすれば、それだけでもう、美女といっていいが、珠をみがいたような白い面輪《おもわ》の、可憐な、品よい美しさ。そうして、ほっそりした、何か幸うすい運命を思わせる、はかなげな軀つき。

それはまるで、朝日が当ると、露のように消えてしまいはせぬか、というような、あえかな美しさである。影が薄い風情、といってもよい。そのため、姫君の美しさに、高貴なおもむきが添ってはいるが、年齢にしては暗い、さびしい感じである。

ただ、ふと動く姫君の表情に、もし順境に生い立っていたら、もっと陽気に、年齢相応の華やかさが漂っていたろう、と思わせるものがある。

姫君の本性は、あかるくてほがらかなのかもしれないが、現在のような生活の中では、なんの希望もたのしみもないのである。

(陰気に、暗いご気分になってしまわれるのは、むりないわ……)

と、阿漕は同情し、姫君のために、あらゆるものに対して腹をたてている。

姫君に言い寄る、いやらしい五十男の典薬の助にも、(自分に言い寄る、犬丸は黙殺するとしても)姫君の継母の北の方にも。

しかし、典薬の助はともかく、北の方は、この邸の家刀自《いえとじ》であり、実力者であり、当主の中納言の殿でさえ、あたまが上らぬ存在なのだから、召使いの阿漕などが、面と向っていえない。

自然に声をひそめ、

「北の方さまが、いくら、おせかしになってもそこは適当になさいまし。お姫さまがあまり従順に、なんでもはいはい、ということをお聞きになるので、つけあがって、次から次と仕事を持ってこられるのですわ。――あんまりです。まるで、これでは、お姫さまが召使いのようです」

「阿漕。お母さまのことは、わるくいわないでおくれ。わたくしが聞き辛いわ」

「だって……」

と勝気な阿漕は、いったん言い出すと、このへんで、とおさえることができない。

「殿さまの姫君、という点では、みな同じなのに、北の方さまの姫君たちは、あんなに蝶よ花よ、と大事にお育てになって。この前の、三の君さまのご結婚のにぎやかなことは、どうでした？　それなのに、お姫さまは、殿のおん子の数にも入らず、こんなみすぼらしい部屋で、着るものもたべるものも差別せられて、おまけに、ご姉妹や、その婿君のお衣裳を縫うのが役目なんて。いくらご自分の実子でないからといって、北の方さまのなされかたは、あんまりですわ」

「寒くなってきたわ。阿漕、格子をおろして……」

「これは、うっかりいたしました。そのつもりでまいりましたのに」

阿漕はいそいで、格子をおろしてまわる。戸外はまだあかるいが、もう室内は物の隈が濃くなっていて、秋の日暮れは早いのだった。

阿漕は小さい灯をつけた。

姫君は、ようやく倦《う》み疲れたように、裁《た》ちもの台によりかかり、ほうっと息をついている。

それにしても、この部屋の、なんとみすぼらしいこと。はずれの部屋の、しかも、ここは、床の落ち窪んだ、土間のような低い部屋なのだった。

そのため、北の方はじめ、邸の者は、姫君のことを侮蔑的に、

「落窪の君」

と呼んでいる。

阿漕は、それを聞くと、腹が立ってならない。姫君に向って、なんという無礼なあだなだろう。

「君」と呼ばせているのは、さすがに北の方が、父親の中納言をはばかって、わずかに召使いと区別しているのだが、それでも、上に「おちくぼ」などという、ばかにした言葉があるので、よけい屈辱的にひびく。

中納言は、この姫君を、途中から引きとったので、さほど情愛もわかないのか、すべて北の方の宰領にまかせているので、姫君の扱いは、北の方の心ひとつである。

せめて、姫君に、しっかりしたおとなの、乳母《めのと》か、母方の近親者でもいらしたら、こんなむごい待遇は受けられなかったろうに——と、阿漕は思う。

阿漕は、姫君の亡き母上が生きていられたころから、身近にお仕えしていた召使いだった。

姫君と、年も近いので、姉妹のような情感があって、二人はしっくりと心が結ばれていた。

阿漕は姫君を何よりの宝と大切に思い、姫君は阿漕をこの世でただ一人の頼りにする者、と信頼している。

ところが、この阿漕が、姿かたちが美しく、気も利いているのに目をつけて、北の方が、三の君づきの侍女に使うようになった。

阿漕は、姫君よりほかの人に仕えたくないのである。この姫君といつまでも一緒にいようと思えばこそ、叔母や、そのほかの人々が、よそのつとめ口を紹介してくれても、決して、いとまはとらなかったのである。姫君が、ひとり心ぼそそうな様子でいるのを見すてて、にぎやかな三の君の、新婚の女あるじに仕えることなどできない。

姫君は、そんな阿漕をなぐさめて、

「同じ邸の内なのですもの、あちらもこちらも同じじゃないの。……それに、ここでは着るものも粗末で、お前がかわいそうだったけれど、あちらへいけば、お前の着物もきれいにしてもらえるし、かえってわたくしは嬉しいわ……」

阿漕は、姫君のやさしい心遣いに感動して、決心した。三の君に仕えよう。北の方の愛する三の君のもとでは、羽振りがよいので、うまくたちまわって、着るもの食べるもののおこぼれを、くすねることができるかもしれない、と思ったのである。

それは自分のためではない、姫君のためである。

それほど姫君はさしせまって、物質的に窮迫した暮らしなのである。

着物でさえ、まるで阿漕とでは、どちらが召使いか分らない。阿漕の方は、人前に出す侍女だからというので、小綺麗な袿《うちき》を北の方から支給されている。

しかし姫君は古ぼけた白のままの単衣《ひとえ》に、着古してすりきれた、色あせた袴《はかま》、ほそい肩は寒そうに震えていて、若い姫君というより、まるで貧家の老婆のような姿だった。

この落窪の部屋にあるものは、すべてみな、古びてすりきれ、ほころびたものばかり、北の方が、邸の中のすたれもの、お下りなどを姫君に与えるのである。

姫君は縫物がきわめて上手なので、それらを巧みにつづくり合せて身にまとっているのである。

着るものもさりながら、調度や、家具らしいものも見当らない。風をふせぐ几帳《きちょう》や、屏風《びょうぶ》さえ、ないのだ。

北の方は、

「どうせ人前に出ないのだから、身なりにかまわなくてよい。また、落窪の間に、客を通すはずもなし、調度を飾るのは要らぬことです」

というのである。

「追い追い、お寒くなりますから、私がどこかから、几帳を調達してまいりますわ……

今年の春、ここに一つあった几帳さえ、北の方さまが持っていっておしまいになった……そのくせ、西の対《たい》や東の対のお姫さまたちのお部屋には、蒔絵《まきえ》の厨子《ずし》だの、沈《じん》の火桶だのと、それは結構なお道具が、腐るほどあるのですよ。なのに、こちらには、ひとつも下さらない。物惜しみで強欲で……」

阿漕が口をひらけば、北の方のわるくちになる。

「もう、お止し。ぐちや、わるくちは、言うほどに、自分を傷つけるわ。――たのしいことだけ話しましょうよ……三の君の婿君、というのはどんな殿方？　すばらしい方？」

と姫君は、若い女性らしい好奇心を、おさえかねるようにきく。

「そうでございますね、美男子でいらして、蔵人《くろうど》の少将という高いご身分にふさわしい、りっぱな威厳のあるかたですわ」

「まあ」

姫君は、うっとりと、視線を宙にさまよわせた。姫君にとっては、阿漕のもたらす噂話が、唯一の世間への窓口なのであった。

それに、さかしくて、はしっこい阿漕のことなので、観察も描写もするどくて、姫君は、彼女としゃべっていると、楽しく面白い。

阿漕が日頃、目をかけている女童《めのわらわ》の、露《つゆ》という十二、三ばかりの子が、

「お夕食を持ってまいりました。お姫さま」

と、そっとふすまの外からいう。

阿漕は、三の君のところに仕えていても、心はいつも姫君のそばにあって、間がなすきがな、姫君のもとへ来て世話をし、気にかけている。それと同じように、露も、北の方や西の対の姫君たちの目をぬすんで、姫君のために心を砕いているのである。

この子は、無邪気な少女で、やさしい姫君になついているのである。

「あたたかい、あつものがございます。雉《きじ》の肉のあつものでございますよ。台所の婢女《おはした》におあいそをいって、わけてもらいました」

と露は得意そうである。

「それはよくやったわね」

阿漕がほめて、

「せっかくの露の心づくしでございますから、冷めないうちにお召しあがりなさいませ。雉の肉は体があたたまって、夜もよくおやすみになれましょう」

と、姫君の前へ、一本足の高坏《たかつき》を据えた。

姫君はうれしそうに箸をとった。

「お前たちのおかげで、つつがなく生きていられるのだわ。お礼を申しますよ」

「もったいないことを仰せられます。ほんとなら、お姫さまはご身分からいっても、多くの人々に大切にかしずかれていらっしゃるはずなのに……」

と阿漕はいいかけたが、自分の気を引き立てるように話を変えた。

「蔵人の少将は、お年は二十四、とか。三の君さまとはお似合いですが……」

「ですが、なに？」

「どちらもお気が強くって、わがままなご性格らしくて、そこもお似合い。口げんかなさるといい勝負で、聞いてると面白くて」

「まあ、阿漕ったら」

姫君はあつものの椀の、熱さをてのひらにいとおしむように持ちつつんで、ひとくち、ふたくち飲む。

「あつくて、おいしいわ……」

とにっこり、する。そうすると、姫君の白い頰に、ほのぼのと血がのぼって、紅味がさす。それを見ると阿漕は、姫君がいじらしくてたまらず、もっとおいしいものを食べさせてさしあげたくなる。

そうして、つくづくと姫君を拝見して、決して身びいきというのではないが、三の君や四の君よりも、こちらの姫君のほうが、どれだけ美しくていらっしゃるか、わからないと思う。

姫君は世間づきあいもなさらず、（北の方がさせないで押しこめているからである）そのため、世の人に、姫君の美貌は知られないのだけれど、でも、西の対や東の対の女房の中には、姫君の美しさを惜しがる者も多いのだ。

そのとき、遠くはなれた母屋の部屋で、

「阿漕！　阿漕はどこ？」

と呼ぶ声がする。北の方の大声である。

「そら、お呼びになった、次はあたしだわ」

と露がとびあがった。

果して、

「露！　どこへいった？　また、落窪の間へいっていると承知しないよ、この忙しいときに！　露！」

と腹立たしげな声が、だんだん近づいてくる。露はあわてて、出ていく。

阿漕も、腰をあげた。

「では、お姫さま。ちょっとあちらへまいりますわ。――ほんとうに、ゆっくりお話申しあげることもできやしない。三の君のところへ、私は上りとうございませんのに……」

阿漕が嘆息すると、姫君はなぐさめて、

「でも、そのおかげで、お前は、恋人とめぐりあえたじゃないの。あちらを悪くばかりいえないのではありませんか」

といたずらっぽく、ほほえむ。

「まあ、いやでございますよ、そんな、おからかい遊ばしては」

勝気な阿漕が、ふと顔を染めた。

と、はやすぐ近くで、

「阿漕！　呼ばれたら、すぐ来ないかい」

と北の方のいらいらした声がする。

「はい、はい！」

阿漕は大声でこたえ、

「では、また、のちほどに」

と、部屋をそっとすべり出た。

姫君は箸をおいて、高坏をおしやった。

小さな灯が、寒々とした、なんの飾りもない部屋を照らし出す。板の間は、冷気を伝えて、今宵も、うすいふすまでは寝にくいかもしれない。

ただ華やかな彩りは、男ものの装束の布地である。

異母姉妹の婿君たちのものだ。

姫君が、この邸にひきとられたのは、九つの年のことだった。母君が亡くなった後である。父・中納言は、わが邸へ、母のない子を、引きとることにした。

中納言の邸には、古い妻の北の方がいた。

もっとも、だからといって北の方が本妻というのではなく、亡き母君が、中納言の愛人だったというわけではない。

この時代の貴族は一夫多妻の風習なので、男が通う先の女はみな本妻、妻の格や地位に等級や順番はないのである。子供をもうけなくても、妻のひとりにはちがいない。ただ、親の庇護や、連れ添う期間の長短や、子供のかず、さらには、愛情の深さ浅さで、とくに馴れしたしむ妻と、縁うすく終る妻ができるのだった。

北の方は、すでに中納言の邸に迎えられて同居しており、夫婦としての実績は久しい。かつ、男の子を三人、女の子を四人も生んでいる。

そうして、中納言邸の女あるじとして、絶対の権力を手にしている。そういうところへ姫君は迎えられたのである。

（小さいときは、なにごころもなく過ごしていたのだけれど……）

と、姫君は思う。

童女のころは、無邪気に、異腹の姉妹たちにむつんで遊んでいたのだが、そのうち、いつとなく隔てられて、物ごころつくころには、落窪の君、と呼ばれて、家族なみな扱いさえされなくなっていた。

折々の心なぐさめは、亡き母君が手ずから教えて下さった箏《そう》の琴である。

ものおぼえがよい、と母にほめられたことも、今では、はかない思い出になった。姫君は、孤独の憂さを払いたいときは、ときに弾き鳴らすのである。

幸いなことに、この趣味は、禁止されることがなかった。というのは、三男の三郎とよばれる十歳の息子が、音楽好きだというので、北の方は、

「三郎にも教えてやっておくれ」

といったからである。

姫君は、三郎に琴を教える、という名目ができたので、折々、琴を弾きすさぶ。もし、こんなたのしみがなかったら、姫君は淋しさに堪えられなかったかもしれない。

それと、もうひとつの趣味は、ひまのあるに任せて習いおぼえた裁縫である。

けれども、これは、なまじい姫君が器用で、才能があったために、却って自分自身を苦しめることになった。

北の方は、姫君の縫う衣がすぐれて美事に仕立てられているのに目をつけた。

「まあ、――取り得はそれぞれにあるものだね。美人でもない女は、せめて何か実直な手わざを習っているのは、いいことですよ。これからは、あなたに縫物をたのみますよ」

というようになった。

それからは、婿たちの装束を、どっさり、もちこんでくる。夜も眠れぬほど仕事をしていても、まだ仕上らず、すると北の方は、

「このぐらいのことを、おっくうがっていて、どうするつもり。たったこれしき縫えない、というんなら、何を自分の仕事にするの」

と叱るのだった。

姫君は、その険のある口調に、心が萎《な》えていく。北の方に向うときは、いつもびくびくして、やわらかな心を両手で庇うように、警戒的な気持ちになってゆく。

北の方のほうでも、

「可愛げのない姫でいられるんですよ」

と、夫の中納言にいうようになっている。

「ちっとも、なつこうとなさらなくて、いつまでもよそよそしくてねえ。私を、母親とは思えないんでしょう。生みの母親だけを慕っていらして、こちらがいくら心を開いてもそっぽを向いていられるんですよ」

中納言は男の常として、そんな話はにがてである。聞いていて面白くない。

「女の子だから、あなたに任せるよ——悪気はない子だと思うから、ぼつぼつに、しつけておくれ」

と、北の方をなだめていた。

姫君は、はじめて北の方のもとへ連れてこられたとき、

「これから、この方が、お母さまだよ。お母さまと呼びなさい」

と父にいわれた。

そのとき見た北の方は、りっぱな、といえるような婦人だった。たくさんの子供を産んでいたが、体も大きく、色白く豊満で、髪も長く、目鼻立ちもはっきりして、声に力があった。

姫君の母君は、かぼそいやさしげな女性であったが、北の方はどんな点でもたいそうちがう。

「かわいげな子ですこと。眉目《みめ》よい子ですね、大きくなったらさぞ、美しくなるでしょう。たのしみですわ」

北の方はそういいながら微笑して、姫君を見た。

そのとき、子供心にも、姫君は、北の方が口もとは笑っているのに、目は笑っていない気がして、そのちぐはぐなふしぎさをたしかめるように、じーっと、北の方を見守った。

俊敏な童女の、くもりない心に、影をおとす何かを、感じ取ったのかもしれない。

北の方は、あとで夫の中納言にいった。

「じっと、人の顔をみるくせのある子ですね。何か、心をへだてているような、ところがありますわ。――どうして、ああなんでしょう。子供らしい、あかるい無邪気なところがないみたい」

中納言は、そういわれると、そんな気もする。本邸で手もとにおいて育てている子供たちと、すこしどこかニュアンスのちがう気がする。

男というものは、女のことばに影響をうけやすいものである。

「人少ない邸で育った子だから、……人見知りするのだろうね。慣れたらそのうちには、なつくだろう」

姫君は怜悧《れいり》で、何を教えてもすぐ、おぼえこむ。

本邸の子供たちと一しょになって習いごとをするのだが、たちまち、ぐんぐん上達する。

北の方は中納言に向って、いつも、

「一生けんめい育てましたわ、女の子一通りの心得はちゃんと、わけへだてなく、教えましたわ」

と自慢している。

中納言は、たしかにそうだと思って、あたまが上らない。

しかし、それは、姫君が、人なみよりずっとさかしくて、たちまち、読み書き、歌、音楽と、会得《えとく》してしまったからで、あとは自分で、習いとる能力があったからでもある。

だが、そのあとが問題だった。北の方は、自分の娘たちと、姫君を離してしまった。

つまり、姫たちはみな、そろそろ年ごろになり、金をかけなければいけない時期になったのだ。貴族の姫君は、財を惜しまずぜいたくに育てられなければいけない。結婚のために——。

この時代の結婚は、婿取《むことり》結婚である。

娘をもつ親は、金銀財宝で娘を飾りたて、大事にかしずき、宝もののように愛蔵する。そうして、これと思う婿を物色して、通婚を許す。

青年たちが争って婿になりたがるような娘はどんなのかというと、本人の容貌や教養や心ばえは第二義である。

まず、娘の親に経済力があること、権勢家であること、娘を金に糸目をつけず大切に育てていること、であった。

それはすなわち、婿を、厚遇してくれることにつながるからである。

娘は結婚しても親の家にいて、婿を通わせる形になるため、婿の世話万端は、娘の親が見るのであった。

親は新婚の部屋を美々しく飾り立て、婿の食事から衣服のはしばしに至るまで、一切負担する。婿の出世は一族の出世でもあり、一族の財力あげて、後援を惜しまないのであった。

だから、娘を持った親たちの荷重はたいへんなものである。男の子をもった親は、反対に、なにも苦労がなくて気楽なのであるが……。

また、それゆえにこそ、親のない娘ほど、あわれなものはなかった。親が死に、通う婿もない娘は、かなり身分たかい貴族の姫君でも、窮迫のうちに消えるように死んでゆく。

「今昔物語」にも、零落した姫君が、あばらやで、見るかげもなく老いさらばえ、死んだ話が載っている。「源氏物語」の末摘花《すえつむはな》の姫君は、幸運にも、源氏の君に拾われて、安らかな老後を保障されることができたけれども……。

そんなわけで、たいへん「お金のかかる」姫を四人ももった中納言家の北の方としては、わが生みの娘たちに財を投ずるのに精一ぱいで、どうしてもよそ腹の姫にまで手をまわすことができなかった。

世間なみの行儀作法、読み書きぐらい躾《しつ》けたら、あとは、自分の腹を痛めた子供たちの世話役のようにして、邸にとどめておけばよい、とひそかに考えている。

幸い、姫君は縫物が巧みなので、させる仕事はいくらでもあるのだった。ちょっと気の利いた女房などは、縫いものなどをいやがるのである。もともと、こういう仕事は、下級の侍女の仕事なのだ。

中納言家では長女の大君、次女の中の君はもう結婚させ、邸内にある別棟の、西の対や東の対に住まわせている。それらの婿たち、更には、三女の三の君の、今度あらたに取った婿、蔵人の少将、これらの人々の着る衣服を四季につけて、それぞれ新調したり、縫い直したりしなければいけない。そのために、北の方は、よそ腹の姫君を、一生この邸にお針女として飼い殺しにしておけばよい、と考えているのである。

「よそ腹の姫君」のこの邸における地位は、あいまいで中途半端なものだった。

家族でもなし、使用人でもなし、……ましてや、姫君の数にははいらない。

美しくしつらえた部屋で、華やかな衣に包まれて、歌をよんだり絵巻物を見たり、という、物語の中の姫君のような生活は、夢のように遠い。

落窪とよばれる土間のような部屋で、終日、針をうごかしているのみなのである。

「ちょっと気むずかしい人なのですよ」

というふうに、北の方は、夫の中納言にいっていた。

「若い姫にしては気強くて、むっつりしていられて。――気がるに慕い寄ってくれるような、うちとけた人柄ならよろしいのですが、……もしかして、母君が皇族出身だということを、鼻にかけていられるのではありますまいか」

「さあ」

中納言も、娘としたしく話したことはないのだから、何とも返事ができない。

ただ、宮腹《みやばら》（皇族を母として生まれること）の人間は、ほかの人とちがって気位たかく、誇りがあるものなので、わが娘もそうかもしれない、と思うのみである。

しかし、ありていにいうと、北の方は、中納言家よりずっと劣った生まれであったので、出自コンプレックスを抱いているのである。

宮腹、ということにこだわっているのは、ほかでもなく、北の方自身なのである。

とりたてて、姫君が憎い、というのではなく、小さいときは相応に、わが子と共に可愛がったのであるが、自我が出てきて、個性がそれぞれ目立つようになると、北の方は、意識して、隔てを置きたくなってきた。

姫君のほうが、すべてに出来がよい、ということの上に……宮腹の姫、ということに対して、北の方は嫉妬を感じたのである。

この時代の人が、もっとも尊んだのは、血であった。

どんなに美しく、才幹に恵まれていても、低い門閥に生まれたものは、世にもてはやされ、重んじられることはできない。

天皇家に少しでも近い血すじの者は、それだけでも、人にあがめられ、重んじられるのである。

宮腹の姫、というだけで、青年たちは神秘なあこがれを抱くのであった。

北の方は、そのことにこだわりつづけている。

それで、宮腹の姫を、落窪の君、とよばせていることに、女くさい陰湿な快感を感じている。しかし、それも、北の方の心の底ふかく巣くう、女本来の業《ごう》のようなものが、北の方を無意識にそうさせているのであって、北の方は、そういう自分の心の中を客観的に分析するような人間ではない。

何となれば、女だからである。女には、客観的な省察はできにくい。

阿漕が、西の対の用をすませて姫君のところへいってみると、姫君は乏しい灯を前に、筆をとって、物思いにふけっていた。

書きちらされたものを、阿漕がみると、

「世の中に　いかであらじと　思へども
　かなはぬものは　憂き身なりけり」

とある。

(もうこんな世の中、生きていたくないと思うけれども、それかといって、どうしようもない。思うにまかせぬ、はかない身なんだわ……)

というような意味であろうか。

阿漕は胸が詰まったが、声をはげましていった。

「いけませんねえ……お姫さま、こんな、悲しい歌。どうしてそんなことをおっしゃいますか、生きていればこそ、また、たのしい目にもあえるのでございますよ。面白いこと、うれしいこと、どっさり、この先、待っているのでございます……」

「どうしてわかるの？」

姫君は、筆をおいてつぶやいた。

「この先、いいことが待っているなんて、信じられないわ」

「いいえ、いけません。ほんとに、あるんでございますから……」

阿漕は、なぜか、ぽっと頰をあからめた。

「お姫さまとめぐりあうのを待っているよろこびや、うれしいことが、きっとあるにちがいありませんよ」

「阿漕がそういうなら、そうかもしれない。わたくしも気永に待つことにしますか。――でも、どんなよろこびごとがあるというのかしら。わたくしにとって、ほんとうのよろこびというのは、亡くなられたお母さまが、生き返ってくださることだけよ――でも、無論、そんな望みは叶えられるはずもないことなんだし。そしたら、そのほかのうれしいことって何かしら？」

「まあ。よい婿君がお通いになることじゃございませんか」

阿漕は思わず、力を入れていった。

「お姫さま。女の運命は、婿君次第ですわ。お母君さまに死に別れられたのは、とり返しのつかぬご不幸ですけれど、ありがたいことに、女は、よい結婚さえすれば、その不幸は忘れられて、幸福にとって代るものですわ」

「それは、お前の体験談なの？」

姫君は、いたずらっぽくいう――すると、白い頰に、愛くるしい笑くぼが浮ぶ。

「ま、いやですわ。何も、私のことじゃありませんよ」

阿漕はなお赤くなった。

「何にしても、この阿漕が、きっといい婿君を、おひき合せいたしますわ。三の君さまに負けぬようなりっぱな公達《きんだち》を――」

「夢のような話ねえ……。こんなわたくしの所へ通われる物好きな殿方はなくってよ。かりに、すばらしい殿方が現われて下すったとしても、お母さまほど愛して下さるはずもないし」

姫君は、頑固な人柄ではないが、こういう問題にかぎっては、意見を固執する。

「尼にでもなってしまいたい気持ちだわ……でも、たとえ尼になっても、この邸を出て、ひとりで生きてゆくすべはないのですもの。ねえ、阿漕」

「なんでございますか」

「お母さまがお迎えにきて下さらないかしら、と、このごろ、ときどき思うことがあるわ」

「めっそうもないことでございます」

姫君の孤独な、なんの慰めもない生活の苦しさはよくわかるが、こんなに若く美しいのに、「お迎えを待つ」とまで考えるなんて、とんでもないことである。

「そう、いちずに思い込んでおしまいになってはいけません。また、きっとよいこともございますから」

姫君は、物思わしげに、再び書き散らしている。阿漕がそれとなくのぞきこむと、

「われに露　あはれをかけば　たちかへり
　共にを消えよ　憂きはなれなむ」

(私をすこしでもあわれと思われるなら、もう一度、この世に戻り、私を共に連れて死んで下さいませ、お母さま。この世の苦しいことから逃れられるでしょうから)

阿漕は、日一日と、姫君の心が滅入っていかれるようにみえるのが辛くてならない。かといって、先刻、典薬の助の従者がやってきたこと、典薬の助がこの間うちから執拗に言い寄っていることなど、あまりにも、なさけない話なので、姫君の耳にさえも入れていなかった。

阿漕は、姫君の相手として、典薬の助など眼中にない。不如意《ふにょい》な生活だからといって、理想の水準を下げることは、阿漕は、女の誇りからいってもできないと思っている。

むろん、姫君も同意なさると思っているのだった。

「琴でもあそばしませんか。お気が晴れますよ。ひとふし、お聞かせ下さいまし」

阿漕はそうすすめてみた。

姫君が琴爪をはめていると、部屋のそとで、

「阿漕さん……阿漕さん」

と遠慮がちな、露の声がする。

「ごめん下さいまし」

と阿漕が、ちょっと立とうとすると、姫君はやさしくいった。

「お客さまではないの？　もしそうなら、早くいらっしゃい。待ちかねているでしょう。ここは、遠慮しなくてよいから」

「まあ……そんな」

はしっこい阿漕が、返事もできず、消え入らんばかりにしている。

「待ってますよ、あの人」

露は、子供っぽいぞんざいな言い方をする。

まだ色気も解しない、無邪気な取り次ぎである。

「あたしの部屋に通しておいてくれたの？」

阿漕の声は低くなる。

「ええ、火桶にも火をもっていきました」

「それはありがとう、お前はもうおやすみ」

阿漕は自分の部屋へ向かうとき、おのずと急ぎ足になっている。

ふすま障子をあけると、仄《ほの》かな灯の洩れる几帳の奥に、帯刀《たちはき》が、刀を枕元に置いて、

夜具に身を横たえていた。

「早かったのねえ、今夜は。まだお姫さまの御前にいたのよ」

「秋の夜長を最大限に活用しようと思ってさ」

帯刀は横になり、片肘ついて阿漕を見る。

小ざっぱりした、二十二、三の男である。眉が濃く、眼もとの涼しげな、笑った口もとなど卑しげでない若者だが、歯切れのいい物言いが、阿漕におとらず、敏捷《びんしょう》そうな感じである。

「だって、……お姫さまに、〝早くおゆき〟といわれて恥ずかしかったわ。あんたのほうはのんきな身分だからいいけれど、あたしは日暮れどきからはやばやと退《さが》れないんだもの」

「おれだって、そうのんきな身分じゃないさ。でも、日暮れになると、もう、矢も楯もたまらなくなるんだよ」

帯刀は手を伸ばして、阿漕の手首をとらえ、ずるずると引き寄せた。

しどけなく倒れかかった阿漕は、

「あ、待って」

と口のなかで小さくいいながら、重心を失った軀を支えようともがく。

「待てないよ」

帯刀は、阿漕の軀を、その長い髪ごと抱きしめて、

「昼間っから、考えることといったらお前のことばかしさ。……こう惚れちゃどうしようもないと、自分自身を叱ってみても、さっぱりダメだから困ってしまう」

帯刀は、うっとりと阿漕の髪に顔をうずめて、

「ああ、いい匂いだ……」

紅や、蘇芳《すおう》色、青色、さまざまの色の衣が乱れて、花束を散らしたような中へ、黒髪を敷いて、阿漕は押し倒された。

「ほんとに好きだよ、惚れてるんだよ……」

「あたり前よ。あたしに惚れなくって、だれに惚れるの、こんないい女、ほかにいると思って?」

「ちぇっ、可愛げのないやつめ。でも、お前の、そんなへらず口が聞きたさに夜道を毎晩やってくるのさ」

若い二人は楽しげな笑い声を立て、帯刀はもう有頂天で、ところかまわず、阿漕に接吻する。

帯刀は、三の君の婿、蔵人の少将の家来である。

蔵人の少将の供をして中納言の邸へ通っているうち、阿漕を見そめた。

気が利いていて、容子《ようす》のいい若い男だから、三の君の女房たちにも人気があった。

「惟成《これなり》さん、惟成さん」

と、たいそう、もてるのであった。

惟成というのは、帯刀の名である。

阿漕は、三の君のそばに仕えていても、心はいつも、落窪の姫君のもとへ飛んでいるので、帯刀など、気にもとめていなかった。

それで帯刀が、意味ありげな視線や、そぶりをみせても、

(あつかましいやつだわ)

ぐらいにしか、考えていなかった。

帯刀のほうでも、

(つんつんした奴だな。おれなんか、はなもひっかけない、という顔をしていやがる)

と小憎らしく思った。

そのくせ、阿漕が忘れられない。

阿漕は両方の姫君に仕えているので、いつもいそがしくて、朋輩の女房たちとのんびりつきあっていられない。大ていい心せわしく、きりきりと働いている。しかし、人々の前では、はしたなく、ばたばたできないので、つとめて、しとやかに、雅《みや》びやかにふるまっている。

帯刀は、そういう点も、いつのまにか、観察して、変った女だなあと好奇心をもった。

「あなたは、いつもお忙しそうですね」

と帯刀は、機会をとらえては、阿漕に話しかける。

「それでは、恋をささやくおひまも、ありますまい——おさびしいでしょう?」

「恋どころか、むだ話をしているひまさえ、ありませんわよ」

と阿漕は、けんつくをくらわせて、向うへ去ってしまった。

帯刀は、せっせと恋文を書いた。今や、彼の好奇心は、好意から恋へと募ってきたのである。

阿漕からはちっとも返事がなかったが、受け取ることは受け取っていたので、帯刀はあきらめないで、けんめいに求愛しつづけた。そうして、阿漕に会うたびに、こりずに、何度も何度も、くり返しくり返し、吹きこむ。

「あなたが好きで好きで、夜もねむれないのですよ。どうしてくれます？」

「もし私と結婚してくれたら、生涯、あなたのほかに妻は持ちません。八百万《やおよろず》の神々、仏さまに誓って！　一人の夫、一人の妻として愛し合って一生を送るつもりです——浮気じゃない。誓います」

「私はまだ若くて丈夫で、蔵人の少将さまのおおぼえもめでたい。また乳兄弟には左大将さまの御子息、右近の少将さまもいられる。これからも引きたてて下さるだろうから、出世はまちがいなし、ですぞ。あなたに決して苦労はさせません」

帯刀は、はじめ、ちょいと浮気してみてもいいな、というぐらいの気持ちなのだった。しかし、阿漕は、見た目より手ごわい相手だとわかった。勝気で、はしこくて、しかも理不尽なことに対しては、全身で抵抗する。

納得のいかないことには、決して泣き寝入りしない。

そういう鮮烈な気性であることも、おいおいわかってきた。

そんな女に、

(かりそめの遊び)

などとささやいたら、どれほど、どやされるか、わかりはしない。

帯刀は、「たった一人の妻」にする、と誓ってでも、阿漕を、ものにしたくなったのである。本心をいうと、将来のことは成りゆきまかせだと思っているが、とりあえずは、ほかの男が、阿漕をさらってしまわないかと、気がせかれるのであった。

そうして、押して押して、押しまくった。

顔を見るたびに、

「阿漕さん。あんたは、私と結婚するほうが、幸福なんだよ」

と吹きこみつづけた。

阿漕は、すこしずつ、押されて、じりじり後退してゆく。

「なまいきよ、あんたって。なまいきだわ、あつかましいわ、へんな人ねえ……」

と呟きながら、押しまくられて、土俵ぎわへ追いつめられてしまう。

(気のつよい女には、押しの一手さ……)

と帯刀は思っていた。

阿漕の心に微妙な変化がおきた。

いつも自分を見ると、間がな、隙がな、くどいている男、その男が、ちょっと見えな

いと、

(おや?……今日はどうしたのかしら、お供の中にいないわ)

と無意識に、視線でさがすようになったのである。

自分に言い寄ってうるさくつきまとう、うっとうしい男、半ばバカにし、半ば期待のようなものを抱きながら、いつか、帯刀が心に棲みつくようになっていた。

帯刀が三、四度、邸に来ないことがあった。

阿漕は思いきって、露に、探らせてみた。

「帯刀さんは病気だそうですよ。風邪をこじらせて、やすんでいるって朋輩の人がいいました」

露がそういったとき、ふしぎや――、阿漕は猛烈に、腹が立ったのである。

(何さ、――病気になんか、なったりして!――あたしに心配させたりして、なまいきだわ。あんな男は、いつ見ても鬼のようにたくましく、殺しても死なないような体でいなくちゃいけない。人なみに病気するなんて、なまいきだわ!)

しかし、阿漕のしたことは、見舞いの手紙を書いて、こっそり、露にことづけるという正反対のことだった。

「お返事は、明日さしあげるって、帯刀さんは、いいました」

露が、かえってきていう。

「具合が悪そうだった?」

阿漕は、正直いって、心配だった。

「ええ、ずうっと寝ていたそうですよ。髯《ひげ》なんかのびてて、栗のイガみたいになってました。痩せていました――でも、とても、お手紙見てよろこんで、あたしに、お菓子をどっさり、くれました」

露は、きれいな破子《わりご》に詰められた油菓子や、餅を見せた。

「お姫さまにも、さしあげましょうか？」

「いいわ、それは露がひとりでおあがり」

と阿漕がいうと、少女は大よろこびで袖で包むようにして、持っていった。

その夜、阿漕が眠っていると、ほとほとと板戸をたたく音がする。

寒いときだったので、阿漕は、ふすまをかぶったまま、

「誰？」

とひそやかにいうと、答えはなくて、またほとほとと叩く。

阿漕は立っていって、懸金《かけがね》ははずさないまま、戸に顔を押しつけ、

「誰なの？」

といった。声を殺して、

「おれだよ」

と答えるのは、まさしく帯刀である。

「まあ、どうしたの？」

「どうしたのって、おれ、うれしくてうれしくて、寝ていられなくってさ。ちょっと、ここをあけておくれ」

「ダメよ。あたし一人でやすんでる部屋なんですもの」

「固いこと、いうんじゃないよ。おれはまだ病人なんだ」

帯刀の声は、何だか、いつもよりは生彩を欠いているようである。

「こんな寒い、吹きさらしの縁に立たせて、また病気をぶり返させようというのかい?」

「……」

「あんたの手紙を見てうれしかったよ。だから、夢中で飛んできたんだよ。ひとこと、ありがとう、とお礼がいいたくて……」

「……」

「それだけだよ。あんたの顔を見るだけだよ。何しろ、おれは病人なんだ。モノもたべてなくて、力がはいらない。こうして立ってるのが精いっぱいというなさけない、ていたらくさ——阿漕さん、おねがいだ、あけておくれ。ひとめ会って、ありがとう、といいたいよ……うれしかったんだ、おれ」

帯刀のあわれっぽい声、可愛げのある男のセリフに、阿漕は思わず、懸金をはずして、迎え入れた。

帯刀は入って来ると、自分で懸金を閉め、

「もう、離さないよ」

とささやくなり、男の力で抱きしめる。

阿漕は声を立てなかったのである。

「ほんとうに男って、狡《ずる》いんだから」

阿漕は、いまも、あのときのことを、すこし腹たてていう。

「なに？　あれ。おれは病人で、立ってるだけが精いっぱいだ、なあんていいながら、部屋へ入るが早いか、ものすごい力で、あたしの自由を奪うんだもの――」

「すまん」

帯刀は、しかし、一向に、すまない、と思っていない顔つきである。

「だけど、男のあの時の力は別でね、病人だろうと、病みあがりだろうと、関係ないんだよ」

「あつかましいわ」

「お前をだましたわけじゃないんだ」

帯刀は腕を、阿漕の枕にかしていた。

「でも、そのおかげで、こうやって楽しい目を見てるじゃないか」

阿漕のような女に、下手《したで》に出ていたら、つけあがって、いつまでたっても、ラチはあかなかったろうと、帯刀は思っているが、それはいわない。

「長生きしようぜ、こんな楽しいときがいつまでもいつまでも続くように」

と帯刀はいう。

「まるで、爺さん婆さんのセリフみたいだわ」

といいながら、阿漕も、帯刀をほんとに好きだと思っている。

ひとときの情熱の火が鎮まって、帯刀の腕を枕に、彼に抱きよせられ、とりとめもない話を交す時間は、阿漕にとってもいちばんたのしいものだった。

しかし帯刀が、長生きしようね、といったとき、阿漕は反射的に、姫君のことを思い浮べずにはいられない。

早く、亡き母君がお迎えに来て下さらないかしら、と悲しいことをいうようになった姫君に、同情しないではいられない。

「おや?……」

ふいに帯刀は、あたまをもたげた。

「あの琴は、落窪の君かい?」

たえだえの琴の音が、きこえている。まさしく姫君の弾く琴のしらべである。

「落窪の君、なんていわないでちょうだい。失礼な」

「お前は、あの姫君のことというと、夢中なんだね」

「あたり前よ。あんまり不幸せでいらっしゃるもの。あのお姫さまがお幸せになられないかぎり、あたしも心から幸せになれないわ」

「やれやれ。それでは、お前の幸福は、おあずけ、というわけかい? それまで」

「いいえ、あたしが幸福だから、お姫さまにも、早く、幸せになっていただきたいと思うの……」

帯刀は、かねがね、この姫君の境遇を、くわしく、阿漕からきいていた。それを思い出しながら、佳人の琴の音に耳をすましていた。

「それで、美人なのかい、姫君は？」

帯刀は、心をそそられて聞く。

「そりゃあ、もう……。西の対の、ご本妻ばらのお姫さまより、ずっと美人よ。おやさしくて、お気立てのいい方！　でも、このごろずうっと、ふさいでいらっしゃって、おいたわしくてならない……」

阿漕は、姫君の悲しい歌、

「われに露　あはれをかけば　たちかへり
　共にを消えよ　憂きはなれなむ」

「世の中に　いかであらじと　思へども
　かなはぬものは　憂き身なりけり」

を、教えてやった。

「ふうん。——それにしても、その継母の北の方、っていうのが、おれは腹立つねえ。あるじの中納言は、何もいわないのかい？　自分の娘の一人にはちがいないのに」

「それが、北の方さまにあたまの上らないかたなの。男のくせに」

「男だから、そうなのさ。男というものはみな、妻にはあたまがあがらない。おれもその通りだ」

「うそ」

「あれ。なぜ、うそなんていう。おれはお前のいうまま気ままだよ。ためしてみな」

などとふたりで、ふざけて仔犬がじゃれあうように、肌をさぐり合っているのもたのしいのだった。

「北の方を、あっといわせるような、いい婿君を、お姫さまにさがしてさしあげたいわ」

と、またしても阿漕はそこへ話がくる。

「どうせ、親が承知しないだろうから、こっそりと通うことになるな。そのうち婿君のお邸へ引き取られるというような、そんな結婚なら、いいんだがね」

「そうね……ああ、でも」

阿漕は、ためいきをついた。

「お姫さまは当分、結婚ばなしには見向きもなさらないわ、きっと」

「しかし、結婚なさることよりほかに、この邸から出る可能性はないんだからね」

帯刀は、阿漕の頬をつついた。

「何かといわれても、そこは女さ。——いざとなればまた、気も変るさ、ちょうど、お前のように」

「なんですって」

「いやだいやだ、といいながら、どうだい、今は。男って、やっぱり、いいもんだろう？」

「知らない、あんたなんか、大きらいよ」

と阿漕は跳ね起きた。しかし、長い髪の端を、帯刀に押えられているので、苦もなく、またひきよせられてしまう。

「ばか、ばか。ばか」

と阿漕は海老のように反りかえって、帯刀から身を離そうとつっぱっていた。

「なんてまあ、やんちゃなお姫さまだ、因果なことに、おれは、やんちゃが大好きときてるんだよ」

帯刀は、筋肉のすばしこく動く、いきいきした女の軀を、嬉しそうに抱きしめる。全く、二人でいると、秋の夜長も、短いのである。

帯刀の母は、左近の大将でいられる高官のお邸に奉公している。

左大将のご子息、右近の少将とよばれる公達《きんだち》の乳母なのである。

帯刀は、右近の少将の乳兄弟というわけで、こちらのお邸へもしげしげと参上する。

この右近の少将は、権門の生まれではあり、美青年でもあって、奔放闊達《かったつ》な性質であるところから、かなり遊び好きの若殿様と思われている。

しかし、まだ、さだまった北の方もなく、その上どこか、人に愛されるようないい性質をもっているためか、世間の評判はそんなに悪くない。

少将は、自分と同いどしの乳兄弟・帯刀を身近に使って、色ごとの相談あいてやら、公務のぐちやら噂ばなしやらと、へだてない話あいてにしていた。

帯刀が参上すると、さっそく少将は、

「おい、また、ばあやの説教だよ」

と笑った。

気品のある面立ちの青年貴族だが、その表情には、柔媚《じゅうび》というよりむしろ、剛直な、強いものがある。そうして、その口調は、率直で、きっぱりしている。それが、いい出したらきかない性質を暗示するようでもある。

「何でございます。また、北の方をはやくお定めあそばせ、ということですか」

と帯刀は、自分の母と少将を見くらべて座を占めた。

乳母である母は、帯刀と少将の、どちらがかわいいかといえば、少将の方がかわいいくらい、愛しているらしい。

「いつまでも夜歩きばかりなさっているのは、ちゃんとした北の方がいられないせいで、世間の聞こえも悪うございますよ」

と、乳母は熱心にいった。帯刀によく似た、まだ若い、元気のいい乳母である。少将をほれぼれと見あげて、こんなにりっぱな若い公達には、どんなにすばらしい姫君でも、勿体ないくらいだと信じていた。

じつのところをいうと、あの姫君、この姫君、と、いくつもそれらしい話はもちこまれるのであるが、乳母が高望みしているのであって、右近の少将がその気になれば、姫君をもっている親ならすべて、双手をあげて歓迎したであろう。

身分家柄といい、才幹風采といい、右近の少将は、非のうちどころのない婿がねで、前途洋々たる青年だから、どこでも争って、わが家へ迎え、娘と結婚させたがるはずである。

しかし、右近の少将自身、まだ、定まった北の方をもちたくない、という気があるらしい。

まだしばらくは、このまま、あちらの花、こちらの花を賞《め》でて、気楽な独り住みでいたいと思うらしい。

帯刀と男同士のうちあけ話には、恋の冒険が、かならず出てくる。

この時代の貴族の結婚は、未婚の姫君の噂を、姫君のまわりの人々が、それとなく世間へ伝えることからはじまる。

姫君は、いずれも邸の奥ふかきところにとじこもり、容姿を人に見せることはない。

男は、その噂を聞いて、「まだ見ぬ美女」にあこがれ、恋文をおくる。それに対して、姫君の周囲の人々がいろいろ判定して、それなりの返事をかくが、その場合、たいがい女房や乳母などが代筆している。

文のやりとりが順調にすすみ、姫君側に応ずる色がみえると、男は忍んで通う。そうして、その翌朝、後朝《きぬぎぬ》の文を書くが、これは早ければ早いほど、男の愛のあかしなのである。

そうして、やがて女の親がみとめ、結婚式を正式にあげる。これを「ところあらわし」といい、姫君の一族をまねいて、はじめて婿を紹介する。

女が男の家族になるのではなく、男が、女の家族の一員として、みとめられるのである。

忍んで通っているあいだは、夜おそく来て、翌朝早く、人目にたたぬうちに帰らないといけないが、「ところあらわし」をして、新夫婦かための儀式である「三日夜《みかよ》の餅」をたべると、公然たる婿であるから、昼間も、おおっぴらに女のもとにいられる。

何年かして、男が女を自邸にひきとると、これが嫡妻《ちゃくさい》となり、北の方、とよばれるのである。

また、姫君の親と、男の親が、とりきめた、家と家との結婚、というものもあり、親のいる姫君は当然として、そのケースが多かった。

これぞと思う婿がねを物色して、女の親が人を介して申し込む。

「源氏物語」の、光源氏と葵の上の結婚などは、親のきめた、いいなずけ同士のそれである。

そういう場合でも、はじめからすぐ女の家で住むのでなく、形式的にでも、男は女のもとへ通い、そののち、女の家に長くいるのである。

けれども、女の家を、常時のすみかとばかり、するわけでもない。光源氏も、自分の邸、二条邸を持っている。この時代の貴族は、遺産の邸宅を、父方、母方、どちらかからゆずられて所有しているものが多いし、そうでなくても、親の邸の一部に住んでいた。

そうして、女のもとへ通うのである。

また、たとえ、自邸にひきとって北の方としようとも、貴族の邸宅は広大なものだから、妻と夫のいるところは、棟がちがう。夜、べつの女のところにこっそり出かけていってもわからないようになっている。

藤原兼家《ふじわらのかねいえ》という貴族などは、終生、自分の邸に嫡妻をおかず、家では一人でのびのびと暮らしていて、方々の妻のもとへ通う。男にとっては理想的な暮らしであろうが、奔放な色ごのみだったので、妻の一人に怨みをこめて書かれることになった。それが「蜻蛉《かげろう》日記」である。

貴族たちはたくさんの妻を持っていたから、自我のある女は、苦しまずにはいられなかった。嫉妬と憎悪は、男が教えたのである。

しかし、それらの女たちはまだよい。男たちが、妻の一人として待遇をしていてくれれば、生活に不自由はなかったし、社会的にも尊敬されたから。

しかし、忍んでくる男に実《じつ》がなかったりしたら、女の運命はあわれである。そういうとき、自分で身を守る才覚は、そのころの深窓の姫君にあったとは思えない。

欲に釣られた不心得な女房たちが、とんでもない男を手引きしたりして、何の力もない無垢《むく》な姫君を、無残な運命に転落させることは往々にしてあった。親がどんなに気をつけていても、そばに仕えている者たちの才覚ひとつで、男が通ってくることはいくらでもできるのだった。

やたらと広い、ものまぎれのしやすい邸宅。夜の暗闇。この時代では、月がなければ、全く、黒漆を流したような、まっくら闇で、一人二人忍びこんだとて、わかるものではない。

親の知らぬまに、姫君に忍んで通うのを、

「盗む」

といった。

そのころの世間知らずの姫君の中には、自分が「盗まれて」いることさえ自覚できない、何が何だか呆然として、なすすべもない、というお姫さまもいたことであろう。

しかしまた、「今昔《こんじやく》物語」などでみると、祈禱僧《きとうそう》と積極的に通じて、親から勘当された、勇気あるお姫さまもいたようで、むろん、それは、姫君といっても、それぞれの個性があったのは当然である。

さて、右近の少将も、この頃の青年貴族らしく、夜になると、あちらの邸、こちらの別宅の若女房たちに通いあるいて、浮名を流していたが、さすがに、ちゃんとした家柄の姫君をひそかに「盗む」などという大それたことは、まだしたことがない。

盗んで露顕したら、いやおうなく婿にされてしまう。その姫君が、幸い、好きなタイプだと好都合だが、「盗んで」みて、げっそりと落胆させられるような相手だったりしたら、何とも進退きわまってしまう。美人だという噂だったのに、とあとでくやしがってもおそい。何しろ、婚約を前提としたつきあいをしようにも、手紙のやりとりばかり、それも自筆なのやら代筆なのやら、雲をつかむようにたよりないのだから、勇気のある好色な青年は「盗む」ほうが手ごたえがある。

しかし、親が権力者だったりすると、「盗む」のは、自分の政治生命を賭けねばならぬ場合がある。

少将はあとが面倒なので、そういう大ものの姫君を盗むのは敬遠して、もっぱら浮気者で男ずれした、気の利いた若女房たちを漁《あさ》っているのである。

少将は、毎日、愉快である。華やかな宮廷生活、健康、若さ、恋、酒、歌に女たち……。北の方を迎えて身を固める、なんぞという気にはなれない。

「いつまでもそんなことをおっしゃって、ぶらぶらなさっていてはなりません」

と乳母はきびしくいう。

「お友達の蔵人の少将さまをご覧なさいませ。ちゃんと、中納言家の三の君と結婚あそばされて、お邸では、下へも置かぬもてなしで、大切にされていらっしゃるとか。殿方は、それでこそ世間の信用も重くなるのですよ。しかるべきお家柄の姫君の婿になられてこそ、一人前の殿方でございますよ」

「わかったよ。いずれは、そうするよ」

「いずれは、いずれは、でもう二、三年たったではございませんか」

乳母は、いつも何か、あたらしい情報を聞きこんできていた。

「二条の大納言家《だいなごんけ》のお姫さまはいかがでしょう？　すこし、お年かさで、ごきりょうのほうも、もう一つ、という所らしいのですが、何しろ、ご裕福なおうちでございますから、婿君の待遇は、なみのお家は、及びもつかぬほど豪勢になさるらしゅうございますよ」

「結婚はしないで、婿の待遇だけ、してもらうわけにいかないかね。金のあるのはいいが、年かさで、ぶきりょうな女など、ごめんだよ」

「また、そんな冗談を。まじめにお聞き下さいませ。兵部卿《ひょうぶきょう》の宮さまのお姫さまは……」

「ああ、あれはいやだ、あの親爺は好かない。気の合わぬ舅《しゅうと》と婿ほど、居辛いものはないよ。私の友人でも、いやな舅に悩まされている男はいっぱい、いる」

「そう何もかも、いやだとおっしゃってはしかたがございませんねえ」

と乳母は匙《さじ》を投げたが、しかし、縁談や出産、葬式の話は、女のもっとも好む話題である。乳母はこりずに、あの姫君、この姫君の噂を、少将に聞かせるのである。

たぶん、しかるべき姫君たちの情報を、しかるべき婿がねに流してゆく専門の役の人々がいるのであろう。

「惟成や、お前は蔵人の少将さまについて中納言家へ参上するようだけれど、あそこにはまだ三の君のお妹、四の君がいらっしゃるという話だねえ、どんなお方？　美人なの？」

　と乳母は、息子の帯刀からも、情報蒐集《しゅうしゅう》を強要しようとする。

「さあ。まだこどもでいられるのではないですか。美人かどうか、どうして私ごときにお顔が拝めますものか――。しかし、妹君よりは、もっと適齢の姫君が一人、いらっしゃいます。何でも、たいそうな美人だそうですが、北の方の実のお子ではないそうで、あるかなきかに扱われていらして、住んでいられる部屋も、床の落ち窪んだところで、あわれなご境遇だとか――」

「そんな方がどうなるものか、お前、少しは、若さまに似つかわしいような身分のお姫さまを探しておくれ。お前の話は、まるきり、何の役にも立ちはしない」

　と帯刀は、叱られてしまった。

「惟成。いまの話だがね」

　少将は、別の部屋で、帯刀と二人だけになると、さっそく、いった。

あたりに、誰もいないのをたしかめて少将は、

「その、中納言家のまま姫とは、どんな方だね」

　と、男の好奇心をあらわにみせて聞く。

　事実、少将は、帯刀にちらりと聞いて、にわかに好奇心をかきたてられたのである。

親たちが金に飽かして育てあげた娘、というのに食傷させられている少将は、薄幸な身の上の姫に、興味をもったのである。

美人で、あわれな身の上、というところに男の庇護本能をそそられたのかもしれない。

帯刀は、得たり、と阿漕から聞いた話を、あらいざらいしゃべった。もともと、少将と帯刀は、なんの秘密もわけへだてもない仲なのである。そこへもってきて、帯刀は、胸ひとつにたたんでおく、ということのあんまりできない、軽々薄々たるところがある。

姫君が宮腹でいられること、毎日の、継母・北の方の虐待、姫君のさびしい日常。

帯刀は、阿漕から聞いた姫君の歌まで披露した。

「うーむ。いじらしい姫君じゃないか」

少将は、すっかり心うごかされたようすだった。

「だいたい、今どきの大家の姫君というのは、みな思いあがっているからなあ。親の威光をかさに着て、夫を夫とも思わぬ傲慢な妻が多いのだそうだ。私の友人どもは、みな、そういっている。あの、蔵人の少将も、三の君と結婚して難儀しているそうじゃないか、私にもこぼしていたよ」

「へへへへ。お仕えしているご主人のことをわるくいうのも何ですが、蔵人の少将さまの方も、すこし、浮気がすぎますようで、それを、姫君の方はご不快に思われるのでしょう」

「うるさい妻なら持たぬ方がましだな——ところで、その姫君は、ほんとうに美人なのかね？」

「はい、おそば近く仕えている女房がうけあうのですから、まちがいございません」

「その女房が、お前の妻なのか？」

「まあ、そういうところで」

「妻も、美人なのかい？　話に聞くところでは、ひとかたならず奔命《ほんめい》して手に入れたそうじゃないか」

「それだけの価値のある女でして」

「こいつ。ぬけぬけと」

「まず、あんな、いい女はいません。若くても気働きがあり、親切でやさしくて、美人で気性が烈しくて、話してて面白く、抱いて面白い。あうたびに惚れ直します」

「おのれ。許さん。ぬけぬけとのろけた罰に、私を、その姫君のもとへ案内しろ。いいや、絶対に、私はあとへひかないぞ。お前の妻の手引きで、姫君の部屋へ入れてくれ」

帯刀は、こまってしまった。

そんなことをいったら、阿漕にどれだけ、どやされるかしれない。それに、少将は、帯刀のみるところ、中納言家で重んじられないまま姫ならば、「盗んで」もさして問題になるまいと、たかをくくっているらしい気配もある。

そんなことが知れたら、なお阿漕の憤激を買うであろう。

「いや、しかし、姫君は何とお思いになるでしょうか。結婚、なぞということは、思いもかけられぬようでして。まあ、追い追いに、あなたさまのお気持ちを話して、うまく持ちかけることにいたしますので、今が今、というわけにはいきますまい」

「いや、まてないよ。ともかく、私を部屋に入れてくれたら、いいのだ。幸い、親の部屋から離れて、落ち窪んだところらしいから、こういう場合は便利だ。忍んでいったと て、誰も気付くまい」

「それはそうでございますが、姫君よりもまず、私めの妻を籠絡《ろうらく》しませんと、これが、なかなか、シタタカものでございます」

「そこを、いいくるめるのが、夫の貫禄じゃないか」

えらいことになってきた、と帯刀は思った。

少将の期待しているのは、たぶん、いっときのスリルにみちた情事であろう。

しかし、阿漕の期待しているのは、姫君を真実な男性の手に託し、幸福な、永続性のある結婚生活を送らせることであろう。

帯刀は、しぶい顔になった。

まさか、若君の少将に向って、

(つまみ食いは、あきまへん)

と釘をさすこともできない。

翌日の晩、阿漕のもとへ出かけたとき、帯刀は、いおうかいうまいか、すこし迷ったが、

「お前は、姫君を、誰かまめやかな男の手に盗ませて、北の方の鼻をあかしてやりたい、といっていたが、ちょうど恰好のかたが、つい手近にいられたよ」

ともちかけてみた。

果して阿漕は眼を輝かせ、

「えっ。だれなの？」

とうれしそうに聞く。

「お邸の若さまだよ――左大将どののご子息、右近の少将・藤原道頼さま、さ」

「まあ」

「ちょっと、姫君のお噂をしたものだから、……とても恋いこがれられてね、姫君とのことをとり持ってくれ、といわれるのだ」

「でも、あのかたは色好みって評判よ」

いざとなると、阿漕はきびしい選択をするのである。

「あちこちに恋人がたくさん、いらっしゃるとか。お姫さまへの恋が真実かどうか、わかるもんですか」

「いや、そんなことはない、まじめな方だよ。おれとおんなじだ。この主人にしてこの家来あり」

「まあ、少将さまの話は、もっとよく考えてからね」

と阿漕は冷淡にいう。

「それに、お姫さまはとても、そんな気にはなられないようだし」

「おれはどう返事すればいいんだい、少将に。子供の使いじゃあるまいし、追い返されて手ぶらで帰れないよ。いっぺん、その話を、お姫さまの耳に入れるだけは入れておくれ」

「だって……」

「お前は、おれが少将のごきげんを損じて、お邸にいられなくなっても、いいのかい。ひいては、お袋までお邸をしくじって追い出されるようになっても、いいのかい」

「しょうがないわねえ……」

と阿漕は考えて、

「じゃ、まあそのうち、それとなく、お姫さまのご意向をうかがっとくわ」

といった。

実のところ、これは阿漕の策略である。

右近の少将、という名前を聞いたとき、しめた、と思ったのだった。

三の君の婿、蔵人の少将と対抗できる青年貴族としては、当代には、右近の少将をおいてほかにない。阿漕は、姫君の結婚相手の候補者として、ひそかに、帯刀の乳兄弟の若殿を考えていたのである。

しかし、自分からそれを言い出しては、姫君の値打ちを下げることになる。おしゃべりな帯刀が、若さまにしゃべることは目にみえているので、せっせと帯刀に、姫君のこ

と宣伝し、

（どこかに、よい婿君が……）

といい、いい、してきたのであった。帯刀はまんまとひっかかって、少将に告げ、少将は、色気を示しているらしい。

しかし、阿漕は、まだまだ、許さないではねつけていくつもりである。拒否されればされるほど、男の執着は増し関心はたかまるであろう。

その間に、長く時間をかけて、姫君を説得しなければいけないし……阿漕としては、いろいろ、もくろみや思惑があるのだった。

それで帯刀に怨まれると、困ったような顔をみせて、

「仕方ないわねえ、じゃ、まあ、申し上げるだけ申しあげてみるわ」

としぶしぶ承知した風をみせた。

帯刀をあやつるのは、阿漕は簡単なのであるが、姫君を説得するのは、これは難事業であった。

阿漕は、朝になると、さっそく姫君の部屋へいった。

「まあ、やっと世間の風が吹いてまいりましたわ、お姫さま。求婚なさる殿方があらわれました、なんと、右近の少将さまですわ、あのすばらしい方！……私の夫の、帯刀を、いつも親しく召しよせられていまして、ぜひに、という熱心なお申しこみですのよ！」

若い姫なら、心うごくはずの話なのに、

「そうお」

と姫君はしずかにいうだけである。

「いつまでもそうやって、お一人で暮らしていらしてもつまりませんわ、こんなお暮らしではお気の毒ですし」

「でも、お父さまや、お母さまのお許しは出ないでしょうよ、きっと」

「いいえ、お許しなぞ、待っていられることはありますまい。ひそかにご結婚を……」

「そんな、勝手なことは、わたくしにはできないわ……お母さまがどんなにお怒りになるか、おそろしいわ、考えただけでも」

と姫君は、身ぶるいせんばかりだった。

そのとき、北の方の声がひびき、二人とも、ぎょっとなってしまった。

「阿漕！　どこにいるのだい。三の君に、朝のお手水《ちょうず》をさしあげなさい！」

と、北の方は、呼ばわっている。

「早く、おゆき」

と姫君は、気が気でないようにいう。

「はい、……でも、このことはよくよく、お考え下さいましね、少将さまなら、ふさわしいお方でございます」

阿漕はそういって、姫君の前を退ったが、姫君は返事もしなかった。

阿漕はその一方、帯刀に向っては、

「あそび心で、少将さまがいられるとしたら、とんでもないお心得ちがいよ」

と強くいっておく。

「いつまでも見捨てず、お姫さまお一人を愛していただかなければ、困るのよ」

「そいつはどうかなあ……少将も男だから。男は、一人の女だけを愛するって、むつかしいんだよ」

「おや、じゃ、あんたはどうなの、え!」

「おれはちがうよ、おれは……」

「じゃ、あんたは男じゃないっていうの」

「そう、苛《いじ》めるな、ってば……」

帯刀も、阿漕にかかっては、かたなしである。

帯刀は、少将の邸へ参上して、

「まあ、気長にことをはこばなければ、どうしようもないですな。親でもちゃんとしていれば、話をまとめるのを急ぐでしょうが、なにしろ、父君の殿も、北の方に丸めこまれていられるようでございまして、この北の方というのが、姫君のことはこれっぽちも、かまわぬ人でございますから……」

と、少将にいった。

「おいおい、誰が公然と婿になるといった」

少将は笑いながらいう。

青年にとっては、笑いながらいうことにすぎないのだ。

「私にこっそり、姫君を盗ませてくれ、というのだ。可愛ければ、こっちへ迎え取るし、そうでなければ、世間がうるさいからといって、捨ててしまえばいい」

「それができるくらいなら、おれもやってみたいや――」

「何だって？」

「いえ、こっちの話でございます。そのへんのお気持ちをはっきり承っておきませんと、何しろ姫君についている女が、手に負えぬ、じゃじゃ馬でございますので、怖いのです」

「何といっても、かんじんのご本尊をおがんでからの話だ。姫君も見ないで、邸に迎えるかどうか、など、きめられるものか。まあ、ともかく、姫君に会わせてくれ、せいぜい、大事にするさ」

と少将はいった。

「せいぜいとは、張り合いのないお言葉ですな」

帯刀は聞き咎めて非難する。

「そういうおつもりでは、私めが、仲立ちの女にやっつけられますので」

「気むずかしい奴だな。精出して大事にする、といおうとして、言いそこなったんだよ」

少将は笑って、

「早速だが、これをたのむよ、手始めに」

と手紙を渡した。

帯刀は少将のやりかたが手早いので、阿漕がどういうかと、浮かぬ顔だった。少将の情事にはたいていお供して、その強引な駆けひきを見ているので、これは、阿漕とのあいだに立たされて、こまったことになるのではないかと、帯刀は心配だった。しかし、仕方なく阿漕にその晩、会って、

「じつは、少将からお手紙をことづかってきたのだがねえ」

と手紙を渡した。果して、

「まあ、かるはずみな……。まだ、こちらの様子もわからないのに、お文だなんて。あんた、あることないこと、申しあげたんじゃないの、なさり方が軽薄だわ」

阿漕は、手紙に手もふれず、いう。

「姫君には、お取りもちしないでおいた方がよさそうね」

「そんなことないよ、やはりお返事もらった方がいいよ。悪い縁じゃないのだから、どんなことで、どんな風になられるか、わからない」

阿漕はしぶしぶ、というふうに手紙を受け取ったが、内心、よかった、と思っていた。

さっそく姫君のところへ馳《は》せつけて、

「申しあげました、例の、少将さまのお文ですわ。お返事をひとことでも」

といった。姫君は首を振って、

「とんでもないわ。お母さまがお聞きになったら、なんとおっしゃるでしょう」

と手もふれない。

「それじゃ、北の方さまが、お姫さまのことを、お心にかけて下さるとでも、おっしゃるのですか。北の方さまをお気になさることはないと存じます」

といっても、姫君はだまったままなので、

「失礼します」

と阿漕はいって、手紙をひろげ、紙燭《しそく》をとぼしてみると、ただ一首の歌が書きつけてある。

「君ありと　聞くに心を　つくばねの
　見ねど恋しき　なげきをぞする」

(美しいあなたのお噂をきき、まだお目にはかかっておりませんが恋いこがれて、ためいきをついています)

男らしい、さっぱりと力強い筆蹟である。

「おみごとな、お手だこと」

阿漕は姫君の心をひくように、ひとりごとめいていうが、姫君は取り合わないので、手紙を巻いて、櫛箱に入れ、退ってきた。

「どうだった、ご覧になったかい」

と帯刀は待っていた。

「それがねえ、お返事もなさらないの。しかたないので置いてきたわ」

「なるほど。どういうお気持ちなのかな。こうして、たよりないお暮らしをなさってるよりはいいだろうに、ねえ。おれたちのためにも、好都合なんだがなあ。もし、少将と姫君がいっしょになられれば、これからもっと再々あえるんだから」

帯刀がついと、阿漕の手をとらえようとするのを阿漕はふり払って、

「少将さまのお心が真実だとわかれば、そのうちには、お姫さまもお返事なさるでしょうよ」

といった。

姫君は、阿漕が立ったあとも、少将の手紙を見る気もおこらない。親の庇護もない、貧しいうらぶれた女のもとへ、真実をもって通う男など、あろうとも思えない。

世の男は、女の家の富や権力ばかりに関心がある、と姫君は聞いたことがあった。話に聞く、三の君のはなやかな生活環境ならばこそ、男も通ってくるだろうが、この寒空にうすい衣で震えているような女に、どこの物好きが寄ってくるというのだろうか。

あくる朝のことだった。

ふいに、父親の中納言が、

「どうしているね。しばらく見ないが」

と、姫君の部屋をのぞいた。

めったにないことだが、折々、思い出すのも、親の情なのであろうか。

実は、中納言は便所へいったかえりに、寒かったので、姫君を思い出したのである。こう寒くてはどうすごしているであろうかと、ひょいと覗いてみると、姫君は古ぼけて、白がねずみ色になったような単衣に、色あせた袴をはき、寒そうに震えていた。身なりはひどいのに、髪はさすがに美しげに肩にこぼれかかっている。

中納言は、

「寒くないのかね」

といって、そこへ坐った。

中納言は初老の年ごろだが、年齢より老けていて、痩せた、気むずかしい老人である。もともと、やさしい言葉を惜しまずに口にする、とか、しみじみと情理をつくしてものいう、とかいった、ものなれた柔軟な人がらではないのである。だから、ぽっきりと、それだけをいうのも、中納言にしてみれば、たいへんないたわりである。

寒い、といえば、ひいては北の方の待遇ぶりを非難することになるので、姫君はこまってしまって、だまっていた。

「身なりがすこし、ひどいようだね。着るものはないのか」

父の中納言は、眉をひそめていうが、姫君はうなだれて、返事に窮していた。

「どうして、そんなひどいものを着ているのだね。若い女が、みっともないではないか」

中納言はそういい、姫君がはずかしさにあかくなって、返答もできないでいるのを、ちがうように解釈した。

「私も、お前のことは気にかかっていたのだがな、あちらの子供たちに、ちょうど手を取られるころだったので、ついつい、そのままになってね、――お前が面白くないのはわかるが。よい縁談でもあれば、自分ではからって結婚のことも考えたらよい。こういうところで、縫物に日を送っていてもはじまるまい――あわれに思えるよ」

中納言はそれだけいうと、部屋を出た。姫君がふかくうつむいて、返答しないのを、娘にきらわれている、と思ったからである。

姫君は、日ごろのことを父に、なつかしくしみじみと話したいが、北の方を誹謗《ひぼう》したくはなかったし、どういえばよいか迷ってしまったのだった。

中納言の方は、娘をかえりみなかったという自責から、娘にうとまれていると思いこんで、浮かない気持ちでいる。

部屋へもどって、北の方にいった。

「いま、落窪の間をのぞいてみたのだがね、何だか心細そうな、貧乏たらしいようすだった。白い着物一枚で震えていたが、ほかの娘たちの古着があれば、着せてやりなさい。夜は寒いだろうと思うが」

「まあ。……」

北の方は眉をひそめる。

「また、そんな恰好でいましたか？　あの人にはいつも何かとお着せするんですけど、お気に入らないのか、飽きっぽいのか、すぐ捨ててしまわれるんですよ。いつまでも大事にして着る、ということをなさらないので……」

「困ったものだな」

「お気に入らないのはどんどん、人にやってしまわれたりして、……。私の心遣いを無になさるんですわ、お好みが難しいんでしょうね」

中納言は男のことで、着物のことはくわしくわからない。北の方にそういわれると、

「わがままな姫だな。母親を早くなくして、心もしっかりしていないんだろうか」

といった。

北の方は中納言にいった手前、やはり冬の着物を、落窪の君に与えないわけにはいかなくなった。

ちょうど、三の君の婿の、蔵人の少将の縫物があった。礼装の、束帯《そくたい》のときにはく、表《うえ》の袴《はかま》である。

「これは正装のご装束ですからね、いつもよりきれいに縫いあげて下さいよ。ごほうびに、冬着をあげますから」

と北の方は姫君にいって持ってきた。

姫君は着物がもらえるのがうれしくて、いそいで、美事に仕立てて渡した。北の方が点検したが、全く、美しく仕立てられている。

北の方は、ほうびに、自分の着ていた古着を与えた。

「まあ、それが、ごほうびですか？」

と阿漕は姫君の着ている、綾織りの紅の衣を見て呆れた。

「おどろきました、北の方のお古ではございませんか」

「でも綿入れなので暖かいの。これから寒くなるのでどうしようと思っていたところだから、うれしいわ」

姫君はそういった。自分ながら、卑屈になっているとは思うが、萎えたお古でも、暖かいものは事実、うれしいのだった。

「お姫さまの縫われた表の袴は、とてもみごとに仕立てられていて、お召しになった蔵人の少将さまも、おほめになっていたくらいですわ。だから私は、新しいご衣裳をひとそろえ、北の方さまが下さるかとたのしみにしていましたのに」

阿漕は、くやしそうにいった。

姫君はそれよりも、少将がほめていた、というのがうれしかった。

「そう？　三の君の婿君は、そんなにお気に入って下さったようだった？」

と聞いた。

「ええ、あのかたは、はっきりモノをおっしゃる方でございまして、悪いときは悪いとずけずけおっしゃるのでございますが、いいものは、また熱心におほめになります。この装束はよく縫えている、とたいそうお喜びになっておりまして……」

阿漕は、そこで言葉をとぎらせてしまった。

というのも、そのあと、蔵人の少将と三の君のいさかいを、目の前で見ていたからである。

三の君は、蔵人の少将が、装束の仕立ての出来栄えをほめるあまり、

「実際、ここで作ってもらう着物は、よくできていて、これだけは取り得だな」

とたわむれたのが、気に障るらしかった。

「それしか取りえがなくて、申しわけありませんわね」

とつんつんしていう。

「冗談でいったんじゃないか、……なぜそう、いちいち、ふくれるのだね」

「だって、わたくしに取りえがない、とあてつけられたようにきこえますもの」

「誰もそんなことはいわないよ。しかし、もしこれを、あなたが縫ったのだとしたら、……たいへんなものだが」

「わたくしは、縫物をするような身分にうまれてはまいりませんので」

蔵人の少将は、短気らしく、不快そうな顔色を、あらわにみせて、

「仕立てをほめて、なぜこう、怒られなければならないんだ。ものをいうのも、考えないといけないのかね」

といっていた。阿漕のみるところ、新婚の夫婦のくせに、蜜月のうちから、よくこういういさかいをやっている。性《しょう》が合わないのかもしれない。

「少将さまは何を言われていたのだえ？」

あとで、北の方が、女房たちに聞いた。

阿漕たちは、顔を見合わせ、

「少将さまが、袴のお仕立てを、とてもきれいに出来たとおほめになっていましたの」

とだけ、北の方にいった。

まさか、この邸の取りえは、着物の仕立てのいいことだけだ、という少将の冗談を、そのまま取り次ぐわけにいかない。

北の方は眉をしかめて、

「それを、あちこち言い触らすんじゃないよ」

「は？」

「落窪の君なぞに聞かせると、いい気になって得意がるではないか。ああいう者は、増長させないように、いつも鼻ばしらを折っておくがいいのよ。それがかえって身の幸せで、人にも重宝されて使われるものだから」

といった。

女房たちはあとで、呆れて、

「ずいぶんなおっしゃりようじゃありませんか」

「落窪の君だって、姫君のお一人にはちがいないのに……」

「埋もれさせるには惜しい、美しい方ですのにね」

などといい合った。

阿漕は怜悧な女なので、そんなとき口を出さないでいるが、北の方に対する憤懣《ふんまん》は、おなかの中で煮えくりかえっているのである。

しかし、それを、当の姫君の前でも、いうことはできない。姫君が、ひとのわるくちやつげぐちを聞くのを好まないことを、阿漕は知っているのである。

数日たって、阿漕は廊下でばったり、典薬の助にあった。

「おやおや、阿漕やないかいな」

典薬の助はでっぷり太って、頬の垂れた、五十七、八ばかりの男である。ぬけめのなさそうな眼には、いつもねっとりと好色そうな光がみなぎっていて、ぶあつい唇は、女に向って笑うとき、だらしなくゆるむのである。

「いちだんとまた、女っぷりが上ったやおまへんか、犬丸が惚れるはずやな……」

そばへ寄ってきたと思うと、太った体のわりに素早い動作で、阿漕のお臀《しり》を撫でようとする。

阿漕は慣れているので、さっと身をひねって裾をさばき、

「ご冗談ばかり……ホホホ」

と、典薬の助の手をかわすのである。

犬丸とちがって、さすがに典薬の助のあたまを撲《は》り倒すわけにいかない。この典薬の助は、うだつの上らぬ医師で、邸内の長屋の一棟を借りて住んでいる。いうなら、この邸の寄食者《いそうろう》といってもよい。北の方の叔父にあたるので、いささかの敬意は払われてい

るが、何しろ好色な中年男ということで、邸の婦人連からは鼻つまみな存在となっている。敬意というより、敬遠されているのである。

阿漕のような若い女には、脂ぎっててかてかした顔といい、好色そうな笑いといい、全く、典薬の助などは、いまいましい、不快な中年者であって、人間とも思えないのである。

若い女の好悪は、振幅が烈しくて、いったんきらいだとなると、情け容赦もないのであった。

人間的な共感はふっとんでしまって、ただもう、生理的嫌悪ばかりが先に立つ。

「阿漕ちゃんや――」

典薬の助は猫なで声で寄ってきた。

阿漕は、典薬の助の、体臭とも口臭ともつかぬ、男くさい臭いさえ、きらいである。

「お前の可愛いお姫さんに、なんでまた、わしの手紙をとりついでくれへんのや、――わしの思いのありたけを書いた文を、むざと犬丸が持って帰りよったわ。まさか、お姫さんに通う男が、ほかにいるはずはあるまいが、どうしてこのわしの文は、受けとられまへんのや」

「とんでもないことですわ、北の方さまは、とてもおきびしくて、姫君に、色めいたことはあってはならぬと、かねてからやかましくいっておられます。もし、北の方さまに知れたら大変です。どちらの殿方のお文も、とりついではならぬと、きつく申し渡されていますのよ」

「うむ、北の方はおそろしいからなあ」

と典薬の助は、すこし、ひるんだ顔色になったが、また、にたにたとして、

「しかし、北の方やかて、出来てしもうたことはとやかくいうても始まらんやろ、そやさかい、とりあえず、お姫さんとわしの既成事実作ってしもたらよろしねん、な、阿漕ちゃん、たのむわ、按配《あんばい》してくれたら、欲しいもん何でもやるさかい、たのみます、これ、この通り」

典薬の助は、両手を合せて拝んでみせる。

阿漕は、ふふん、と思いながら、

「いったい、なぜそう姫君に執着なさるの？　典薬の助さんは名医だから、あちこちのお邸へ上られたら、女の人に、うんともてるでしょうに」

と、迷惑げな色が、眉のあいだに出るのである。

典薬の助はいっそう、にたにたと相好《そうごう》を崩して、

「そら、ぎょうさん（たくさん）女はいよるけど、わし、もう、オバハンはいやになったんや」

「オバハン……」

「さいな。わしが言い寄ると、すぐ、なびいてきそうな女は、みな、色気婆さんか年増のシタタカ女ばかり。わしも、もうそういうのに食傷や。やっぱりこの、若うてピチピ

チして、新鮮で、手垢つかずの処女がよろしおます。そないいうて、よその若い女は、わしなんか相手にしてくれへんし、このお邸の落窪のお姫さんのような世間しらずが、いちばんええのや」

「まあ、あつかましい」

阿漕は腹が立って返事もできぬくらいであった。

どうして姫君を、この好色中年男の餌食になど、させられようか。

「北の方さまもこわいですが、大殿さまがなんと仰せられますやら。大殿さまは、あれで、お姫さまを可愛がっていられましてね、何かあると、たいへんですわ」

と、阿漕はいってやった。

居候なので、典薬の助は、中納言にあたまが上らないはずである。彼は頭を傾け、

「まあ、殿さんが何と言わはるか知らん、けど、かなり、もうろくしてはるんで、あの北の方の言いなりやさかいなあ」

「でも、かんじんのお姫さまが、そんなお気持ちはぜんぜんおありじゃないみたいですわ、お気の毒ですけど、典薬の助さんのひとりずもうね」

「そこをなんとか、たのむ」

「何とかって、何するんです」

「お姫さまが病気にでもなりはったら、すぐ、わしを呼んでんか、病いをなおすのは、お手のもの、腰さすったり、足もんだり、それは献身的に介抱しますわいな、そうやっ

てるうちに、お姫さんもつい、もやもやと……」

「まあ、ふらちな。何ていやらしい想像してるんでしょ」

「あ、阿漕ちゃんや、待ってんか……」

という典薬の助の手を、阿漕はふりはらって、いつもの、飛ぶような足どりで離れた。

全く、なんと下劣な色情狂であろうか。あんな好色爺には、好色オバハンが相応なのだ。


そして、けだかく美しい姫君には、やはり高貴な公達が、ふさわしいのだ。

ところが、姫君と、右近の少将の仲は、いっこうに進捗《しんちょく》しないのであった。

いや、少将の方からは、せっせと恋文が、帯刀を通してもたらされる。

まず、薄《すすき》に付けられた、美しい歌がとどいた。

この時代の手紙というのは、季節の花や木の枝に添えたり、結びつけたりして贈るならわしである。そうして、手紙の文句や歌に、それがよみこまれてあるのだった。

「穂に出でて　いふかひあらば　花すすき
　そよとも風に　うちなびかなむ」

「まあ、すてき」

とうっとりしたのは、阿漕である。

恋しい人とよばせておくれ。すすきのように風になびいておくれ。

「やさしいお歌ですわ」

阿漕がそそるようにいうが、姫君は返事しない。

少将からまた、時雨《しぐれ》のはげしく降る日、手紙がくる。

「想像したのより、情《じょう》のこわい人ですね、あなたは……。晴れ間もない今日このごろの空。私の心も、時雨していますよ」

姫君はこれにも返事せずつぶやくのだった。

「おちくぼに住む身が、なんで」

第二章　夜の黒髪

右近の少将からまた、手紙がきた。

「手ごわいあなたへ。

私の恋心は、ますます、そそられます。

もう、こうなれば根気くらべです。天の川に雲の橋をかけるつもりで、お返事を見るまでは、手紙はやめませんよ」

毎日のように、手紙はとどけられる。

少将のほうでは、姫君が全く返事せず、なしのつぶてでいるのを、ふしぎに思った。この時代の風習として、男が、こりずに二度三度、と手紙をよこすと、返事をするのは礼儀である。

そのとき、全く交際する気がなければ、一度で断るし、いささかでも、その気持ちが動けば、断るでもなし、断らぬでもなし、という婉曲《えんきょく》な文面になる。

そのかけひきの面白さが、当時のおとなの男女の社交であり、ゲームであった。

男から手紙が数度、重ねて来て、しかも、ひとことの返答もなし、というのは、ルール違反といってもいい。

しかし、右近の少将は、それを好意的に解釈していた。多分に、帯刀《たちはき》から聞いた姫君の人となりについての先入観があるためか、（帯刀は、それを阿漕《あこぎ》に聞いたのであるが）

（姫君は、まだ、うぶで、世間ずれしていないのだろうなあ）

と思っている。

（たぶん、恋文などというものを貰ったのははじめてで、動転して、当惑しているのではなかろうか。……）

そうは思いつつも、帯刀に、

「女らしい人柄だと聞いているが、もしそうなら、も少しやさしい情を知りそうなものではないか。どうして、一行二行の返事さえないのだろう」

と責めていた。

「どういうことでございますかな」

帯刀も、責められたって、仕方がないので困るのみである。

「北の方が、意地わるな根性まがりでいらっしゃるので、〝かくれて何かしたらひどい目にあわす〟といつも脅していられるらしくて、それをおじ怖れておいでなのではございませんか。阿漕がそう申しておりますが」

「なるほど——そんな北の方の鼻をあかしてやりたいものだな」

負けん気の強い少将は、話を聞いただけでも、敵愾心《てきがいしん》をもったようすだった。

「何が何でも、私を姫君の部屋へ、案内しろよ、惟成《これなり》」

少将は以前にもまして、帯刀を責めるようになっていた。

——苛《いじ》められている可憐の姫君……少将のあたまには、しだいに自分自身の空想も加わって、まるで自分が姫を救いにゆく英雄のように思い描かれる。八またの大蛇《おろち》に呑まれようとする、奇稲田《くしなだ》姫が姫君であるかのように——。そして、青年英雄スサノオである少将の心には、男の好色心と冒険心が分かちがたく渦巻いているのである。

帯刀は、どういう風にして、少将を手引きしようかなあ、と考えながら、つい、日を過ごしているうちに、はや、十日もたってしまった。

まだよい折は来ぬか、と少将はやかましく責めていたが、また、しびれをきらして手紙を書いた。

「今日もお手紙がなかった。

もう、こちらからもさしあげるのを止そうかと思います。つらさが増さる気がしますので。じっとこらえて恋の重みに堪えていようと思ったのですが、堪えきれず、また、手紙を書いてしまいました。男として、みっともないと自嘲しながら。——おわらい下さい」

「おい、これは絶対に返事をもらってこいよ」

少将は帯刀に厳命した。

「さもなければ、色よい知らせをもたらしてこい。手ぶらで帰ってくると承知せんぞ」

帯刀は、あたまをかいて、手紙を受け取った。

阿漕のところへ早速いって、

「えらい目にあったよ——どうしても、姫君の返事をもらってこいという命令だ。お前が一生けんめいにならないからだろう、と叱られちゃった」

と訴えて、手紙を渡す。

「こまるわねえ。お姫さまは、〝どうご返事したらいいのか、わからないのだもの〟とおっしゃって、途方にくれてらしたわ。それに、結婚のことは、現実的に考えられないごようすなの」

「ま、ともかく、今度のは、いつもとちがう、少将が血の涙でお書きになったのだ、と申しあげてくれよ」

「べつに血の色をしていないじゃないの」

「物のたとえだよ」

「男って、どうしてそう、いうことが大げさなの」

「あ、痛！」

と帯刀と阿漕はふざけていき、

「おいおい、それどころじゃないよ、手ぶらで帰ると承知せん、という厳命なんだ」

阿漕が、手紙を持って姫君のところへいくと、姫君は、あいかわらずせっせと縫物をしていて、

「まあ、阿漕。いいところへ来てくれたわ、右中弁《うちゆうべん》さまのお召しものの、いそぎの仕事なの、手伝ってちょうだい」

といわれてしまった。

右中弁というのは、中の君の婿である。その正装用の上着なのであった。

「急用でお出かけになるのですって」

「まあ、いつもこうなのですね、人をいそがせるのを何とも思っていらっしゃらない」

阿漕はあわてて、姫君の手伝いをする。

「そこを持ってて——折ってちょうだい」

「はい、折りました」

「針に糸を……」

「あ、この色の糸では合いませんわ」

てんやわんやの騒ぎで、恋文どころではないのであった。

帯刀は、阿漕にこんなこともいってみた。

「姫君が、絵がお好きならいいがなあ。女御《にようご》さまのもとに、絵がたくさんあるので、それをおみせする、と申上げれば、少将さまにうちとけられるかもしれないよ」

「それは、絵はお好きよ、絵を見るのがきらいな女のひとって、いないわ」

阿漕はこたえた。

手から手へ書き写したり、肉筆で彩色したりするほかなかったこの時代、紙絵や、絵巻物を見るのは、こよないたのしみで、つれづれをなぐさめる最大のものだった。

映画やテレビ、雑誌にも匹敵する娯楽であったろう。

権力者や、金持ちの家には、有名な絵師に描かせた絵がたくさんあって、それらは人々への贈答に使われたりした。絵巻物や、物語冊子のたぐいは、貴族の財産でもあった。

そういえば、右近の少将は、今上帝の女御の兄である。父の左大将の長女の姫が、女御にまいっておられて、主上のご寵愛ふかく、時めいていらっしゃる。

そのお手もとには、さぞかし、みごとな絵巻物の数々が集められていることと、阿漕は心動いた。

彼女は、面白い絵で、姫君をなぐさめてさしあげたいと思ったりした。

「お姫さま、絵巻物をごらんになりたく思われませんか？」

「それは見たいものだこと……」

と姫君は素直にいった。

「でも、どこにあって？　お父さまのお手もとのは、みんなくりかえし拝見したし……三の君のところには、新しいのが集めてあるって噂だけど、とても見せては頂けないでしょうし……」

「いいえ、お姫さま、誰が三の君さまのを借りるものですか、左大将の女御さまのものですよ」

「まあ！　あの女御さまの絵などがどうして……」

「女御さまの兄君が右近の少将さまですもの。帯刀にいいましたら、すぐですわ」

「でも、そのことで、右近の少将さまにお礼を申しあげたりしていると、いつか、のっぴきならず、おつきあいがはじまってしまうのじゃないかしら？」

姫君は、いたずらっぽくほほえんで、

「お前のたいせつな旦那さまは、もしかして、それをめあてで、——いったのではないかしら？……」

姫君は、さかしくも、看破《かんぱ》している。

阿漕は、姫君のあたまのよさにかぶとをぬぐ思いで、帯刀に会ったとき、いった。

「絵がとりもつ縁、ということになれば、——と思っていたけれど、お姫さまはちゃあん、とご存じだわ。——少将さまの下心をみぬいていらっしゃるわ」

「下心とは何だ、人ぎきのわるい」

しかし、男が女に持つ感情は、たいてい下心、で表現する方がぴったりくるのは、ふしぎである。

落窪の姫君の部屋には、そんなわけで、縫物を持ちこむ人の出入りが多くて、阿漕は気にかかりながら、姫君に返事を書いて頂く機会がなかった。

阿漕も帯刀も気をもんでいるうち、邸のあるじ、中納言が、古くにかけた御願《ごがん》ほどきに、石山寺へ参詣《さんけい》することになった。

邸をあげて、大さわぎである。

この時代、都より外へ出たことのない女たちにとって物詣でにかこつけた旅行ほど、うれしいものはなかった。

女房たちがお供を願い出るに任せ、北の方はみな許可するので、われもわれもとゆきたがった。老女からはしためにいたるまで、まるで邸に残るのを恥のように、参詣のお供をするのだった。

邸のうちは、うれしげな華やぎにみちて、みなみな旅立ちの日を待ちかね、昂奮している。

現代では、京都から琵琶湖のそばの石山寺まで、ほんのひとまたぎである。車でも電車でもあっという間だ。

しかし千年の昔では、それも牛車をつらね、馬や徒歩《かち》で前後をゆるゆると護ってすすむ王朝の昔では、一日がかりの行程である。たとえば、「蜻蛉《かげろう》日記」の記述によると、まだ夜もあけやらぬうちに京を出発し、粟田山、山科を越え、走井《はしりい》でお昼弁当をひろげる。この頃、旅館や料亭はないから、西部劇の野営や休憩のさまを想像して頂きたい。牛・馬をつなぎ、よきところに幕を張りめぐらして、敷物を敷き、野天で食事をしたためるのである。

（しかし、そういうことも都の人々、ことに貴族の婦人たちにとっては、いかばかりめずらしく、こよない気ばらしであったろうか！　薄ぐらい寝殿造りの、御簾《みす》や几帳の中にとじこもっている女たちには、人生が一新するような、めざましい体験だったにちがいない）

そうして、逢坂山《おうさかやま》をこえ、琵琶湖の岸にやっとつく。見はるかす、海のような、ひろびろした湖！　これも、山国の都びとには、感激のもとである。

景観だけでもすばらしいのに、ここから水路で、石山寺へ到るのである。船に乗りうつるときの女たちのさわぎはどんなものであったろう。

やっと寺へ着くと、もう午後五時すぎになっていた、と「蜻蛉日記」の作者はいう。冬ならとっぷり暮れたころである。

そんなにして出かけるのだから、少なくとも二、三日は寺におこもりして祈願する。石山詣で、というのは、大和の長谷寺詣でと同じく当時の都の人には、生涯の大事件なのであった。

それゆえ、中納言邸に仕えの女房たちが、われもわれもと、石山詣でのお供を願い出るのは当然だったのである。交通が安全でなかったこのころ、個人で気軽に参詣することはとてもできない。隊を組んでの旅行でなければ、女の身はなおさら、かなわぬことだった。

北の方は旅行の計画を着々とすすめつつあった。

「姫たちは四人だから、これは牛車一輌に乗せましょう。私は、殿と一つの車で……」

「あの、姫君お四人《よったり》と申しますと」

「知れたこと、大君、中の君、三の君、四の君を一つ車に」

「では、落窪の姫君は……」

「あの人は行かない」

北の方は無造作にいいすてる。

弁の君、とよばれている女房が、

「でも、あの姫もお連れしてあげて下さいませ。おひとりで残られるなんて、お可哀そうでございます」

とつい、とりなすようにいった。

北の方は、じろりと弁の君をみて、

「おや、さしでがましいことを。あの人がいつ外出《そとで》をしました。出先で縫物があるではなし、出歩きぐせはつけない方がよいのです。ああいう子は、るす番役にして、家に閉じこめておくのがいいのです」

北の方のあたまには、落窪の君に身なりをあらためさせ、化粧させ、女房たちにかしずかせて連れあるくことなど、思いもうかばぬことなのである。家にいればこそ、古ぼけた綿入れですむものの、外へ連れあるくとなれば、中納言家の体面もあり、姫君ひとりにたいへんな物入りである。北の方は、女にありがちな、けちんぼなのである。

そうして、また、女にありがちのことだが、腹をいためたわが子には、どんな出費も惜しまない、自分は着のみ着のままでも、わが子にはりっぱに着かざらせたいが、ヒトの子にはビタ一文費消したくない、というところがあるのである。

阿漕もむろん、お供の人数の中に加えられていた。この時代、美しい女房を召使っていることは、貴族社会の見栄であったから、阿漕の美しさや、気転の利くとりなしは、三の君や、北の方に気に入られているのである。

それで、三の君づきの女房として、美しい衣裳を着せられ、連れてゆかれることになっていた。

しかし阿漕はちっともうれしくなかった。

阿漕は、落窪の姫君がひとりとり残されるのが気の毒で辛くて、自分ひとり、面白い目を見る気がしない。

いつも、せかされていそがしく縫物に追われていられる姫君こそ、気ばらしにお連れしたいものと、悲しく考えている。

姫君がいかれないなら、阿漕も、いく気はなかった。

それで、北の方のところへいって、こういった。

「たいへんなことになってしまいました。月のさわりになりました。残念ですが、おまいりできませんわ」

昔は、女性の生理は穢《けが》れとされて、不浄の身は神仏にまいることをゆるされなかったのである。北の方は、

「うそじゃないのかえ」

と阿漕をじっと見た。

「阿漕、お前はあの落窪の君が、家に残るのに義理立てて、そういうのだね？　いきたくないから月の障り、などとうそをつくのだろう？」

「まあ、決してそんな……」

「それほど、落窪の君が大切なのかえ？　私たちは大切でないのね？　どうもお前は、ちゃらんぽらんでいけないよ」

「めっそうもございません、第一、石山詣でのような、めったにないたのしみに、加わりたがらぬような人がいるものでしょうか。年とったお婆さんまで浮かれてお供を願っているじゃございませんか、私もゆきたいのは山々でございますわ、でも……」

阿漕は、しんから残念そうにいってみせた。

「それが急に、月の障りになるなんて、ほんとうに不運でございます。もし、何でしたらお供させて頂いてもようございますが、仏さまがお怒りになったら、どうしましょう」

北の方は、それでやっと疑いが晴れたらしく、

「しようがないわねえ……」

と阿漕のかわりに、下働きの女童《めのわらわ》に衣裳を着せて供に加えることにした。そして阿漕に、

「じゃ、お前は残っておいで。よくるす番するんだよ」

「かしこまりました」

と、阿漕は、ほっとしながら、答えた。

当日は、冬にしては暖かい、快晴のいい日和だった。

早朝から邸はごった返すさわぎだったが、やっとのことでみんなが出ていくと、あとはひっそりして、うそのように静まり返ってしまった。

心ぼそいほど、しんかんとした邸の中で、

「でもまあ、ようございました、おかげで二、三日は、お姫さまとゆっくり二人きり……」

阿漕は、今や、姫君の部屋へいりびたり、姫君も珍しく物思いなさそうな明るい顔でむつまじく阿漕と話していた。

そこへ、帯刀が手紙をよこした。

「石山詣でのお供に加わらなかったというのは、私のためかな？　それなら、これからいくよ。いいだろう？」

というのである。取りついだ露は、

「お返事はどういっておきましょう？」

「ちょっとお待ち。手紙を書くわ」

阿漕は部屋へ戻って、はしり書きをした。

「姫君がすこしお具合がわるくてお残りになったので、私も残ったのです。どうして、お姫さまをおいていけますものか。なんで、あんたのために残らないといけないの？

でも、とにかく退屈です。

あたしを慰めにいらっしゃい。

それから、この間いっていた、女御さまのところにお持ちになっていらっしゃる絵を、きっと持ってきて見せてちょうだい。

お姫さまも退屈なさっていますから。

いいこと？

あたしの家来の惟成へ。

阿漕より」

帯刀は、うーむと考えた。この手紙は、ナゾをかけているのではないか？

帯刀の得た情報では、姫君は北の方の意地わるで、るす番に残された、というものだったが、阿漕は、それを姫君の病気のため、というふうにいいつくろっている。それは彼女の勝気さのためだろう。

姫君の体面をかばうつもりで、そう言い張っているところが、彼女らしく、ほほえましい。

それはいいが、「絵を持ってこい」というのは、今宵、人少なの折に、少将をひそかに案内せよ、とのナゾではないか？

帯刀は、本来、深沈とした思慮などある男ではないから、自分ひとりの考えにしまっておけないで、

「えー、実は」

と少将に手紙を見せた。

「何だ。誰の手紙だ」

少将は文を取って読み、

「これが、惟成の妻の筆蹟か」

「さようで。最愛の妻の手でございます」

「ばかめ。ふたことめには、のろけおる。しかし、お前がそういうだけあって、字は美しいな。才気があってはつらつとしている。すばらしい女だとみえる」

「へへへへ。——それはともかく、その文面でございますが、なにやら、わけがありげで」

「そうだな。ちょうどいい機会じゃないか。姫君の部屋へ忍びこめるように手配しろ」

「では、どうか、絵を一巻お貸し下さい。それを持っていきまして、細工いたします」

「首尾よく姫君をものにしたときに、見せることにするよ」

「今夜、きっとそうなりますよ」

少将は笑いながら、自分の部屋にはいって白い色紙にさらさらと絵を描いた。

いったい、この時代の貴族は、たいてい、絵をたしなんだものである。貴族の教養の中には、男女を問わず、書とともに、絵の習得もはいっていたのだ。「源氏物語」を見ても、須磨へ流された源氏は、絵日記をかいている。

また、女性でも秋好中宮《あきこのむ》は、絵をみずから描いている。現代の若い人々が、簡単にマンガなどたしなむように、貴族たちは、墨絵など、日常の交信にも闊達《かったつ》に描き流すのであった。

少将は、小指を銜《くわ》えて、口をつぼめている男の、おどけ絵を描いた。その横へ、

「絵をお召しのようですから。——つれないあなたに、私は決してほほえみなんかみせませんよ。絵見せぬ……なあんて。

どうもつまらぬシャレで。

恋すると、大の男も、子供っぽくなってしまいます。

おとなっぽいひとへ」

少将は、帯刀に、

「これをもってゆけ」

と与えた。

帯刀はそれを持って母親の部屋をのぞいた。

母は、左大将邸に住み込んでいる。

「おいしそうな菓子を餌袋《えぶくろ》に一ぱい用意しておいて下さいよ。あとで使いに取りにこさせるから」

餌袋は今のリュックサックといった感じの、たべものを入れて運ぶ袋である。

帯刀は、少将と自分の、それぞれのデートのために菓子を用意して、少しでもにぎやかにしたかったのである。どうせ中納言邸ではたべるものも出ないだろうし、とくに、乏しい姫君の部屋のムードを、ゆたかにみせたいと思ったのだ。

この時代の菓子は、餅餤《へいだん》といって餅に鳥の卵や野菜を入れたものや、ちまきもあった。まがりといって、米の粉をねって油で揚げた、中国わたりの菓子、それに、ひちらといってもち米の粉を水でこねて、煎餅《せんべい》のような形で焼いたものなど、いずれも唐わたりのたべものなので、「唐くだもの」とよばれている。くだもの、といったって、フルーツのことだけでなく、間食物すべてのことをいうので、栗や梨、桃から、梅の実、ざくろまで「くだもの」というのだった。

中納言邸に着いた。

帯刀は、露《つゆ》を呼び出して、邸内奥ふかくにいる阿漕を呼んでもらう。露は、はしためだから、端近の長屋に住んでいるのである。

阿漕はすぐやってきた。

「持って来てくれたの、絵は」

と催促する。

「そんなことより、これ、この手紙を姫君におみせしてくれ」

「あら。絵は持ってきてくれないの、女御さまの絵なんて、どうせ、うそなんでしょう」

といいながらも手紙を持って、姫君のところへいった。

姫君もつれづれで退屈なときだったから、手紙をひらいて見た。

姫はうす赤くなって、

「わたくしが絵を見たいといったのを、お前は少将さまに連絡したの？」

ときいた。

「ええ、帯刀に申しましたの。それを少将さまがお知りになったのでしょうね」

「まあ、いやだわ。……まるで、こちらの心の中まで見透かされたみたいで。わたくしのように、埋もれて暮らしている人間は、そこにありとも、人に知られない方がいいのに……。何かをほしがったり、したがったり、しているなんて、人に悟られたくないわ。ひっそりと、何も考えないで、暮らしていたいのよ……」

姫君は、姿をくらました生きかたをしたいのに、阿漕が、どうかして日の当るところへ手をひっぱって出そうとする、そのおせっかいが、不快なようすだった。姫君は、少将が自分に寄せる関心に、当惑しきっていた。

阿漕は恐縮して、

「人がまいっておりますので……」

と、姫君の前を退った。

帯刀は待ちかねていた。

「今晩は淋しいんだね、おれが、宿直《とのい》をするよ。ほかに男はいないんだろう？」

と帯刀が聞くのは、それとなく、中納言邸の様子をさぐっているのである。

「あら、そりゃ、るす番の宿直の侍はいますよ」

阿漕はこたえた。

「でもやっぱり、あんたがいてくれるのと、いてくれないのとでは、安心の度合いがちがうわ」

「うれしいことをいってくれるねえ」

帯刀はもう有頂天である。

「お前はやんちゃかと思えば、しおらしいところもあるんだ、おれはもう、そんな言葉をきくと、めためたとなってこまっちゃう」

帯刀は阿漕の耳に口をつけて、

「今夜は寝かさないぜ」

などという。

「人がいないんだったら、明日の朝も、ゆっくりしていっていいだろう？　そうだ、お袋に、菓子を頼んでいた。あれを取りにやろう」

帯刀は、従者の竹丸を呼んだ。

これは十五、六の、ニキビの出た少年である。

田舎うまれの、まじめで質朴な少年なので、いまどきの都そだちの従者のように、いいかげんな、軽薄な人間ではない。帯刀にいいつけられると、

「はッ！」

とすぐさま左大将邸へ飛んでゆく。一心不乱にお使いをして、またたくうちに戻ってきた。

ぐっしょりと濡れているので、

「おや。雨か？」

と帯刀はいう。

「はい。雨が降っています」

竹丸は餌袋を濡らさないようにかばっていたので、初冬の雨にぬれて、冷えこごえた顔をしていた。

「ごくろうさんねえ。露や、竹丸を火にあたらせておやり。風邪をひいたらたいへんだわ」

阿漕はねぎらった。

餌袋二つには、どっさり、食べものがはいっていた。美しく取り合わせて、栗を、あまずらで煮たもの、百合根の甘煮、揚げた団子、煎餅などを一つの袋に入れ、もう一つ

の袋には、いろとりどりの餅が入っている。それに紙を仕切りにして焼米を入れてあった。

焼米は、新米をこうばしく炒《い》ったもので、旅行用の、携帯食というか、常備食というか、いわば、現代の堅パンのようなものである。

帯刀の母の手紙が入っている。

「焼米みたいな、下々のものを入れておいては失礼かと思ったのですが——これは、たべるとき、いやしげな口つきになるものだから、きっと、阿漕さんは、おわらいになるかもしれない。おはずかしいことです。だから、これは、阿漕さんにはお目にかけないで、露とかいう、召使いの女の子にやっておくれ」

年寄りらしい配慮である。

中納言邸が人少なで、食事も不自由なのではないかと案じてのことであろう。帯刀の母は、帯刀を通して、阿漕に好意をもっているのであった。

「焼米なんて、実用的なたべものねえ」

阿漕はふき出した。

「まるで、かけおちの用意みたい。——あなたが指図したんじゃなくって?」

「知るもんか。おれなら、こんな不体裁はしないよ。お袋のおせっかいだろうよ。露、これを持っていって、竹丸とおあがり」

帯刀は、焼米を露にやった。

露は大よろこびで両手にうけとって、顔を輝やかせた。

貴族の邸につとめているといっても、この時代は、たらふく食べることは少ないのである。食べものはそんなに潤沢ではない。

たいてい、下々の使用人は、おなかを空かせているものである。

帯刀と阿漕も、楽しく二人で食べた。

「枕草子」の中で清少納言は、「忍んできた情人にたべものなど出すのは大きらい」といっている。

また、恋人の家へ忍んでいって、そこで湯漬けなどの接待を受ける男の気がしれない、ともいう。

「源氏物語」の中でも、光源氏は、あちこちの女のもとを訪れるが、訪れる先で、食事したり酒を飲んだり、ということは全く、しない。

正妻の葵の上や紫の上のもとでは、そういうことも折々あるが、要するに、上流貴族は、恋の場と生活の場を峻別《しゅんべつ》していたらしい。

だが、いま帯刀は阿漕と、おいしいご馳走をたべ、すこしばかり酒を飲んで、よりいっそう、幸福な気がし、阿漕をいとしく思いはじめている。

阿漕も、もろともに飲食するたのしさを知り、帯刀に愛情を抱く。いっしょにものを食べるほど、人の心を結びつけることはないのに、まして恋人同士なら、なおさらである。

そうして阿漕は、恋人とものをたべているときは、すでにそれからして、愛の動作の一部だと思うようになっている。

二人は飽食して、ゆったりとして、今はたがいに寄り添い、にっこり微笑み交しながら寝ていた。

遠くで、かすかに琴の音がきこえる。

「ハハア……姫君だな」

帯刀は耳をすました。

「そうよ、今夜は人がいないので、のびのびして弾いていらっしゃるような感じだわ」

「いい音色だねえ。なつかしげな音色だ」

「六つのときから亡き母君がお教えになったの」

と阿漕は、姫君のことというと、自慢げになり、夢中だが、帯刀の考えているのは、この琴の音を、右近の少将に聞かせたい、ということだった。

「いや、実をいうと、今夜、少将をご案内しようと思っていた」

帯刀は、うちあけてしゃべった。

「だって、お前の手紙は、少将をお連れしろ、というナゾのように思えてさ」

「まあ、それは見当ちがいよ」

と阿漕はつん、としていうが、機嫌はわるくない。

「別に、そんなつもりで手紙を書いたんじゃないわ」

と阿漕はいったが、実は、そうなってもよい、と思っていたのである。

「でも、もしかして、少将さまがいらっしゃるとすれば、今夜などは絶好の機会ね。人はいないし、お姫さまはのんびりして、退屈していらっしゃるし」

「そうだろう？　やっぱり……」

帯刀はむっくり起きて、少将を呼びにいこうかと思った。阿漕は釘をうつように、

「でも、いっときますけど、少将さまに、へんな下心があっちゃこまるわよ」

「下心」

「御簾の外からお話なさるだけ。美しくて風流なお歌を詠みかけたり、お姫さまの琴の音に耳かたむけたり、いろいろとやさしい、くどき文句なぞを、こまやかに語らって、お姫さまのお心を溶かして頂きたいの」

「こまやかに語らう……」

「そうよ、そうして、ほどよき折に、〝ではこれで〟と、おたちになって頂きたいの」

「うーむ」

帯刀は絶望して、また、ばったり倒れこんだ。

「御簾のそとから、かい？」

「そうよ。御簾の内と外とで、つつましく語り合われるだけ。それが、初めての男の礼儀でしょ」

「うーむ。手も握らずに」

「あッたりまえでしょ」

「御簾越しに、そっと、触るだけでは、いけないかね」

「そんな失礼なことをしたら、お姫さまはどんなにびっくりなさるかしら。あたしが、

「ちゃんと見張ってて、お姫さまのお気持ちを傷つけるようなことは決して、しないんだから」

「……」

帯刀は、心中、ためいきをつく。

とてものことに、あの、勇敢な恋の狩人たる少将が、「御簾ごしに」「こまやかに語らい」「ほどよき折に、ではこれで」と手ぶらで帰りそうにもない。

阿漕は、少将の冒険を、どんなにさわぎ立てることであろう。今夜、少将を案内しなくてよかった、と帯刀は思った。

「ま、どうせ、今夜は雨だし、さ。どっちみち、来られるはずもないよ」

「そうね」

「少将より、おれたちのことだ。もっとこっちへお寄り」

阿漕はよろこんで、帯刀に軀をぴったりとよせてくる。

「お前は、こういうときだけ、素直なんだね」

「いやぁん」

と、たのしい時間がはじまったところで、

「帯刀さま」

と竹丸の遠慮がちな声が、戸の外でする。

「何だ」

「朋輩の方がみえています。ちょっとお仕事のことで話したいことがあるといわれています」

（少将だな）

とすぐ、帯刀は察した。

おそらく、竹丸は、（朋輩が来た、といえ）と言いふくめられて、そう取り次いだにちがいない。

帯刀は、阿漕をみた。

阿漕は、起き上って、身づくろいしている。

「お友達なの？　今頃なんなの、どうせまた、お酒になるんでしょ。あたしは、その間お姫さまの御前にいるわ」

「うむ」

帯刀は、少将だと打ちあけにくい。さっきの話を聞いた以上、少将だとはいえないのだ。

少将は、今宵、姫君を「物にする」つもりで来ているにちがいないのだから。

帯刀は、阿漕の手前、客人が朋輩と思わせるように、

「よし、すぐいくといえ」

と竹丸にいった。そして、阿漕が姫君の部屋へいくのを見届けて、いそいで出てみた。

やはり、少将だった。

ひどく人目を忍んで、供の数も少なく、やつした牛車に身を忍ばせ、来ているのだった。

「惟成、どうだ、首尾は」

少将は気みじかにいう。

「こんな雨の降る夜に来たんだ。無駄に帰すなよ。なんとか手配しろ」

帯刀は、あたまを抱えたくなった。

「いや、これは……。この雨ですから、よもやと思っておりました。前以てご連絡下さればよかったのに、まただしぬけにおいでになったものですなあ……。というのも、姫君のご意向もまだわからず、どうもむつかしいところでございましてねえ」

むつかしいのは、真実、帯刀の妻なのであるが、さすがにそれはいえない。

「まあ、そう深刻な顔をするな」

少将は帯刀の背中をぽん、と叩く。

「ともかく、まあお車から、お降り下さい」

帯刀は、少将を案内して邸内にはいり、牛車の方は、

「あすの朝、まだ暗いうちにお迎えにまいれ」

といって帰した。

阿漕の部屋の入口で、帯刀は、部屋の間取りや、現在の状況をあわただしく少将に説明する。少将はいった。

「そうか、ではお前の妻は、いま姫君の部屋にいるのだな。彼女を姫君からひき離してくれ。そして、私を、姫君の部屋へ忍びこませてくれ」

「何とかいたします」

「ともかく、人気がないのが気楽でいい、きっとうまくいくだろう。その前に、ちょっと姫君をかいま見させろ」

「どうもその……もしかして、醜女《しこめ》でいらっしゃると、がっかりなさると思いますが……」

「なあに、そのときはこの雨の中を、笠もかぶらず、袖をひっかぶって逃げていくばかりさ。あはははは」

下長押《しもなげし》に帯刀は少将を入れた。姫君の部屋の前である。

宿直のるす番の侍が見つけたら、言いくるめようと思って、帯刀は、簀子縁に残って見張りをしていた。

少将が格子のあいだから室内をうかがうと、消えそうな灯がまたたいている。

几帳や屏風《びょうぶ》がないので、すぐさま、若い女二人が目にはいった。ほんとうなら女の部屋は、几帳や屏風で遮られて、透かし見ることはできないものだが、この部屋には人なみな調度もそろっていないらしかった。

向いあって坐っている女が、阿漕だろう。

姿かたちや、あたまの恰好が美しくて、白い単衣をかさね、上にはつややかな赤い練絹の袙《あこめ》を着ている。

ものに寄りかかっている女性が、姫君であろう。白い衣の着古したものを着て、綿入れのうわ着の衣を、腰から下にひきかけている。

横を向いているので、こちらから顔は見えないが、あたまのかたち、長い黒髪のかかり具合、それが白い衣に乱れ散るさまなど、少将がどきっとするほどの美しさだった。

二人は、むつまじく、何かの物語を話し合っているらしい。この物語の女主人公はあだ、とか、男はこうだ、とかいっている。少将は胸をとどろかせ、もっとよく見ようと、格子に身をすりよせたとたん、一陣の風が吹いて、灯が消えてしまった。

(ちっ)

と少将はひそかに舌打ちする。そして、

(まあ、いいさ。そのうち、ちゃんと目の前に見られるんだから)

などと思っていた。

「まあ暗い」

という声は姫君の方だった。やさしくて、気だかい声である。人柄は、声に出るものである。

「阿漕は、例のひとが来ているんじゃなかったの？　はやくいらっしゃい。待ちかねているわ」

「いいえ、帯刀のもとへ、友達が用があって来てるんでございますよ。そのあいだ、私は、御前におりますわ。今夜はことに人少なでございますから、淋しくて、怖くお思いになりましょう」

「淋しく、怖いのはもう、なれているわ」

と姫君は、やさしい声でいっていた。

少将は、そっと格子の前を離れた。

簀子縁にいた帯刀が、音もなく寄ってきて小声で、

「いかがでした。雨の中をお逃げになりますか、笠をもってきましょうか」

「おいおい、お前はどうかして、私を姫君に近づけまいとするんだな。妻の味方も、ほどほどにしろ」

と少将は笑った。

少将は、心の中で、姫君の衣の古びているのを、いたましく思っていた。

おそらく姫君は、貧しげな身なりで男に会うことを、恥ずかしく思うにちがいない。

そう思うと少将の気質としては、着かざって傲《おご》りたかぶり、気位たかい女よりは、自分を羞《は》じる女の方が好ましかった。

「早く、お前の妻を呼び出せ。そうして、押えつけて放さないでおいてくれ。いい

な？」

と少将はいった。

帯刀は、ここまできた以上、しかたないと思った。

阿漕があとで、ぶつくさ怒ったり怨んだり、するだろうと思ったが、なに、女の思うように人生、何事もいくものか、と思っている。

女には女の論理があろうが、男にも男の論理があるのだ。

そうして、世の中、女の論理だけでやっていっては、いつまでも埒《らち》が明かず、よけい紛糾してしまうことは目にみえているのだ。八方ふさがり、出口なし、の姫君の現状を打開するには、まあ、こんな手段でも取らなきゃ仕方ないさ、と帯刀は肝ふとく、居直っている。

「ようございます。あの小うるさい、やんちゃ女は、私めが押えつけて動かさないようにいたしますから、あなたさまもぬからずおやり下さい」

と帯刀はいった。

こういうところ、全く、よく気の合う主従なのである。

帯刀は阿漕の部屋にもどって、露に、阿漕を呼びにいかせた。

しばらくして、露が帰ってきて、

「今晩は、お姫さまのおそばについていますので、あなたは詰所にでもいって友達とすごして下さい、と阿漕さまがおっしゃいました」

という。

（なにをいってやがる、そうはいくものか）

と帯刀は思いながら、

「さっきの客の用件で、いそいで耳に入れたいことがあるから、ほんのちょっと出て下さい、といっておくれ」

と露に頼んだ。そうして、みずから、姫君の部屋のそばまでいって待っていた。

阿漕は出てきた。帯刀をみとめて、

「何なの？　うるさいわねえ」

と近寄ってきた。

帯刀は暗闇のまぎれに、抱きしめて、

「いや、さっきの友達はこういったのさ、雨の降る晩に、淋しい独り寝なんか、するなよッて。さ、いこうよ」

「なあんだ、やっぱり、何の用もないじゃないの」

と阿漕は笑う。

「何の用もないこと、あるもんか。せっかく来てるのに、どうしてつれなくするんだい、お前が欲しくて、ほら、ごらんよ、この通り」

帯刀は阿漕の手をとって、自分の体にあてる。阿漕はもう、逆らえない。

阿漕は、実のところ、今夜あたり、少将が忍んで来そうな虫の知らせがあった。さきほど帯刀のところに客人が来たというので、さてこそ、少将ではないか、と疑っていたのだ。

もし少将ならば、自分は姫君のそばについていて、それとなく、見守ってさしあげよう。求婚の立会人になろう、と思っていたのだった。

しかし帯刀が、のんきに自分のそばを離れないので、やっぱり朋輩だったのか、と気をゆるして、

「それでもう、お友達は帰っちゃったの、またずいぶん、用は早くすんだものねえ」

と、帯刀につれられ、部屋へ戻ってきた。

帯刀は今や返事もしない。

阿漕を、この部屋から出さないためには、手段を撰《えら》ばぬ気になっている。そうして、帯刀の手段といえば、ただ一つ、どんな男性にも、これだけは、という男性的特技だけであるのだ。

「全く、あいつったら……。かんじんの時に来やがるから、腹が立つぜ」

と帯刀はもっともらしく罵ってみせ、阿漕の軀を、すとん、と転がしてしまう。

「さ、前のつづきをはじめようよ」

「いやァねえ、それならそうとお姫さまに退らせて頂くよう、ご挨拶するのだったわ」

「なあに、そんなことはいいよ、ちゃんと察していらっしゃるさ」

「あ、待ってよ、そんなにあわてないで。……。いやァん。せっかち」

「女はいつあわてるのかねえ。女っていうものは、こういうときまって、乱暴ねえ、とか、せっかちねえ、とかいうけど、これがのんびりできますか」

帯刀は、なるったけ、阿漕の気を逸《そ》らそうという下心があるので、口も手もいそがしく動かす。

「あ、つめたい……」

阿漕は胸もとへしのびこんできた男の手に、身をちぢめ、

「すぐ、暖かくなるさ」

帯刀は声を殺して、阿漕の可愛いらしくまるい乳房をわしづかみする。

「ちょっと……ちょっと」

と阿漕はあわただしくその手を払おうともがく。

「文句の多い奴だな、何だい」

帯刀はわざと向っぱらを立てた声を出した。

「お姫さまなら、ほら、琴の音がまだ聞こえてるぜ。のんびりと一人でたのしんで弾いていらっしゃるのさ」

「ちがうのよ、誰だか、あたしを呼んでるみたい。どうも犬丸の声だわ」

「犬丸って誰だ？」

「このお邸の居候の好色爺さん、典薬の助の従者よ。主人が主人なら、家来も家来なの。とてもしつこく、いやらしく言い寄るの」

「そいつが来たのか？」

帯刀は耳を澄ませた。そういえば雨音にまじって、かすかに遠くで、若い男の野太い声が、

「阿漕さん……阿漕さん」

と呼んでいる。

「何の用あって、犬丸とやらが、今ごろ来るんだ？」

帯刀は男の嫉妬と猜疑心《さいぎしん》をあらわにみせた声を、とがらす。これも、いわば帯刀の演技である。

「もしかして、お前、付け文されて色よい返事を書いたんじゃないのか。こんな雨の夜、忍んでくるなんて、只の仲じゃないぜ」

「何いってんのよ。誰が受けとるもんですか、あんなバカの手紙なんか。それが低能のくせにしつこいのよ。鈍感だから、いくら、じゃけんにしてやってもあきらめないの」

「追えども去らぬ煩悩の犬丸、という所だな」

「ふふふ。このあいだなんか、扇であたまを叩いてやったぐらいよ」

「うーむ。それでも性こりもなくくるのか。よし、今度はおれが会って、話をつけてやろう」

「あんたが」

「うん。阿漕はおれのもんだ、とはっきり釘を打っといてやる。いかにあつかましいや

つでも、東宮坊の帯刀がうしろについていると知ったら、恐れ入って手を引くだろう。

——お前はこの部屋を出ちゃ、いけないよ。犬丸がお前を見たら、また煩悩をおこす。逆上して何をするか知れない。おれだって、無用の殺生はしたくない」

帯刀は、阿漕を部屋に閉じこめ、手燭を持ち、太刀をさげて出ていった。

妻戸の懸金をはずして、簀子縁に出てみると、うろうろしていた人影が、うれしげに走り寄ってきた。

「あっ、阿漕さん！」

びしょ濡れの犬丸なのである。

「今夜は、お邸の人みな、るすなんだろ？　おれは、お前がお供しないと聞いて、わざと仮病つかって居残ることにしたのさ。……せっかくの石山ゆきをあきらめても、お前とあいたくて。この、男の誠意を知ってほしいんだ……愛してるよ、阿漕さん」

犬丸は、帯刀の足もとにすり寄り、裾を捉えようとして、帯刀の佩《お》びた太刀の鞘《さや》のこじりにふれ、ぎょっとした。

「あ、阿漕さんじゃないのか」

「よく見ろ、おれが、阿漕の夫だ」

帯刀は、遠くへ離し持っていた手燭を、犬丸と自分のあいだへ近寄せる。

小さな灯だが、真っ暗闇の中なので、帯刀の姿は、けざやかに、光の輪の中に浮び上った。

犬丸の見あげたものは、はしっこそうで、男ぶりよい若者で、勝ち誇って傲然と胸をそらしている。帯刀の見おろしたのは、雨に濡れそぼち、あわれげな様子の、間ぬけづらのニキビ男である。

「あ、阿漕の夫だって？……まさか、あの阿漕さんに……」

「そうさ。あの阿漕には男がいるのさ。二度とつきまとってみろ、容赦しないぞ。帯刀の太刀はダテに下げてるんじゃないんだ！」

帯刀が太刀の柄に手をかけて鳴らすと、犬丸は飛び上ってへたへたとあと退りする。

「そうか……そうだったのか、ようし、おぼえてろ」

犬丸は恨めしそうな顔つきになって、捨てぜりふを吐きながら逃げてゆく。

「この恨みは忘れないぞ、畜生……。それに、阿漕さんのことも忘れないぞ。おれは、いっぺん思いこむと、命がけなんだ、忘れるものか、いつかはこっちむかせてみせるからな。お前なんかに負けるもんか……」

「何だと！　おれに挑戦しようってのか、面白い、おれは命知らずの帯刀といわれる男だぞ、いつでも来い！」

帯刀が、丁！　と太刀のつばを鳴らすと、犬丸は、へたりと腰を抜かし、狼狽《ろうばい》していざりながら逃げてゆく。そうして闇の彼方へ遠ざかりつつ、なさけなさそうな声で対抗してくる。

「おぼえてろ、きっと、この仇はとってやるから……」

「あははは」

帯刀は笑いながら、なおも威嚇《いかく》するように、太刀を鳴らしていた。

「お前のような奴、阿漕に指一本も触れさせるものか」

帯刀が帰ってみると、阿漕は灯のもとに起きあがっていた。

「犬丸だったでしょう？」

「犬丸か猫丸か知らんが、ぬれねずみの若い男が、震えながら猫撫で声で、〝阿漕さん〟と呼んでたよ。おどかしたら夢中ですっとんで逃げた」

帯刀は、阿漕の横へするりともぐりこんで、

「冬の短夜を、あたらつまらん奴らのために時をつぶされた、勿体ない、善はいそげ！……」

何か言おうとした阿漕の唇を、唇でふさいで、四肢をからめて捉え、しめつけて動かせないようにしてしまう。

そのころ、姫君は、まだ、琴を弾いていた。

そうして、やがてふと弾き止むと、何かかぎりもない空しさが身のまわりにあふれてくるような気がして、ためいきつきつつ、琴爪をはずした。

いまごろ、阿漕は、恋人とたのしい語らいをしているのかしら、と思う。仲よしの阿漕が、幸せな時をすごしているのを、姫君は素直に喜ばしく思うものの、それとともに、言い知れぬ孤独の思いに捉われる。

「……ああ、どこかに身をかくす岩穴はないかしらん。……そうして何も考えず、何も苦しまない石ころのような人間に、なってしまいたいわ」

姫君はつぶやいた。

それを少将はのぞき見ていたのである。

少将は姫君が寝入ってしまうのを待っていたのだが、若い男にありがちのせっかちで、「待つ」ということができない。

じれじれしてしまう。おまけに、姫君の淋しそうな述懐を耳に挟んでしまった以上、恋の冒険児として、手をつかねているわけにいかない。

(えい、ままよ。押し入るまでだ――人はいないな)

少将は見届けて、格子を木の端ぎれでうまくこじあけた。そうして身を部屋のうちへ入れた。こんなことには馴れている。

姫君は人の気配におどろいてふりむき、

「あっ」

と恐ろしそうに叫んだ。

小さい灯が、少将のいる端まで届かないので、大きな男の影におびえてしまったのだ。

「おしずかに」

少将はやさしく、低い声でなだめた。しかし姫君は、驚天動地のできごとに呆然として、わなわなと震えながら、返事もできない。

「おどろかせて申しわけありません。お許しも得ず推参した無礼をお詫びしますが、決して怪しいものではありません。私は、このあいだから、たびたびお手紙を差しあげている右近の少将・藤原道頼です」

そういいつつ、少将は巧みに、そろそろと姫君のそばへ近寄ってゆく。

姫君は、こうも身近に男性が近寄るのは、父君のほかは初めてのことで、動転しきっていた。

「あなたは世の中を憂く、つらいもの、悲しいもの、と思い込んでいられますね……それはとんでもないこと。あなたのようにお美しい方が、そんなことを考えていらっしゃるなんて、私の胸は痛みます。あなたに、微笑みをとりもどしてさしあげたい。生きること、愛することの、何たるかを教えてさしあげたい……」

少将は、やさしい声で、姫君の心を溶けさせようと気をつかいつつ、とうとう、姫君の袖をとらえ、身を引こうとした姫君の黒髪の端を手に巻いて、押えこんでしまった。

そうして灯影に面をそむける姫君の横顔の美しさに見惚れ、有頂天になった。

(想像した以上の美女だ！　これほどの美人は、どんな大臣や公卿の姫君にも、いや、内親王さまの中にだって、いやしないぞ！)

「さっき、あなたは、岩穴の中にでもこもってしまいたい、とおっしゃっていましたね」

少将の言葉に、姫君は、さっきからかいま見られていたのかと気付いて、恥ずかしさにいよいよ、度を失ってしまった。

少将は、音もせず近寄り、ついに、姫君を腕のなかに抱きしめてしまう。姫君は、おどろきと羞恥心で、気が遠くなる気がしたが、少将が衣にたきしめている、香のいい匂いでますます、目くらむような思いに誘われるのであった。

「岩穴は、きっと、私の腕の中なのですよ。私を信じて下さい。私はきっとあなたを、世の波風から守ってみせます。私にしか、それはできません。なぜだとお思いですか？ 愛しているからです。あなたが好きだ、お会いして、ひとしお、愛が深まったのをおぼえます」

姫君は汗もしとどになって震え、

「お離し下さい……そんな突然に」

「突然じゃありませんよ、私の誠意はたびたびの手紙で誓ったはずです」

「いいえ、もし、わたくしに少しでもお心づかいをして頂くことが、できましたら」

姫君は、とぎれとぎれの、可憐な声で、必死に訴えるのであった。

「こんなに思いがけずおいでにならないで下さいまし」

「しかし、あらかじめ申し入れると、ことわられるのにきまっています」

少将は、姫君の声音や物のいいぶりが可憐で女らしいので、もっと返事させようと、余裕をもって応対している。

しかし、姫君は、少将の返事さえ、耳にはいらぬようであった。

「殿方には、おわかりになりませんわ……こんなみすぼらしい身なりで、お目にかかりたくない女のきもちが……」

「身なり……」

少将は、意表をつかれた。

「恥をうちあけて申しました。女には死ぬより、羞ずかしいことでございます。どうか、かわいそうと思われましたらお引き取りを」

少将は、姫君の古ぼけて萎えた衣を今さらのようにみた。姫君の袿《うちき》には継ぎがあたっており、ほんとうはその下に着るべき単《ひとえ》もなく、あらわになる肌を、隠そう隠そうとしている。いまは姫君は、涙ぐんでいた。

継ぎの当った衣を着た姫君！　それもいい。

しかも、いかなる女心のふしぎか、姫君は貞操の危機も忘れ、みすぼらしい身なりを男に見られることを、死ぬほど羞ずかしがっているのだ。

少将は、そのユーモアに思わず、笑い出した。

（キモノなんか、どうだっていいさ、どうせ剝くんだから——男がキモノなんか、見てるものか。美々しい十二ひとえのキモノより、姫君のこの、玉をのべたような肌がいくら美しいか。名香をたきしめたよりも、姫君の、この若い女特有の仄《ほの》かに甘い清らかな肌や髪の匂いの方が、どれだけ男には好ましいか、知れはしない）

少将はそう思いながら、

「私が愛しているのは、あなた自身ですよ。そういう、率直なお言葉で、なおまた、あなたがいとしくなりました」

というなり、姫君を抱く手に力をこめた。

少将は、いまは、強くこの姫君に人間味を感じ、ひきつけられている。飾りものの人形のような、ほかの姫君にくらべ、生きている若い女の手ごたえを感じさせてくれる姫君に、いまはニセモノでない愛をおぼえた。それは、姫君のもつ、女らしいユーモアからである。しかも姫君は自分ではそうは気付いていない。ただもう、貧しげな着物を男に見られた羞ずかしさに、冷たい汗を流し、わななき、すすり泣いている。

少将は、そっと姫君の涙を吸い取って、ささやいた。

「さあ、そんな身なりのことなど、忘れさせてさしあげますよ。私を信じて下さい。何もかも、私に任せきって下さい」

阿漕は、帯刀の腕の中で、ふと、姫君の部屋の格子が、上げられる音を耳に捉えた。この寒い夜ふけ、姫君がご自分で格子をおあげになるはずはない、と、へんな胸さわぎを感じた。

「どうしたのかしら、格子が……」

と起きようとするが、

「ええい、じたばたするなッて」

帯刀の毛脛にからまれて、すとん、とまたころがされてしまう。

「あんた、聞こえないの、格子を上げる音がしたわ、どいてよ。ようす見てくるんだから」

阿漕は男の太い腕を自分の軀からどかせようとムキになるが、帯刀はよけい面白がってからみついて放さない。

「たぶん犬だろうよ、いや犬丸じゃない。しっぽのあるほんものの方だろう。いやいや、ねずみかな?」

「犬やねずみが格子をあげるはずないでしょ。あんた、何かたくらんでるの?」

阿漕はキッと、帯刀を見た。帯刀は目をそらして、

「何の話だい?」

「何さ、そらッとぼけて。何かしたんじゃないの? どきなさいよ。もしかして、お姫さまに何かあったら、承知しないわよ」

「おれが何をするものか」

と帯刀はなおも阿漕を抱きしめて離さない。口では達者なことをいっても、やはり、男の力にはかなわないで、阿漕は、鉄のような帯刀の四肢に、縛られたようになってしまう。

そのうち、かすかに、姫君のすすり泣きの声さえ聞こえた。

やっぱりだ、男が入っているんだわ、少将さまだ、と阿漕は悟った。

「何てこと、してくれたの、あんたたち!」

阿漕は猛然と腹が立った。

「へんだ、へんだ、と思ったわ。いったいお姫さまをどうしようというの、まさかあんたまでが、ウソをついてあたしをだますなんて思いもしなかったわ、きらい、きらい!離さないと、咬《か》みつくわよ、おどきッたら!」

阿漕の手に、真剣な力が加わった。帯刀はそれを苦もなくあしらいながら笑う。

「おれがなに知るものか、そう怒るなよ……まさか盗っ人がはいるはずはなし、きっと、今ごろは、恋のささやき、密なるかたらい、というやつさ。今ごろ忍んでいっても、とんだ邪魔者、と追っ払われるだけだぜ」

「バカバカ、本気に怒ってるのよ!」

ついに阿漕ははね起き、帯刀をにらんだ。その眼から青い炎が吹き出しそうである。

「あんた、少将さまと腹を合せて、仕組んだのね、少将さまでしょう、お姫さまの所へ押し入ったのは! ひどいことしてくれるわね、お姫さまは泣いていらっしゃるじゃないの、どんなに辛く思っていられることか、あんたって、よくもよくも……」

阿漕は泣き出した。帯刀は笑って、

「おいおい、子供っぽいこと、いうなよ。姫君だって、ねんねではあるまいし、こうしたことがすでにもう一度や二度、おありになっても、当り前じゃないか」

帯刀のうそぶくのが、阿漕にはむやみに憎らしい。

「あたしが、お姫さまのことを、どんなに思ってるか、あんたには、ようくわかってるはずじゃないの、かわいそうなお身の上のお姫さまの、ただ一人の味方、として、あたしがこんなにけんめいに尽くしている、それをあんたも分ってくれてる、と思ってたわ。それなのに、よくも、お姫さまとあたしを裏切るようなことをしてくれたわね」

くやし涙をぽろぽろこぼして抗議する阿漕に、帯刀は、しょげた顔になった。もともと惚れた相手のこと、それが心から恨みに思い、責めている涙をみては、帯刀も、気が折れてしまう。

「ああ、あんたみたいな薄情なろくでなしと、結婚するんじゃなかった」

阿漕がぷいと顔をそむけると、帯刀は降参気味で、

「そう、ふくれるなよ……な」

と、こんどは機嫌をとりはじめた。

「いや、じつは、少将が、姫君に、お話だけでも、と来られたのだが、――話だけですまなくなったとしても、ま、それならそれで、いいじゃないか。今さら、お前がじたばたしたって仕方ないさ。これも前世からの、因縁かもしれないよ」

「それならそうと、なぜ、前もっていってくれないの。しかも、あたしをダマしてお姫さまのところから引きはなす、なんて許せないわ。卑劣だわ。あんたも少将さまもゆるせないわ」

「だけどさ、お前が監視していちゃ、少将さまも動きが取れないし、お姫さまも羞ずかしいだろう。お前は、少将さまと姫君が結ばれることを願っていたのだから、まあ結果としては、これでいいんじゃないか」

「だって、あんまり、やりかたが、ひどいんだもの」

阿漕は、また、くやし涙をこぼした。

「それならそうと、こちらの心を重んじた、取り扱いをして頂きたかったわ。少将さまが今夜忍んでいらっしゃるなんて、あんたはあたしに、これっぽちも言わず、しらっぱくれているのを、お姫さまは、そうは思いにならないでしょう。きっと、あたしも、今夜のことの共犯だとお思いになるわ。それが辛いのよ。――こんなにお姫さまを思う気持ちが、いっぺんに汚されてしまった。あたしとお姫さまの友情は、あんたたちのおかげでこわれてしまうんだわ。……ああ、今夜ずうっとお姫さまのおそばについていてあげればよかった!」

「気にするなよ。姫君は、お前が共犯だなんて、お思いにならないよ。お前が何にも知らなかったことぐらい、ご承知だろうさ。――そう怒るなってば」

帯刀は、そろっと、うしろから阿漕の胸を抱く。そうして、阿漕にがたがた言わせぬために、次々と的確な男の動作をつづけていく。

「なぜそう、おいといになる」

少将はやさしくいいつづける。

「人なみでもないように扱われますが、私の誠意は、ほかのどんな男にも負けませんぞ。また、不肖道頼、家柄・才幹とも、人におくれをとらぬと自負しております。たびたびの手紙に、心からの愛を幾度も誓いました。しかし、ただの一行も、お返事がなかった。こんどこそ、こんどこそ、と夢みながら、おたよりしたのに、ついに、『見た』という意思表示さえ、なさらない。あきらめようと思いながら、何というふしぎなこと、ますます、恋心はやみがたく、慕ってくるのです。――もうこの上は、直接お目にかかろうと、私は押しかけてきました。あなたご自身のつれなさが、私にこんな無礼な行動を取らせた、といってもよい」

少将は、春雨があたたかく、大地をうるおし、ものみなを瑞々《みずみず》しくほとびかせるように、静かにゆっくりと、しかし小止みなく、訴えつづける。

多弁の印象を与えてはならない。饒舌と思われても、いやみである。そのため、間をあけて、ゆっくりとささやきつつ、姫君の衣に手をかける。

姫君は、――深窓の姫君にしては珍しく、強い動作で、少将にさからった。単衣も着ず、袴だけを身につけている貧しさや継ぎのあたった衣を、男の目に触れさせたくない、という切望が、必死の強さを姫君に与えたのである。

「どうか、おゆるし下さいまし。……」

と姫君が目に涙をうかべて哀願したとき、少将は悟った。

女にとって、着物というのは、人間性の一部なのだ、ということを。

男のように、（なあに、剝くんだから、どうせいっしょさ）とか（中身さえ、あればいいのです）というわけにいかないのだ。

女にとって、まずしげな、見ぐるしい身なりを男に見られるということは、からだを奪われるより、時として辛いものであるらしい——。

そういう省察をする、ということは、少将が、いまや姫君サイドに立ってものを考えている、ということで、つまり、彼はホンモノの、「恋する人」になってしまったのである。

「よろしい」

少将はきっぱりいって、さしのべた腕をひっこめ、姫君を解放した。

「思し召しにしたがって、今宵はこのまま、ひきさがります。私は、あなたをいとしく思うがゆえに、ひきさがるのですよ。……私としては、それもまた、よろこびになりました。あなたのために、自分を殺すということが、とりも直さず、私にはうれしいことになったのです。……おや、もう鶏が鳴いている。夜明けですね。お声を聞かせて下さい、せめて」

「わたくしは鶏以上に、泣いていますわ」

姫君が遠く、部屋の奥へいざりつつ、ためいきのようにいうのが、少将には可愛くてならなかった。

帯刀と阿漕の耳にも、あけがたの鶏の声は聞こえた。

雨はやんでいるが、冷気はきびしい。

竹丸が部屋の外から声をかけた。

「お迎えのお車がきました」

「よし」

と帯刀は答えて、まだ拗《す》ねている阿漕にいった。

「少将さまにお知らせしてこいよ」

「いやだわ」

阿漕は腹立たしくて、帯刀の言葉にすぐ反撥する。

「ゆうべは、席をはずして、今朝になって上ったら、あたしも同腹だと、お姫さまはきっとお思いになるわ。どんな顔で、お姫さまの前に出ていけて？　お姫さまがすすり泣きしていらっしゃるお声さえ、耳にしたというのに、知らんふりで出ていけると思うの？」

「まあまあ……」

「何がまあまあよ。この人でなし！　うそつき、意地わる、腹の黒い男！　あんたは、お姫さまが、あたしをお嫌いになるように仕向けて、それで喜んでるんだわ。もう、二度と来ないでよ」

怒っている阿漕は、帯刀にはかわいい。おとなの分別くささは消えて、子供っぽい、いちずさがムキ出しである。

「姫君がおきらいになったら、その分も、おれが可愛がってやるから、いいじゃないか」

帯刀は笑いながら、起きて、自分で、少将たちの部屋へいった。

そうして、格子のそとで咳払いをする。

これは、この頃の習慣でいうと、ノックすることに相当する。

(車が来ました)

という合図である。少将は、

「寒い朝の別れは、ひとしお辛いですね。朝になっても別れなくていいような間柄に、はやくなりたいですね」

と姫君にやさしくいいながら、自分の単衣を脱いで、姫君に与えた。初夜の朝、おたがいの衣を交換するのが、恋人たちのならわしであるが、少将と姫君のあいだには、まだなんの交渉もない。

しかし、少将の心持ちとしては、はじめての愛を交したと同じ情緒に濡れているのである。

それで、自分の衣を与えたのであるが、それはまた、単衣も着ていない姫君に、それとない心づかいをしたのでもあった。

姫君のほうは、少将の配慮が、よけい恥ずかしかった。自分から与える衣もないことに、身がすくむような屈辱感をおぼえた。

「あなたの心の溶けるまで、百夜《ももよ》でも通いますよ」

少将は、姫君の手をそっと取って、そうささやくと、車に乗って去っていった。

姫君は、どっと涙が出て、重病人のように床に臥したまま、あたまもあがらず、気も遠くなるばかり、泣いている。

帯刀が少将に従って帰ってしまうと、阿漕は、身のおきどころなく、進退に窮した。なんの面目あって、姫君にお目通りできよう。

自分も、男たちとひとつ心を合せて、だましたのだと恨んでいらっしゃるかもしれない。阿漕は自分の方が、泣きたかった。

しかし、そのまま、じっと引きこもっているわけにはいかない。それに、姫君のご様子も心配にもなる。

阿漕は思いきって参上してみると、姫君は床に臥して、あたまから、ふすまをひきかずいていた。

「まだ、おやすみでございますか……」

と、そっと声をかけてみても、返事はなく、身じろぎもしない。

阿漕は途方にくれて、いったん、自分の部屋へ退った。

と、そこへ後朝《きぬぎぬ》の文がきた。

これは、夜を交した朝、男から女へよこす手紙である。帰って間をおかず届けるのが、誠意あるしるし、とされている。翌日の夕方に来たりするような手紙は、愛も誠意もないのであって、こういう恋人は脈がない。少将は、帰邸するや否や、手紙を届けてきたのである。

少将から姫君へ宛てたもの、それから、それにつけて、帯刀から阿漕にあてたもの、と二通あった。帯刀の手紙には、

「ゆうべはえらい目にあった。

何もかも、おれのせいにして、お前がいじめるんだから、やりきれないよ。

こんな調子だと、もし少将が、姫君に不都合でもしでかされたら、おれまでどんな目にあうことやら。

だが、安心してくれ。

そいつはない、とにらんだ。

少将どの、姫君に、ぞっこんだよ。おれの方がビックリさ。

姫君の方は、しかし、女だから、そうはいかないだろうなあ。さぞ、むくれて、おれのこともイヤな奴だとお思いだろう。とすると、これからの恋の使いは、いっそう、事めんどうだろう。それを思うと、おれもゆううつだが、仕方ない、すまじきものは宮仕え、少将からの手紙があるから、これをお渡ししてくれないか。お返事をぜひ頂きたい。

少将のお手紙をご覧になれば、姫君のお心も溶けるさ。そこは男と女、遠くて近い間

柄というもんだ。お前が心配するほどのことはないよ。

いったい、お前が、ご大層に勿体ぶるから、事がこんぐらがるんだぜ。よくあることだ、と思いなさい。

バカな可愛《かわ》い子《こ》ちゃんの阿漕へ。

お前だけのもの、帯刀より」

「なにいってんのさ、バカにしてるわ」

と阿漕は手紙を読んでつぶやいた。

姫君が、どう思われるかわからないけれど、ともかく、手紙だけは、お目にかけようと、阿漕はまた、お部屋へいった。何か、声をかけるのも、はばかられる気がして、入りにくかった。

「少将さまからのお文ですわ。後朝の文でございますから、ご覧あそばしませ」

阿漕はそういうが姫君は返事もせず、向うをむいてじっと身じろぎもしない――美しい髪が枕上に散っていて、床に臥したまま、顔を埋めていた。

阿漕は、姫君が、男とはじめて夜を過ごした羞恥心から、身をかたくしているとは思えなかった。姫君は、声を忍んで、泣いていたからである。

阿漕は、たとえ少将の出現が唐突であったにしても、恋が順調に育ったとしたら、あるいは姫君も、警戒心を解いて、結果的には甘美な夜を送られたかもしれない、とたのみをかけていたのだ。

しかし、このようすを見ると、不成功だったとしか、思われない。少将は、姫君の意に反して、無理無体に迫ったのかもしれず、姫君は、乙女ごころを傷つけられて、悲しんでいるのかもしれない。

とりかえしのつかないことになってしまった。

阿漕は、目の前が暗くなっていくような思いだったが、気をとり直して、声をかけた。

「ゆうべは、なぜか、知らぬ間に寝込んでしまっておりました。あっという間に夜があけてしまいました。今更、何を申しあげても言訳がましく、お姫さまはお受けとりになるでしょうね。でも、ほんとうに、私は、少将さまが忍んでいらっしゃることは、存じませんでしたので……」

姫君はだまりこんで返事もない。

「もし、私が、あらかじめ知っておりましたら、なんで、そんな不意打ちのような目に、お姫さまをおあわせするものでございますか、決して、さようなことはございません、神かけて誓います。夫の帯刀も、私には、何ひとつ言ってくれなかったのでございます……」

「…………」

「やっぱり、私が、少将さまのことを知っていて、かくしていた、とお思いなんでございましょうね」

阿漕は、涙が出てきた。

「長い年月、お仕えしてきて、お姫さまを実の姉妹とも思い、大切に大切に存じあげてきました。その私が、なんで、お姫さまのお心を傷つけるようなことをいたしましょうか。なさけのうございますわ……お姫さまお一人、この邸に残られるのがいとおしくて、楽しい石山詣でも、口実を設けてお供しなかった私でございます。お姫さまと二人で楽しむのでなければ、どんなことも楽しくない、と思っております私ですのに、それほど思う甲斐もなく、私の言葉も立場もお耳に入れていただけませんで、つれなくあそばすのでございますか……。そうまでお姫さまに嫌われては、私の立場はございません。よろしゅうございます。ご奉公も今日かぎり、おいとま頂いてどこかへいってしまいます。……」

阿漕が泣いていると、姫君は、やっとあたまをもたげ、涙にくぐもった声でいった。

「お前が少将さまのことを知っていたとは思わないわ……」

姫君は、阿漕がかわいそうになっている。

「阿漕に腹を立てているのではないのよ、わたくしはあまり思いがけなくて、動転してしまった上に、こんなひどい身なりを、はじめての男の方に見られたのが、死にたいほど恥ずかしいの」

姫君はそういって、またひとしきり泣いた。

「お母さまさえ生きておいでだったら、何かにつけて、こんな辛い目にはあわなかっただろうに、と思うと、なさけないやら、悲しいやらで、もう、死んでしまいたいと思うわ」

「ご尤《もっと》もでございますわ」

と阿漕も心からいった。

「ほんとうに、どんなにか、恥ずかしい思いをなすったことだろうと、ご同情申し上げます。でも、こちらの北の方は、お姫さまの継母でいらして、それがまた、並み一通りの意地悪ではない、ということは、少将さまもよくご存じのはずですわ。だから、そのへんのところは、ご心配には及びますまい。帯刀の手紙によれば、少将さまは、お姫さまに、とても愛情をおぼえられたそうでございますわ」

阿漕が慰めるようにいうと、姫君は、ぽっと頰を赤らめて、

「そんなこと、あるはずはないわ、こんな、へんな身なりの貧しい女に、思いを寄せる方があろうとも思われない。だからこそ、少将さまは、わたくしに近づかないで、お帰りになったのだわ……」

「なんでございますって?」

阿漕は目をみはった。

「では、少将さまはお姫さまにお手も触れず……でも、単衣はお脱ぎになっていらっしゃるではありませんか」

「わたくしに、単衣がないのを憐れまれたのよ、こんな、羞ずかしいこと、女として堪えられますか」

「あの、少将さまが。――それはきっと、あのかたのご愛情ですわ、お姫さまを愛していらっしたから、お心を尊重なさったのですわ。まあ、あの少将さまが、お部屋で一晩をすごしながら、お手も触れず。しかも、衣を脱いで、そして後朝の文も、こんなに早く。こまやかなご愛情じゃございませんか」

阿漕は、有頂天になり、うっとりした眼をさまよわせていた。

「お姫さま、もう、思いきって、少将さまと、こっそりご結婚なさいませ。そんな真実な殿方は、二人とあるものではありませんわ」

「とんでもないわ。北の方がどうおっしゃるかしら。縫物でさえ〝自分のいいつけたもの以外の仕事でもしてみてごらん、この邸に置いてやらないから〟とおっしゃるのだもの」

姫君はおそろしそうにいう。

「そんなこと、おっしゃるようなお邸は、こちらから捨てて出られた方がようございますよ」

家の人はるすなので、阿漕も気が強い。

「いくらなんだって、こんなにひどい扱いを受けていられるお姫さまが、どこの世界にいられますか。いまに、すばらしい幸せにめぐりあわれたら、北の方がどんな顔をなさるか、見ものですわ。北の方は、お姫さまを一生飼い殺しみたいになさって、お針女でこき使おうというお心にちがいありません。ところがどっこい、私がそうはさせません。

お姫さまを北の方の及びもつかないご身分にしてみせますわ」

夢中になって阿漕がしゃべっていると、露《つゆ》がやってきて、

「竹丸さんが、お返事はいかがでしょうと待っています」

といった。

阿漕は、少将の手紙をひらいて、

「さ、早くご覧なさいまし。せっかくのお志ですのに」

と姫君にいった。姫君はうつむいたまま、見ると、男らしい筆致の走り書きである。

「なぜでしょう。男は、まだ見ぬ恋にあこがれ、見たあとは、かえって恋がさめるものだといいますが、私は、あなたに会いそめてから、ますます恋が募ってゆくのです。あなたは、なぜかくも、私をお苦しめになるのか。恋したことは、率直にいって、今まで幾度かありました。

しかし、恋に苦しんだのは、あなたが最初です」

姫君ははらりと手から放して、ふたたび、あたまを枕につけ、

「気分がわるいから、お返事は書けないわ……」

と、ふすまをひきかぶってしまった。

そこで阿漕は、帯刀に返事を書いた。

「何です、あんたの手紙のちゃらんぽらんなこと。あんたの薄情は、ゆうべの仕打ちですっかりわかりました。どんなにアテにならないかも、つくづく思い知らされました。

姫君はご気分がわるいとおっしゃって、まだ臥していらっしゃいます。お返事どころのさわぎではありません。打撃を受けていらっしゃる姫君のごようすを見るのは辛いものです。それもこれも、あんたのせいよ」

と強い調子で書いた。

帯刀は、少将に、阿漕の手紙をみせるべく、早速、部屋へいった。

おどろいたことに、少将は、後朝の文を書いたときそのままの姿でじっと机に頬杖ついて、物思いにふけっているではないか。

そして帯刀の姿を見ると、眼を輝やかせ、

「お返事はあったか、姫君の返事は！」

と叫んだ。

「いや、それがその、ご気分がわるいとのことで、頂けませんでした」

「うーむ」

少将は、がっくりと肩を落とした。そして、

「ああ……私は、きらわれたのではなかろうか！」

と額に手をあててうなだれたのである。

帯刀はおどろいた。少将がそんなにやきもきしているのを見るのははじめてである。

以前の少将ならば、朝になって、後朝の文を、それぞれ別のところへあてて、二通ぐらい書いていることもあったのだ。

そうして返事が来ると、鼻唄で封をひらき、

「えーと、これは、どっちだったっけ、前の分か、あとの分か」

などといい、いうならば、恋の冒険のハシゴをしていたといってもよい。

ところが、こんどは、ちがった。

姫君の返事を待ちこがれ、自分は、もしや嫌われているのではないかと、心配し、落胆したり、動揺したり、しているのだ。

「おそばの女房が、代りに書かなかったか？」

少将はたずねた――初夜の後朝の文は、代筆が多いものである。

「は、例の、私めの妻が、私にあててこんな返事をよこしました」

帯刀は阿漕の手紙を見せた。

「姫君がご気分がわるい――打撃を受けられた？……」

少将は考えこんでいるので、帯刀は、

「それはまあ、しかたございますまい。おぼこな姫君にしてみましたら、思いもかけぬ初夜を迎えることになって、さぞ、びっくりされたでしょうからな」

「いや、ちがうのだ」

少将は首を振った。

「そばから見られても、弁解しようのない事実を作ってしまったようだが、実のところ、私は、姫君とはまだ、なんでもないんだよ。あまり、辛がられるのでいたわしくて、引

き下ったんだ、——だが、もし姫君のご不興を買ったとすれば、……あの、継ぎの当った着物だな」

「継ぎ？……」

帯刀は、なんのことか、わからない。まさか、中納言家の姫君ともあろう方が、継ぎの当った着物を召していられるとは、想像もできない。

少将も、姫君の恥を、人に打ちあける気はない。また、自分が、気付いたと姫君に知らせ、羞恥心をいっそう刺激する必要もない。

ただ、あの姫君が、いっそう女らしく、あわれに思えるのであった。

少将は昼になって、また、手紙を書いた。

「あなたのつれなさが増さるにつれ、こちらの恋も増さってゆきます。すげないおあしらいをされればされるほど、男の心は燃えるのです。

矛盾しています。

いまはもう、自分で自分がわからない気持ちです。

ふがいない男より」

帯刀は、少将からの手紙を受けとって、自分も、阿漕にあてて書く。

「今度こそ、お返事頂いておくれ。でないと、あんまりだよ——少将の恋はどうもホンモノらしい。一時の浮気ではおありにならないのは、おれが誓ってもいい。色よいお返事を頂いてくれ。頼んだぜ」

「こんどは、どうあってもお返事なさいまし」

阿漕は、姫君に強くいったが、姫君は、まだ床から起きない。

(お嗤《わら》いになったにちがいないわ、わたくしの姿をごらんになって——)

と思うと、このまま、消え入りたいような恥ずかしさで、ふすまをかずいている。若い女らしい、いちずさで、そのことよりほかに考えられないのだった。

阿漕は困って、帯刀に返事を書いた。

「姫君はやっぱりご気分がわるいらしくて、どうしてもお返事は書けないとおっしゃっています。

少将さまの恋はホンモノだとおっしゃいますが、どこまで信じたらいいんでしょう。だって、ゆうべのことをみたら、全く、お二人心を合わせて、白を黒と言いくるめかねない様子ですもの。

あんたが誓ったって、アテにならないわ」

という返事をやった。

帯刀は、また、それを持って少将に見せにいく。

「面白い女だな、お前の恋人は」

少将は笑って、

「こりゃ、なるほど、しっかり者で面白そうだ。イキがよさそうな子じゃないか」

「へへへへ」

帯刀は、恋人をほめられると、だらしなくなってしまう。

「姫君のために、自分ひとり、やっきになってるところがいい——しかし、この手紙は、今夜も来い、というナゾだな」

「何でも、ご自分の都合のよいように解釈なさいますな」

「なんだって？」

「いえ、こっちの話で」

「早く、日が暮れないかなあ、今宵こそは——」

と少将は、いろいろな空想に身をまかせて、いまはもう、日暮れを待つ以外、人生に何の目的もないようにみえた。

阿漕はというと、これは大車輪で忙しい思いをしていた。

今夜も、きっと少将は来る——後朝の文に、あんなにも熱情をこめて愛を誓ったからには、ここしばらく、つづけて通うにちがいない。

昨夜は、だしぬけだったから、姫君にも恥をかかせ悲しませ、少将を落胆させてしまったが、今夜は用意万端ととのえて待ち受けたかった。

そうして阿漕は、最高の状態における姫君の美しさを、少将に見てほしいのである。また、心利いた自分のとりなしをも、認めてもらいたかった。

相談する人もないので、阿漕は一人で心を砕いて、部屋の大掃除をする。屏風や几帳もないので、まずその手配からしなければならない。

「お敷物を直しましょう。お姫さま、お心を取り直して、お化粧でもなさいませ」

阿漕は、姫君を起した。

姫君は素直に起き上ったが、顔は赤らみ、目は泣き腫《は》れて、見るもいたわしい様子だった。

「さあさあ、お髪《ぐし》でもおとかしいたしましょう。また、気も晴れますわ、せっかくのおくつろぎの日ですもの、お元気になっていただかなくては」

と阿漕はいって、姫君の髪を梳《と》かしはじめたが、「元気を出せ」といっても、世間知らずのお姫さまにとっては、昨夜のことはほんとうに衝撃であったろう。気を取り直せ、という方が無理である。

果して姫君は、阿漕が掃除を済ませると、

「やっぱり、気分がわるくて……」

と横になってしまった。

阿漕は、姫君のしたいようにさせておき、自分はてきぱきと、片付けていった。露を呼んで、姫君のお道具類の塵を拭いたり、磨いたりする。髪を束ねて巻きあげ、着物の裾をからげて、婢女《はしため》のような姿で、かいがいしく働く。

姫君は、亡き母君のおゆずりで、美事な調度類を、ほんの少し持っていられた。ことに、鏡などは、立派なものだった。

（これだけでも、お持ちになってらしてよかったわ、でないと、あんまり殺風景だも

の)

と阿漕は思いながら、鏡をよく拭き、みがいて枕もとに飾ったりした。

「御几帳があればよろしいのにね」

露が残念そうにいう。

「おるすのあいだ、あちらの方からお借りしましょうか?」

というのは、三の君や大君の邸のことをいうのである。

「いいえ、それぞれ、るす番の人がうるさいし、私にいい考えがあるから任せておおき」

阿漕は、叔母にあてて、手紙を書いた。

この叔母は、もと宮仕えしていたが、いまは結婚して、夫は和泉の守である。受領《ずりよう》というのは、地方官だが、みな金まわりよく、わりに内福なものである。

叔母は、阿漕を養女にしたがって、いつもよくしてくれるのであるが、阿漕は、姫君を見捨てるのがいやさに、この邸を出ないのであった。

「叔母さま。用のあるときにだけお便りしてごめん下さいませ。

急なことで、ぜひ叔母さまのお力をお借りしなければならなくなったのです。いそいでおりますので、くわしくは書けませんが、今夜、私の方へ、気のおけるりっぱな方が、方違《かたたが》えにいらっしゃるはずなのです。それで、几帳を一つ、お貸し下さいませんでしょうか。お泊りになるのに、夜具もなく、私にはそれを借り出す手づるも、ほかにはございませんので、ついでに夜具もおねがいできれば、うれしいのですけど。ご無理申しあげてすみませんが、とりいそぎお願いまで」

方違え、というのは、陰陽道《おんようどう》の用語である。

この陰陽道というのからして、現代のわれわれには縁遠いことになってしまっているが、この時代――平安時代、十世紀をまん中にしてその前後二、三世紀の人々の生活や精神を、強く支配したのは、呪術や陰陽道だった。

神や仏の信仰はいうまでもないが、日常生活の細部を支配するのは陰陽道である。もともと、陰陽道は中国から渡来した陰陽五行説にもとづく学問である。自然や人間社会、天地の運行を占って、吉をまねき、禍《わざわい》を避けるというもので、これがいろんな俗信や迷信とからみあって、生活上のタブーをたくさん生み出した。

個人生活ばかりでなく、国家の政治から方策にいたるまで、陰陽道は、はばをきかせることになったのである。陰陽寮という役所まであり、長官は陰陽頭《おんようのかみ》という。ホーキ星があらわれたりすると、陰陽頭はこれを占って、何の故にこの異変が現われたか、国家は何を為すべきかを、朝廷に奏上したりした。

「陰陽暦数は国家の重んずる所」とされたのである。王朝の小説などに、

「物忌《ものいみ》でこもっている」

などとあるのはこのことで、禁忌の方角や日時、場所など、こまかい点まで、陰陽道によって制約される。

日常の外出、あるいは洗髪、爪切りなどにいたるまで、暦をみて、吉日、(それにふさわしい日)をえらばなければならないのであった。それにそむくと、禍があるといって、忌まれた。

これを迷信と笑うわけにはいかない。迷信にはちがいないが、どんな時代にも、それに類したことはあるのであって、当時の人々が、そういう生活をわずらわしく思っていたかというとそうではなく、人生のルールとして楽しんでいたにちがいない。

方違え、というのも、陰陽道の考え方で、外出にしろ、旅行にしろ、自分のゆくべき方向に天一神《なかがみ》のいる場合、これは忌むべきことなので、いったん、ほかへ移ってそこから出かけることなのである。

「源氏物語」にも、源氏が方違えに紀の守の邸にいき、そこで、人妻の空蟬《うつせみ》にあい、言い寄る場面がある。おたがいさまのことなので、「方違えさせて下さい」と知人の邸へ行った場合、みな快く、「どうぞどうぞ」と招じ入れるのがならわしであった。

そうして、心こめてもてなす。いつ自分も、忌の方角ができてお世話にならないとも限らないので、みなみな、快く迎えるのである。

人間は、自分でルールをつくって自分でたのしんでいる動物である。

そんなに外出の機会のない女たちにとって「方違えの客人を迎える」ということは、またとない社交のチャンスであり、いそいそと迎えたであろうことは想像にかたくない。

さて、阿漕が、

「方違えのお客さまがおいでになるので、几帳や夜具を……」

と叔母に依頼したのは、賢明な口実といってよい。女同士のことだから、叔母は大いに共感したらしかった。

「お手紙拝見しました。いとやすいことです。でもね、もっとたびたびおたより下さいね、年とると、身内はことのほか、なつかしくなるものなのよ。

お申し越しのもののほかに、まだ何か、お入用のものはありませんか。

おかげさまで、うちはただいま、楽な暮らしをしておりますし、私がいうのも何だけれど、叔父さんはやさしくてねえ。何でも私の言いなりですよ。道具でも着物でも、よく買ってもらいますので有難いことです。

この着物は、粗末だけれど、私が着るつもりで縫っておいた新しいものなので、差しあげます。こんなのはお持ちかもしれないけど。

それから、几帳も、さしあげましょう。ほかのものも、遠慮なく、おっしゃってね」

阿漕はうれしかったが、叔母が使いに持たせてよこした紫苑《しおん》色の衣の、中に真綿のはいった、あたたかそうなものをみたときは、いっそう、うれしかった。これは身にもまとい、また夜やすむときは、脱いで上にかけて夜具ともなる。なにしろ、袖丈も着丈も長く大きいものなので、ゆうに、ふとん代りになるのであった。しかも軽く、美しい。

「こんなものを調達してまいりましたが、お召し下さいませ」

と阿漕はさっそく、姫君に見せた。

表はうす紫色で、裏は緑がかった青色の、きよらかな、暖かそうな衣である。

「お姫さま、この下には、ぜひ、このお袴を……」

阿漕は、自分の一張羅の袴を出してきた。

「まことに失礼かと存じますけれど、まだ二度ほどしかはいておりません。ゆうべは、お気の毒なお姿で、お会いになりましたのですもの、今夜はぜひ、これをお召し下さいまし」

それは阿漕が、三の君の前へ出仕するときのための袴である。三の君の婿の手前、北の方は、女房たちの身なりにやかましいので、いい袴を大切にしていたのだった。

姫君は、阿漕の気持ちがうれしかったので、

「ありがとう。では、着ます」

と素直に感謝して、着更えた。

「私の物をさしあげるなんて馴れ馴れしくて申しわけございませんが、この際ですからお許し下さいまし。薫物《たきもの》も、ちょうどございます。ほら、三の君さまの裳着《もぎ》のときに頂きましたものですわ。ほんのちょっぴり、包んでとりのけておきましたんでございます。こんなこともあろうかと思っていたら、まあ、やっぱり役に立ちました！」

阿漕はそういい、練り香を火にくすべ、袴を香ばしく匂わせて、顔を輝やかせた。ああ、女は、こういうことがしたかったのだ！　結婚の初夜にそなえて。

几帳も、新品のようにあたらしく、清らかであった。阿漕は、叔母の厚意をしみじみ

うれしく思っていたが、ゆっくり喜んでいるひまはなかった。はや、少将が訪れてきたのである。

少将は、通いなれた恋人のように、格子をほとほとと叩く。

阿漕がいそいで開けると、えならぬよい香りがして、若い美しい男が無造作に入ってきた。

その屈託ないさまは、いかにも身分高い人間の、自信ある挙措《きよそ》だった。阿漕は、少将をはじめて見たわけである。(少将のほうは、前に阿漕をかいま見たことがあるが)すがすがしい美青年で、それに愛嬌あることといったら、そのにっこりと笑う顔に、阿漕は我にもあらず、ひきつけられたくらいである。

(まあ、三の君さまの婿君より、ずっと、ずっと、好もしいお方!)

と阿漕はいっぺんで気に入った。

(これなら、お姫さまのお連れ合いにふさわしいわ。お姫さまも、このかたなら、きっと、お気に入るわ)

「そなたが阿漕か?」

少将は気軽に声をかけた。

「いろいろ骨を折ってくれて、かたじけない。よろしくたのむよ」

「はい……はい」

阿漕は恐縮して、思わず、そう答えた。少将の態度や言葉には、物にとらわれない、らいらくな性質を暗示するものがある。

「姫君のご気分は、いかがか。――お悪いとうかがったが、今夜は私が看病してさしあげるから、阿漕はもう退ってよい。あけがた、ご機嫌うかがいに来るがいい」

阿漕はていよく追っ払われたのである。

「は、はい」

阿漕はあわてて、姫君にも挨拶して、部屋をそっと出た。

姫君は、阿漕にいて欲しくて、

「待って」

といいたかったが、少将が几帳を排して近寄ったので、声が出なくなった。姫君は、物に寄りかかって、うっとりと臥していたのだが、男が傍へにじり寄ってくるので、あまりにしどけない姿なのを恥じ、身を起そうとすると、

「そのまま、そのまま」

少将はするりと、そのそばへすべりはいり、

「なぜ、お起きになる。お苦しいのではありませんか。何でも、私にお言いつけ下さい――あなたを病気にさせた原因は、私なんですから、一命に代えてご介抱申しあげます」

「いいえ、もう……」

と姫君は顔をそむけたが、昨夜のような追いつめられた気持ちはなかった。

今夜は、袴も衣も単衣も、人なみにととのい、香ばしい薫りもたきこめてあるからだった。

「私のさしあげた単衣を身につけて頂いていますね」

少将はひめやかにささやきながら、姫君の黒髪を撫で、姫君の顔を、胸に押しあてる。

「夢みたいな気がします。おとついまでは、私は、別の人生を生きていたような気がしてならない。ゆうべ、あなたにめぐりあってから、私はちがう人間になった。ゆうべから、私は生まれかわった。長いこと手さぐりでさがし求めていたのは、あなただった。――それがわかりました」

少将は、身じろぎもせずにいる姫君に、

「聞いていられますか？……」

と、そっといって、やさしく接吻する。

「あなたに会うために今まで生きていたのだ……そう思いました。探し求める人は、こんなところにいられたのか。そんな気持ちで、嬉しいおどろきでした。私たちを引き合わせて下すったのは、仏天の御加護のせいだとしか思えません。――私たちは、幸福な夫婦として、一生たのしく過ごせると思う」

「でも、わたくしは、この邸ではかえりみられない身ですわ……お気持ちはうれしいのですけれど、あなたのために、わたくしは何のお役にも立てませんわ」

姫君は辛そうにいった。

「わたくしは、父にも、まま母にも愛されていません。あなたを、手厚くおもてなししてくれるはずはありませんもの……」

「私は、そんなものは期待していない」

少将は笑った。

「それを期待しなければいけないほど、私は無力な男ではない。私ののぞむのは、あなただけですよ。あなたを、そのうち、私の邸に迎えたい、と思っています。そしたら、あなたにもう、なんの物思いもなくなるでしょう。私は、毎日、あなたを見ていられる」

少将は、しずかに姫君の衣を肩からすべらせて脱がせてゆく。

「お言葉の真実だというあかしを、何によって知り得ましょう？」

姫君は、あるかなきかの声でつぶやき、羞恥で消え入らんばかりに、身をすくませていた。少将はおちついていった。

「いま、なにを言葉でしゃべっても、あくまであなたが、私をお疑いになるならば、どうしようもないと思います。無理はない、いかに聡明でも、世なれぬあなたに、男の言葉のうそ・まことがかぎ分けられるとも思えない。でも、人間の真心は、匂うものです。言外ににじみ出るものです。そうでしょう？」

するとc、姫君は、うつむいたまま、わずかに、うなずいた。血がのぼって、姫君の小さな耳たぶは、うす紅い貝殻のようにみえた。

姫君にも、少将の誠意と気魄《きはく》は感じ取られたのである。

「ああ、わかっていただけましたね……では今度は、私の方が、あなたの愛と真心のあかしを知る番です。何によって見せて下さいますか、可愛い人……」

少将は物語の主人公のように、甘い雰囲気の演出を忘れない。世間知らずの姫君のため。

第三章　恋の罪人

阿漕《あこぎ》も、帯刀《たちはき》と自分の部屋で楽しいときをすごしていた。

「いやもう、ひどいものだ、ゆうべと今夜とでは、こうもちがうのかねえ、待遇が」

帯刀は阿漕をからかう。

「ゆうべは何だ？　何をいった？　薄情者、ろくでなし、ダマしたの、卑劣の、とまあ、さんざん悪態をついて、あばれまわってえらい目にあわされちゃった。それが打ってかわって、少将さまをいそいそお迎えして、男前だとか、実があるとか、こんどはやたら、少将をほめそやすのだから、どうなってんの？　これ」

「いやあねえ……」

阿漕は照れて、笑う。

「だって、ゆうべは思いがけない出かたをするからよ。女って、だしぬけなことをされると、気にくわないもんなの」

女というのは、自分がたてた計画の上をものみな、走れかし、と思っている。そうワもくろみから逸脱するようなことをされると、(こん畜生、何の権利あって、そうワガママをする)と腹が立つわけである。

男が気ずい気ままにふるまうのがゆるせないのである。

ちゃーんとよくしつけて、エサを前におき、「おあがり!」といってはじめて犬が食べる、そんなふうに、男の行動を制約したいのである。

いや、それは言いすぎにしろ、前以ってこっちの意向をたずね、打診して、こっちがうん、といってはじめておとずれてほしい、さすればこっちの女の方も、準備万端おこたりなく迎えることができるのだ。今夜のように、阿漕が才覚を働かせ、大車輪で働き、その成果を見てもらえるのである。

「結果としては、いい賽《さい》の目が出たじゃないか。みろ、男に任せておけば、わるいようにはならないのさ」

帯刀は、阿漕の機嫌よいのが、うれしくてならなかった。——要するに、彼は、この女にぞっこん、惚れているのだった。

二人は、少将と姫君の将来のことをたのしく語り合った。少将の愛がいつまでもつづき、姫君が、少将の北の方として、晴れて迎えられる日のくることを祈る気持ちだった。

今宵はむろん、姫君の部屋から、泣き声など、きこえるはずはない。姫君も、たのしい夜をすごされているのかもしれなかった。

あっという間に、夜があけた。

「お車が、まいりました」

竹丸が、帯刀にいいにくる。それで、帯刀たちも起きた。

雨が降っていた。

阿漕がまだ暗いたてものの中を、灯をともすほどでもないので、手さぐりで歩いて、

「お迎えがまいりました」

と、部屋の外からひそかにいうと、

「雨が止んでから帰ろう――すこし待たせておけ」

と、少将の若々しい声がする。

(さあ、いそがしくなった)

阿漕は部屋を退ってきてそう思った。

三の君のもとを訪れてくる婿君にそうするように、少将にもいろいろ、お世話してさしあげたい。男君が起きられると、洗面の支度をととのえ、朝食の準備をするのが慣習である。婿をもてなすのに、粗相があってはならない。

三の君の場合は、新婚のこととて、北の方みずから督励《とくれい》して、もてなすのにぬかりなかったが、姫君に、そんな用意があるはずなかった。しかし阿漕は、どうかして、人なみな接待をして、姫君に恥をかかせたくないのであった。

食事に、洗面の用意の湯、それらを、右から左へ持ってくるわけにはいかない。広大な邸の中、どこででも火を起こすことはできない。台所にいかなければ、それらは手に入らないのだ。

けれどもあるじの中納言はじめ、みなみな留守なので、台所ではなんの用意もないにちがいない。ないが、はしためたちの食べ料に、すこしは何かあるだろうと思って、阿漕は台所へいき、水仕女《みずしめ》をさがした。

「おばさん、お早う」

阿漕は気どりない快活な女なので、台所の女たちにもよく思われている。お邸仕えの女房は、つんとしてお高くとまっているのが多いものだが、阿漕は社交家なので、顔がひろく、こういうときは便利である。

「おや、早うございますね、せっかくのお留守だから、ゆっくり寝ていらっしゃればよいものを」

四十がらみの水仕女は、いま起きたばかりらしかった。

「それがねえ、帯刀の友だちがゆうべやってきましてね、話が長びいて泊っていったの。折わるく、この雨でしょう、まだ帰れないでいるので、食事を出してやりたいと思うんですけど、何にもたべものがなくて。何か、のこりものでもないかしら、それから、お酒少し、あれば酒の肴のものが何か……。ワカメみたいなものでもあればいいんだけど」

「まあ、そうなの、大変ですね」

と水仕女は同情した。

「お客が朝もそのまま、というのは気忙しいものですよね、男ったら、全く、ヒトの家のことはかまわないんですからねえ。——よろしゅうございます、少しくらいはありますよ、お帰りになったときの、精進おとしのためのものがありますから、それをお持ちになって下さい、北の方ったらねえ……」

と水仕女は、声を落した。

「留守ちゅうの食料まで、キチンと桝《ます》で計って、置いていかれるんですよ、私らが横流ししやしないかと思って——。ケチでいらっしゃるから。でもいいですよ、精進落しの宴会の分は、すこし余分にとりのけてあるんですから、二人や三人の分は、あなた……」

「じゃ、おねがいするわ、ほんのすこし、頂けばいいんだから」

阿漕はそういいながら、瓶子《へいじ》（徳利である）へ酒をとくとくと注ぎ入れた。思いきって取るので、水仕女はびっくりして、

「阿漕さん、少しはのこして下さいよ」

という。

「わかってるわよ。でも、精進落しの宴のときは、きっと北の方さまはご機嫌でいらっしゃるだろうから、少々お酒が減ってたってわかりゃしないわ」

阿漕は、海藻のいろいろ、干し鮑《あわび》などを水仕女が出してくれたので、

「どうもありがとう。助かったわ、おかげさまで」

とにっこりして礼をいった。

「御飯は、露《つゆ》さんに取りに来てもらって下さい。炊きたてのをあげますから」

と水仕女はいってくれた。

阿漕は部屋へ酒をかくして持ちこみ、露に命じて、椀に熱い御飯を取りにゆかせ、自分はたいせつな客に供するための道具を、調達するため、走りあるいた。

まず、食膳が要る。

それから洗面のための半挿《はんぞう》が要る。これは湯や水を注ぐための、うるしぬりの大きなポットである。

湯を入れる角盥《つのだらい》が要る。これもうるし塗りの丸いたらいで、持手が、角のように両方へつき出たものである。姫君は最低必需品のそれさえ、粗末なもので、人前に出せない。阿漕は、こんな小道具ならお借りしてもどうということはあるまいと、三の君の部屋から持ち出してきた。

そうして、露のはこんできた食べものを、膳に美しく盛り、自分も身じまいして、お化粧をする。

迎えの車を、人目につかぬところへ引き込む手伝いをしていた帯刀が、部屋へ戻ってびっくりした。

阿漕は、女房すがたになり、とっときの美しい衣裳を身につけて、見ちがえるような化粧をしている。

三の君の婿君の前へ出るときの正装である。

表着《うわぎ》の上に帯をうちかけ、うしろで結んで、その端を、美しく垂らしている。

髪はあざやかに、居丈よりも三尺ばかりも長いさまで、滝のごとく背に流れている。

「お、お……これは、見違えたぞ」

と帯刀は見とれた。

「あんたのためじゃないわ、少将さまとお姫さまの、ご新婚の翌朝のお祝いだわ。女房は、婿君をお迎えするときは、いつも正装するのよ。――汚れた手で、あたしに触らないで」

と阿漕はあいかわらずへらず口を叩きつつ、目よりも高く、食膳を捧げ、うしろから露にも持たせて従わせる。

しずしずとあゆむ阿漕のうしろ姿の美しさ、折から明るくなってきた朝の光の中に、帯刀はほれぼれと見送って、

「畜生。美い《い》女だぜ、口は悪いが」

少将がゆっくりと構えて、とどまっているので、姫君ははずかしく思っていた。

このころの恋人は、夜もあけぬ暗いうちに、かわたれどきの闇に紛れて出てゆくもの

であるのに……。そして、そういう暗さの中でこそ、花嫁の羞恥もまぎれ隠されてたすかるのであるが、少将は、離れるときを少しでも先へのばそうとするかのように、姫君を抱きしめて、解放してくれない。

その羞ずかしさに加え、姫君を居たたまれない思いにさせるのは、少将に食事も出せないことだった。

配慮してくれる身内も、有力な庇護者もいないことは、少将はよく知っているだろうと思うものの、――やっぱり、それは辛いことだった。

そこへ、阿漕が来た。

「御格子《みこうし》は上げないほうがよろしゅうございましょうね……」

と、ひとりごとめいてつぶやいている。

それは、「上げましょうか」ということである。

明るいところで、姫君をごらんになりませんか、とも、(この間とちがって、今日は部屋のしつらいも美しくしておりますのよ)とも、聞かれるような、言外のニュアンスが感じられる。少将は敏感で、あたまの回転の早い男なので、すぐわかった。

「暗いから、格子をあげよ、と姫君がおっしゃっているぞ」

姫君にかこつけて、笑いながらいった。

格子は、室内と簀子縁とのあいだにあり、上下二つに区切られていて、上の格子を外側へ吊り上げるようになっている。

阿漕は踏台を持ってきて、格子を上げた。

少将は衣服をととのえて起きていた。

「車は待っているか」

と阿漕に聞く。

「はい、御門でお待ちしておりますが、御手水をまず、お召し下さいませ」

阿漕は洗面道具をはこんだ。

そうして、露が、戸の外に置く食膳を、たかく捧げ持って、部屋のなかに据える。

少将も姫君も、これにはおどろいた。少将は、（不如意と聞いていたのに、よく、ととのえるではないか）といぶかしみ、姫君の方は、（どうやって、こんなに用意できたのかしら）とただただ、びっくりするばかりであった。

阿漕はすましてかたわらに控え、いそいそと世話をしたり、給仕したりする。あたかも日頃ずっとこうやって世話をしているかのごとく、ものなれたさまを見せる。

少将と姫君は、食事をした。

雨が小やみになったので、人少ななのを幸い、邸を出たが、こんなに日がたけてからは、ふだんの、人目のある時では出られなかったであろう。

少将は姫君を見かえったが、柱のかげにかくれながら、姫君が見送っているので、いとしく思わずにはいられない。愛らしい姿だった。

その日は、新婚三日めである。

新郎新婦が、三日夜《みかよ》の餅をたべる日である。

阿漕は、またも叔母に無心の手紙を書くことにした。たべもののあまり物を水仕女から貰うのはともかく、餅を調達するのは、大ごとである。

「さっそくにおやさしいお心づくしを頂き、結構なお品を頂戴いたしましてありがとう存じました。お客さまも喜んでいられました。

またまた、お言葉に甘えて唐突なことをお願いします。

実は、餅が要るのです。ご不審にお思いになりましょうが、ちょっとしたわけがございまして、急に入用になりました。

餅に取り合わせて、お菓子もございましたら、少し下さいませ。

お客さまはちょっとの間のご滞在かと思いましたら、四十五日の方違えでございました。

それで、前にお借りしました品物など、いまもう少しお貸し下さいませ。また、盥や半挿などのきれいなのがありましたら、それもしばらくお貸し下さいませ。いろいろ、あつかましく申しあげてはずかしいのですけれど、頼りにしておりますままに。なにしろ叔母さまよりほかに、おすがりする方はないのですもの」

と書いて叔母に使いを出した。

そんなことをしているうちに、少将から姫君へ手紙が送られてくる。これがほんとうの意味での、後朝の文である。

「離れ住むことの苦しさを、生まれてはじめて知った気がします。あなたの鏡にうつる影のように、私は、あなたの影になりたい。いつでもどこででも、離れずいられるように。あなたは私の分身というより、今や、私があなたの分身なのです」

姫君も、今日はさすがに、返事を書くのであった。

「鏡にうつる影と、あなたはご自分のことをおっしゃいますけれど、鏡は、どんな人の姿をもうつすのでございます。いつかは、あなたのお心の鏡に、よその女人のお姿がうつるかもしれませんわね。

鏡は、はかなく、かなしいものでございます。愛のたとえになさるのは不吉ですわ。おかげで、わたくしは、恋と同時に、嫉妬まで、生まれてはじめて学びました」

美しい筆蹟で、さりげない走り書き、少将は、もう有頂天になってしまった。

(何という正直な姫だ、気取りもてらいもない人だ。その人が、私を愛しているという、恋と嫉妬をもろともに知った、と告白している！)

少将は物狂おしく手紙に接吻して、そわそわと立ったり坐ったりする。そうしてまた手紙を読み、顔に押しあてて移り香をたのしみ、熱のこもった接吻をくりかえす。

恋と嫉妬を知った、ということは、少将を独占したいという告白にほかならぬではないか。それこそ、少将が姫君に感じている情熱だったのである。

そのころ、阿漕の方では、和泉守の邸から使者が来ていた。叔母の手紙を携えてきたのである。

「お手紙ありがとう。

頼りにしてもらえてうれしいのですよ。

亡くなった姉さんのわすれがたみであるあなたを、私は、姉さんの代りと思って大切にも、いとしくも思っております。私には娘もないので、あなたを私の娘にして、何不自由もなく大切にお世話して、邸にお迎えしようと思ったのに、どうしてもおいでにならないものだから、残念に思っているのですよ。

おたのみになった品々は、ご用立ていたしましょう。どんなにでも、よろしいようにお使い下さい。盥、半挿などはさしあげましょう。でも変ね、宮仕えする人は、こんなものはみな、自分で持っているものなのに。持っていないのですか。なぜ今まで、私に頼まなかったの。自分専用の洗面具を持っていないのは、たいへんみっともなくて、妙なことですから、さしあげましょう。

お餅はいとやすいこと、すぐ作ってさしあげます。道具や餅などをご入用なところをみると、あなたは、婿でも迎えて結婚なさるのですか？　三日夜の宴でもなさるの？　くわしくお話を聞きたいものですね。やはり、お会いしないことにはもどかしい気がします。

世間でも『この頃、都で羽ぶりよき、一に受領で、二に受領、三、四がなくて五に受領』といいますけれど、ちょうどいま、ウチがそうなのですよ。ありがたいことに思っておりますよ。だから、あなたにも、何でもお望みのことをしてあげますよ」

と頼もしげに書いてあった。

阿漕は、うれしくてたまらなかった。この叔母が、こう頼もしげに請合ってくれたのが百万の味方を得た心地がして、自分一人の胸にしまっておけなかった。

「お姫さま。これをご覧下さいまし。こんなに、頼もしげにいってくれる者がおりますのよ」

と姫君に見せた。姫君も、安心なさるかと思ったのである。姫君は微笑して読んでいたが、

「餅は、なんのためにお願いしたの、阿漕」

と、ふしぎそうにいった。世間知らずな姫君は、三日夜の餅を、知らないのであろうか。

(さかしくていらしても、男女の仲のことや、色めかしいならわしには、疎《うと》くておいでなのだわ)

と思うと阿漕はそれも微笑ましくて、

「まあ、お任せ下さいまし。わけがあることなんでございますよ」

と阿漕はにっこりしていった。

新婚三日目の夜、新郎と新婦は、紅白の小さな餅をたべることになっている。未婚の、というより、男は父親以外知らない、うぶな姫君が、三日夜の餅を見たこともないのは

むろんであった。

和泉守の邸から使者がきた。

「餅は少し、おそくなります」

道具類がまず運ばれてきたのである。

台盤（食卓）は美事なものであった。盥、半挿も清らかに美しいものが届けられた。そのほか、大きな餌袋に白米を入れ、紙を仕切りにして、お菓子や干物を包み、たいそう丁寧にしてよこしているのだった。

阿漕は、今夜はぜひていさいよく、りっぱに三日夜の餅をさしあげよう、と張り切って、袋からそれらを出し、いろいろ按配して、お菓子や栗やと、美しく器に盛りつけた。

日がようやく暮れるころ、少しやんでいた雨が、ひどくなってきた。この調子では餅は手に入らぬのではあるまいかと、阿漕が気を揉んでいると、使いの男たちが、大傘をささせて、朴《ほお》の櫃《ひつ》に餅を入れて運んできた。

「遅くなりました」

「あらまあ、ご苦労さん」

阿漕はうれしくてたまらない。蓋をあけてみると、いそいでこしらえたらしく、草餅が二種類、それに普通の餅が二種類、小さく、見ばよく、いろいろ盛ってある。

付けられた手紙には、

「急なことだったので、いそいで作りましたから、ご期待とちがうかもしれませんが、あしからず。私の気持ちが充分あらわせなくて残念ですが」

とある。

使いの男たちは、

「雨がひどくなりますから」

と帰りを急ぐので、肴は取りそろえる間なく、酒だけ飲ませた。阿漕は走り書きで、

「なみのお礼の言葉では、言いつくせません。うれしさ、ご推量下さいまし」

と、お礼の返事を書いてやった。とんとん拍子にうまくいったと思って、阿漕はうれしかった。器の蓋に、菓子を少しのせて、姫君にさしあげた。

暗くなるにつれて、あいにく、どしゃぶりになってきた。頭さえ出せぬような雨脚である。

左大将邸では、少将は帯刀に、

「おい、ひどい雨だよ。残念だが、今夜は行けそうもないなあ」

といっていた。

「残念でございますなあ。通い初められてやっと三日めと申しますのに、おいでがないとは姫君がお気の毒でございます。とはいっても、あいにくこの雨ではどうしようもありません。殿のお気持ちが不実だというわけではないのですからな。せめて、お手紙だけでもお書き下さいませんか」

帯刀も阿漕の手前、何が何でも少将を引っ立てたいのであるが、どしゃぶりの中を、

牛車を出すわけにもいかない。全く、舌打ちしたいような雨である。

「そうだな。手紙だけでも届けさせよう」

少将はそういって書いた。

「早く参上しようと思い、用意しておりますうちに、ひどい降りで、参れなくなりました。私の誠意の足りないせいで伺わないのではありません。わかって頂けますね」

帯刀も阿漕に手紙をやった。

「少将様は、出かけられるつもりで準備していられたのに、この雨で、外出はかなわなくなった。残念がっていられるよ。

私も残念でならないが、しかたない。ようく、姫君にお詫び申し上げておくれ。ただし、私だけは、あとから、一人でゆくよ。少将様とちがって、こちとら下司《げす》の者は、濡れようが凍えようがこたえないのだから。

というより、お前にあいたい一心さ。文句はそのとき聞く」

使いが、阿漕のもとへ、二通の手紙をもたらした。使者はぬれねずみで、手紙も湿っていた。

阿漕は残念という言葉では言い表わせない。

さっそく帯刀に返事を書いた。

「さてさて、雨で来られないとは、薄情な少将さまですね。

昔の男なら、雨が降っても槍が降っても来たわ。ほんとうに、姫君に申しあげることもできはしない。

それなのに、あんたはまた、何だって手ぶらで一人来るっていうの？　何ンかいいことがあるとでも思ってるの？　こんな手違いをやらかして、のこのこと一人で来て、あたしに歓待されようとでもいう気なの？　こんな夜にいらしてこそ、男の誠実というものを、少将さまは、もうこれからも、おいでにならないというしるしなのかしら」

かなり、辛辣《しんらつ》にうらみつらみを書いた。

姫君の返事には、ただ、

「おいでになれないのは尤もと存じます。お怨みには思いませんが、なぜか、聞きわけない涙が出てきます。この涙の味も、わたくしには、はじめての味。あなたはわたくしに、はじめてのことをたくさん教えられました」

とある。

使者が、姫君と阿漕の手紙を携えて戻ったときは戌《いぬ》の刻をすぎていた。午後八時ごろである。

燈火のもとで姫君の手紙を見ていた少将は、たまらなくなって、

「おい、もうだめだよ、これは、こうしていられない思いだ」

と帯刀にいった。帯刀のもとへきた阿漕の手紙を、

「見せろ。何と書いている？」

と奪って読んだ。

「なるほど、拗《す》ねて怒っているじゃないか。そういえば、今宵は三日目、大切な日に訪れないというのは怪しからんな。新婚のはじめから悲しませることになるなあ」

といったが、雨はなお、激しく降りしきっているのだ。思案にくれ、頬杖をついて少将は物によりかかって考えこむばかりだった。

帯刀もどうしようもなく、困りながら、

「では……」

と立つと、少将は、

「待て、どうするつもりだ、お前は。行くのか」

「徒歩《かち》でまいります。私だけでもまいって、姫君のご機嫌をおとりしましょう」

帯刀がいうと、少将は思い切ったように、きっぱりいった。

「よし、お前がいくなら、私も行こう」

「それはようございました」

帯刀はほっとして、うれしく、またもや御意のかわらぬうち、と、

「それならば、少しでも早いほうが……。お召し替えになりますか」

「こんな雨だ。粗末なものを着よう。それよりお前は大傘を用意しろ」

「は」

帯刀はいそいで、大傘をさがしにゆく。

そんなこととも知らぬ阿漕は、せっかくの努力も空しくなったと思って、がっかりし

ていた。

「実際、にくらしい雨でございますわねえ」

と姫君のところへきて、愚痴をこぼさずにいられない。姫君は、

「どうしてそんなことをいうの」

といいながらも、頬を染めていた。

「だってそうじゃございませんか、降るなら、適当な程度に降ればよろしいのに、折悪く、どしゃぶりになるなんて」

「でも……ひょっとしたら、雨が降らなくても、おいでがなかったかもしれないわ」

と姫君は思わずいい、阿漕がどう思うかと恥ずかしくなって、物に寄り臥して、袖に顔を埋めた。

いまは姫君も、しらずしらず少将を待ちうけている自分に気付いたのであった。

少将が、自分をどう思っているのか、ほんとうに通いつづけてくれるのかどうかに、切実な関心をもつようになっていた。その変化を、阿漕に知られることは、姫君には恥ずかしかった。

少将はそのころ、白い袿《うちき》一かさねを着こみ、輿《こし》かつぎのように、帯刀と前後につれだって邸を出ていた。

大傘をさしかけ、門をひそかに開け、ひっそりとお忍びで出たのである。

まっ暗闇である。

ひどいぬかるみ道を難渋しながらよろめき歩いているうち、行列にぶつかった。先払いを立て、たくさんの松明《たいまつ》をともさせて、やってくる。それへ、うっかり、小路を横切った拍子に、辻のところでぶつかってしまったのである。ひどく狭い道だから、歩いてかくれることもできない。

片側に身を寄せ、大傘に顔をかくしてゆきすぎようとすると、雑色《ぞうしき》（小者）たちが、

「待て。何奴だ」

と呼ばわった。

（衛門督《えもんのかみ》の一行だな）

と少将は思った。宮門の警備をつかさどる警察、衛門府の長官である。されば、雑色たちが怪しんで誰何《すいか》するのも、むりはない。

「とまれ。この雨の真夜中に、男二人連れ立ってゆくとは怪しい。盗人ではないか、捕えろ！」

「怪しいものではございません、主人の用で使いにまいる者でございます」

帯刀が少将を後へかばいながらいそいでいった。

「盗人ではないというのか」

雑色たちは松明の火をかかげ、

「おい。もっと顔をみせろ、怪しくない者がなぜ傘で顔をかくす」

と大傘をはたき落そうとする。少将と帯刀は、そうはさせじと必死に傘にしがみつい

ていた。

「こいつめ、足がなまっ白いぞ。盗人ではないらしいな」

雑色たちは無遠慮に松明をつきつけて、口々にいう。少将も帯刀も、袴の裾を絞ってたくしあげ、膝から下は素足だった。

「いや、わからんぞ、小盗人というのは、足が白いからなあ」

「何を盗みにいくのか、こんな足のなまっちろい奴どもに、大きな悪事ができるものか。色男、金と力はなかりけりという奴だ。おおかた、女を盗みにいくんだろう」

と、雑色たちはどっと笑う。

そのまま釈放してくれるかと思えば、その中の意地のわるい奴がさらに、

「おい、無礼だぞ、突立っている奴があるか、土下座しろ！」

と通りすぎざま、突き飛ばした。あなやと思う間もなく、少将と帯刀は、大傘ごと、道に尻餅をついてしまった。

ぺちゃっと、やわらかい冷たいものの上に倒れたが、とたんに鋭い臭気が立ちのぼり、どうやら、牛の糞の上に腰を下したらしい。

雑色たちは松明をつきつけ、火の粉で頬をあぶるばかりにして、

「や、指貫《さしぬき》をはいていやがる」

「下っぱ小役人が、女のもとへでも出かけるんだろう」

などと笑いののしって、行列は通りすぎていった。

「畜生め。――お怪我はございませんでしたか。腹の立つ野郎どもでしたな」

帯刀はいまいましそうに、少将を扶《たす》けおこした。少将はわれながら、おかしくなってくる。

「やれやれ、これでは恋の風流も色気も、だいなしだ。えらい目にあったな」

「いや、あいつらが捕えろ、といったときは、正直、ギョッとしましたよ」

「しかし、私のことを〝足がなまっちろいから盗人ではあるまい、女を盗みにいくのだろう〟といったのは傑作だったじゃないか」

「ハハハハ、商売がら、やはり見る所は見ているんでございますな」

「それはいいが、今夜はどうせ、だめだよ、帰ろう」

「なぜでございます」

「糞の上に倒れたものだから、臭いよ。これでは、かえって姫君から嫌われてしまう」

少将は気持ちわるいやらおかしいやら、

「色男もかたなしだぜ」

と帯刀と二人で笑いが止まらない。

「いやいや、そうではございません」

帯刀はまだ笑いながら、

「こんな大雨の夜に、しかも、これほどのご苦労をして来られたということで、よけい姫君は感動なさいます。そのお姿をご覧になれば、いたわしくも勿体なくも思われて、

「さぞ嬉し泣きなさいますよ。臭いにおいも、姫君には麝香の香のようにお思いになりましょう」

「よくいうぜ、惟成《これなり》」

「いずれにしましても、この雨、いまさら引っ返すのは大変でございます。お邸はもう遠くなりました。行先はすぐそこです。やっぱり、姫君のところへいらっしゃいませ」

「そうだな」

と少将も考えた。

せっかく、こうまで難儀して出かけてきたものを、むだ骨折りにしてしまうのは残念だった。

「ではいくとするか」

「そうなさいまし」

と帯刀は勇み立った。

しかし主従の受難は、まだ終らなんだのである。

姫君の邸のそばまで来て、門のところでいつものように帯刀は、小声で門番を呼んだ。

「おい、爺さん。おれだ、帯刀だ、あけておくれ」

門番の老人と帯刀はすでに顔見知りであるので、そういえば開けてくれるはずになっているのだが、門番は、門の内から返事もしない。

(寝入っているのかな？　こんな雨の夜ふけ、誰も来るはずないと思って、酒でも飲んで寝ているのか？）

と疑ったが、帯刀は門を叩きつづけた。

実は、門番の代りをしていたのは、犬丸だったのである。お邸の人々が留守のあいだは、どうせ帯刀のやつ、毎晩でも来るにちがいない、と、爺さんの役目を代ってやっていたのだった。爺さんは喜んで、宵の口から酒を飲んで、下屋《しもや》の暖かな火のそばで、ぐっすり眠りこんでいた。

犬丸は、帯刀の声を聞いて、刀をとりあげた。

帯刀は強そうなので、とても斬り殺すことはできそうにないが、怨みの一太刀ぐらいは浴びせなければ、気がおさまらない。

門を開けて、自分は物かげの闇にまぎれる。

「おそかったじゃないか、爺さん。眠っていたのかい。これを見てくれ、ずぶぬれなんだ」

帯刀は文句をいった。門を開けたのは爺さんだと信じこんでいる。

犬丸はものもいわず、帯刀に斬りつけた。

「や。何をする」

ととっさに帯刀を庇って、刀を抜いたのは、うしろにいた少将である。

少将は犬丸の刀を受けとめながら、

「ぬかるな、惟成、曲者《くせもの》だ！」

と叫んだ。

「人ちがいするな、何奴だ」

と帯刀が刀を抜いて曲者と渡り合った。男は一語も発せず、斬りかかってくる。へたな刀使いだが、真剣な気魄だからあなどりがたい。ふと、帯刀は、

(犬丸じゃないか?)

と気付いた。先夜の意趣返しに襲ってきたものとみえる。

帯刀は勢いするどく斬り立てた。

「殺すなよ、惟成！　あとが面倒だ、無益の殺生するなよ」

と少将は声をかけ、二人で曲者を塀の蔭においつめていく。帯刀は面倒くさくなって、ケリをつけてやろうと、刀をふりかざし、

「やあっ！」

と大喝すると、曲者はへなへなと腰くだけになり、やにわに身を翻《ひるがえ》して逃げていった。

「追うな」

少将は帯刀の袖を引いた。

「しかし、何奴だろう？　邸の内へ隠れたら物騒ではないか、物盗りではあるまいか」

「いや、少々心あたりがございます。なに、どうせこの邸の内の者、泥棒物盗りのたぐいではありません。少し私に遺恨をふくむ奴です」

「知りびとか？」

「ありがたくない知人で」

「おどろかせる奴だ」

と少将は刀をおさめた。

「ま、これも、あとで考えるとよい記念でございますよ。三日夜の思い出になりましょう」

「お前をまた、ねらうようなことはないか」

「脅かしてやったから、大丈夫でございましょう。なに、明るい所ではあんなことのできぬ奴ですから」

二人は阿漕の部屋へいった。阿漕はいなくて、露だけがうたたねをしている。起して、

「水を持ってこい、湯を沸かせ」

と大さわぎになった。

少将の足を洗い、帯刀も洗う。着る物の汚れをつまみ洗いしているうち、上から下まで濡れねずみなので、もうすっかり脱いでしまう。

少将は、火鉢の火に着物をあぶりながら、帯刀にいった。

「明朝はとくに早く起きろ。まだ暗いうちに帰ろう。ここにとどまっているわけにもいかないし、この恰好では明るくなって外を歩くこともできはしない」

「わかりました」

少将はまだ乾いていない衣を着て、震えながら、姫君の部屋へいった。

格子をそっと叩く。

姫君は物思いにふけって、涙ぐんでいるところだった。それは少将が来ぬから悲しいというのではなくて、少将とのたのしい一刻があまりにも短かく、その他の辛い人生があまりにも長いことが悲しかったのである。

やがて北の方は帰ってくる。もし、少将とのことが北の方に知れたら、なんといわれるだろう。姫君はそれがおそろしかった。

阿漕は、いろいろ準備したこともみな、この雨でお流れになってしまったと思うと、うらめしいやら情けないやらだった。姫君の部屋へきて、お慰めするうち、姫君が臥してしまわれたので、自分もつい、ものによりかかって、うとうとしていた。と、ほとほとと格子が鳴っている。

おどろいて、

「どなた？」

と寄っていくと、

「私だ。ここを上げておくれ」

というのは、まさしく少将の声である。驚いて、阿漕は上げた。はいってきた少将の衣は、しとどに濡れていた。

（あるいておいでになったのだわ）

と思うと阿漕は感動で胸がいっぱいになった。

（やっぱり、少将さまは不実な方ではなかった！）

　と誇らしいような気持ちで、しみじみ嬉しくて、

「まあ、こんなにお濡れあそばして……」

「惟成が、阿漕にいじめられると辛がっているものだからね。そう責められては気の毒だと、指貫の括《くく》りを脛にまであげて徒歩《かち》でやってきたのだが、倒れて土がついてしまったのだ」

　少将が脱いだ指貫を阿漕が受け取り、

「お体に毒でございます。みなおぬぎ遊ばしませ。姫君の御衣をどうぞ、その代りに。その間に、濡れたお召しものは干しましょう」

　少将はそれで、衣も脱いだ。

　阿漕はそれを受け取って、喜びにあふれながら、いそいそと部屋を退った。

　少将は、几帳を押しのけて姫君のそばへ寄った。

　姫君は羞ずかしいためか顔をそむけている。

「こちらをご覧下さい。ぬれねずみで、ひどい恰好なんですよ。こんな姿で、よくも大雨の中を来てくれた、と私を抱きしめて下さったら、どんなに嬉しいことかと思いますがねえ」

　と少将は姫君を抱こうとすると、ひんやりと姫君の袖がつめたい。

（泣いていたのか。もう来ないと思って気を落していたのだろうか）

と思うといとしくて、

「私は雨にぬれたが、あなたは涙にぬれていたわけですね。――〝何ごとを思へるさまの袖ならむ〟というところですね」

というと、姫君は口ごもりながら、

「――〝身を知る雨のしづくなるべし〟ですわ。あなたはもう、いらっしゃらないと思って、わが身の不幸を思い知らされた気持ちでしたの」

というのも愛らしかった。

「……あなたが思い知らされるのは、不幸を、ではありませんぞ。私に、どれほど愛されているか、ということです」

少将は、もう姫君に口を開かせない。

阿漕は、三日夜の餅を、箱の蓋に美しげに盛りつけ、また、姫君の部屋へやってきた。

「どうぞこれをお召しあがり下さいまし」

と闇の彼方で、そっという。

姫君に接吻していた少将は身を起して、

「何だ、眠くてたまらないから、明朝にしてくれ」

といった。

「いえ、これぱかりは、やはり今夜、お召しあがり頂きませんと……」

阿漕は、几帳の下から、二人の枕上にそっとさし出した。

「何を食べろというのか」

少将が灯を近寄せると、綺麗に盛られた小餅である。

（三日夜の餅だな。誰がこうも小綺麗に仕立てたのか、この姫君には世話をする人もいないと聞いたのに）

と少将は、思い、（心利いたことを……）と愉快になった。こんなことまで手くばりして自分を待ち受けていたのかと思うと、わるい気は無論、しない。

「三日夜の餅か。どうやって食えばいいのだ。作法があるのかね？」

と少将は阿漕に聞いた。

「あら、まだご存じではございませんの？」

「なんで私が。私は、まだ独り身の男だよ。結婚もしていないのに、なぜ結婚式の作法を知っているんだ」

「少将さまは世慣れていらっしゃいますから、きっとご存じと思いましたわ」

「姫君の前でよけいなことをいうな。私はそれほど、すれっからしにみえるかね？」

と少将と阿漕は戯れていた。

「花婿は、三つ召しあがるのがきまりらしゅうございますわ」

阿漕はそう教え、少将は、

「三つも食うのか、やれやれ。女はいくつだ」

「それはお好きなだけで結構でございます」

と阿漕は笑っている。

「結婚の作法らしいですね。おあがりなさい」

少将は姫君にすすめるが、姫君は羞ずかしがって食べなかった。

少将はまじめな顔で、三つの餅を食べた。

「蔵人の少将も、こうやって食ったのかね？」

「それは、お召しあがりなさいましたでしょう」

阿漕は満足して、少将の食べるのをながめながら、

「おめでとうございます。行末ながく、お姫さまをお幸せにしてさしあげて下さいまし、少将さま」

「それはこちらこそのお願いだ。こっちは惟成を呼んできて、姫君にお願い申そうか。ふつつかな少将ながら、どうかいつまでもお見捨てなく、変らぬ契りを、と……」

姫君の部屋には、明るい笑いが満ちた。

阿漕が部屋へ帰ってみると、帯刀はまだびっしょりと濡れたままで、震え震え、火鉢にかじりついていた。

「いったいまあ、なんだってそんなに濡れたの、傘はなかったの」

と阿漕は帯刀の衣をぬがせたり、髪や体を拭いてやったりしながらいった。

「傘はあるが、途中でえらい目にあったんだよ」

と帯刀は、雑色たちに乱暴されたことや、犬丸とおぼしき曲者に脅かされたことをい

った。

「まあ、危ないこと……。少将さまのように身分高いかたが、危険な冒険をなさったわけね。もしものことがあったら、大騒動だったでしょうね……」

阿漕はさすがに、女のことなので、今になっておそろしく思うようだった。

「大変な危険を冒して少将は来られたんだ、こんな深い情愛はめったにあるもんじゃないぜ。これで、つくづくわかっただろう」

「まあまあ、ってところね。まだまだ、これから先を拝見しなくちゃ」

「まあまあ、とは何だ。あつかましいにもほどがあるよ」

帯刀は、彼の衣を乾かしたり、絞ったりして働いている阿漕を、うしろから抱きしめながらいっていた。

「どうして女ってものはそう欲が深いのかね。女は、すぐつけあがるから憎らしい。もし少将が浮気なさっても、三十回ぐらいは、今夜に免じて勘弁してさしあげるのが、本当だぜ」

「なにさ。あんたったら、少将さまにかこつけて自分のことをいってるんじゃないの」

「違うさ。お前のあたまの回転は早すぎるよ——いや、そういわれると、そんな気もしないではないが」

と二人は笑いあい、

「でもよかったわ、少将さまが今夜、いらして下さって」

「姫君は喜ばれたかい？」

「それはもう。だってあたしもお姫さまも半分はあきらめていたんですもの……」

「三日夜の餅はめしあがられたのか？」

「少将さまはおあがりになったわ。無事に結婚はすんだってわけなの——感激したわ、少将さまは、ほんとうに新婚でいらしたのね！」

「疑っていたのかい？　まちがいなしの独身貴族だぜ」

「ようくわかったわ、だから、とても、うれしかった。お姫さまと少将さまは、文字通り、新郎新婦だったのよ。お姫さまによい結婚をおすすめできて、うれしいわ」

「少将をお連れしたおれに、まず、ごほうびを頂けてもいいんじゃないかね」

「あら、いやよ、ちょっと待って……」

「男というのは何だか損だな。ごほうびというのは、男からやるものだもんな」

こちらの部屋でも、新婚の部屋に劣らず楽しかった。

来た時刻が遅かったので、あっという間に夜はあけてしまった。

阿漕はまどろむひまもなく、あたふたと起きて、朝食や、洗面の支度に、心もそらに走りまわっていた。

「どうしてそう、ばたばたするんだよ」

帯刀は、目をこすりながら起きてきた。

「ゆっくりしていられるものですか。今日は石山詣でにいった人々が帰ってくる日なのよ。せっかくのご新婚の朝にお気の毒だけれど、なるべく早く少将さまにお帰り頂かなくては。でないと、お姫さまのお部屋に、人が出入りしたりすると、みつかってしまうじゃないの」

阿漕はひとりで気を揉んでいた。

少将も、つい寝すごしてしまった。

「いそいで車を取りに遣ってくれ。こっそり、出ていくから」

というちに、門のあたりに、はや姦《かしま》しい人声がする。

「待て。人々が帰ったのではないか、それなら車は不用だ。人目に立つ」

と少将は制した。

「まあ……もう」

姫君は胸のつぶれるような思いでいる。隠れ場所もないような、こんな部屋に、少将を置いているので、もし人が来たらどうしようと思うと居ても立ってもいられない。

それは阿漕も同じである。

姫君たちの食事をととのえるために、阿漕は台所にいって、水仕女に、叔母のくれた白米を渡し、あわただしく、

「すみません、これをさしあげるから、炊きたての御飯とおかずを何か下さらないかしら……」

と頼みこんでいた。

露は、盥や半挿の支度をしている。目のまわるような忙しさへもってきて、

「阿漕！　どこにいる！」

と久しぶりの北の方の声がひびき渡った。腹立たしいとき北の方は、梁《はり》までゆらぐような声を放つのであった。

「は、はい……」

阿漕はあわてて南面へ走ってゆく。車から下りた北の方が、阿漕をさがし求めているのであった。そのあたりは、くたびれた女たちが、大さわぎで車から下りようとしたり、荷物をとりこんでいたりして、ごった返していた。

「お帰りなさいまし」

「お帰りなさいまし、もないものです。今まで何をしていたのだえ！」

「はい、あの……」

「石山帰りの女房たちはみなくたびれているのだよ、お前はこのあいだから休んでいたのに、どうしてすぐ迎えに出ないのです」

「申しわけございません」

「全く役に立たないねえ、お前は。また落窪の君のところで油を売っていたのだろう。二人揃って追い出してしまうよ」

(そうなった方がありがたいわ)

と阿漕は内心思っている。

「お許し下さいまし、あちらで汚れ物を片付けておりましたので、お帰りに気付かず、申しわけないことをいたしました」

阿漕が詫びると、北の方はふくれたままで、

「ともかく早く、手水《ちょうず》を持っておいで」

と命じた。阿漕は姫君のほうに心を残しながら、うわのそらで、北の方や三の君たちの世話をしている。

そのうち、旅の埃を払い、手足を洗った中納言の家族は、やっと食膳についたので、阿漕はまた、大いそぎで姫君の方へ戻ってきた。

露がひとりで、けんめいに食膳をととのえているところだった。阿漕はねぎらって、見た目に美しく朝食を調達し、姫君たちに出した。

(無理をしたな。こんな場合に――)

と少将は阿漕の心根をけなげに思う。姫君はまして、

(どうしてこんなにたくさん、少将さまに恥ずかしからぬようにできたのかしら)

と思うと、阿漕の苦労がよくわかるので胸がいっぱいになって食べられなかった。

少将も、昨夜の餅がこたえたのか、ほんのすこし箸を濡らせる程度にしか、食べられない。というより、彼方できこえる物音や人声が、おちついて食事をさせてくれないような雰囲気だった。

阿漕はそこで、おさがりのご馳走をきれいにお椀やふたものに盛って、帯刀に食べさ

せた。帯刀はびっくりして皮肉にいうのである。

「いやはや、これが、おれの分かね？」

「そうよ」

「お前の所には長らく通ったが、こうも待遇がよかったことはないね。こんな結構なおさがりがあるってのはつまり、少将さまのおかげだろうね。持つべきは、甲斐性あるご主人さまだな」

「少将さまが、お姫さまひとすじを守られるように、あんたにも骨折ってほしいの。少将さまの浮気をようく見張ってほしいのよ。そのためのもてなしよ、よくって？」

「おいおい、おそろしい魂胆があるんだな、それではおれは、饗応されて買収されたってわけか？　少将に申し訳ないぜ」

気の合う仲よしの恋人たちは、こんな怱忙《そうぼう》のうちにも、冗談をたのしんでいるのであった。

動きが取れなくて、とうとう少将は昼まで姫君の部屋に隠れている。

(とんだ密夫《みそかお》というところだ。いよいよおれも、色男の役まわりだなあ)

などと少将はのんびりと臥して、姫君を抱いて離さないから、姫君は困《こう》じはてていた。

と、めったにやってきたことのない北の方が、ひとりで、姫君の部屋へあらわれた。

「おや、どうして、ここの障子をしめているの？　お開け。どうしたのです！」

部屋の中にいた三人――少将、姫君、阿漕はそれぞれ、おどろいた。

「何をしてるの、え！」

と北の方は叫んだ。中の三人は顔を見合わせ、姫君などはもう、おびえて気を失いそうなさまである。

「開けなさい、かまわぬ」

と少将はおちついていった。

「もし、几帳をひきあげて覗かれたら、私は衣をあたまから被って隠れているよ」

と微笑さえ浮べている。

「お覗きになるわ、きっと」

姫君は困りきっていた。

「それなら、あなたはすこし、几帳のそばへ寄っていればいい。見つかったらそのときはそのときで何とかなるさ。怖がりなさるな。びくびくすると、かえって怪しまれるからね」

少将はむしろこのスリルをたのしんでさえいるようだった。

そのあいだも、北の方は、懸金をおろした障子を手荒くゆすぶっている。そうして阿漕は時を稼ごうとして、内がわから北の方と応対していた。

「お姫さまは、今日、明日とおん物忌《ものいみ》でいらっしゃいまして……」

物忌というのは、方違えと同じく陰陽道のならわしである。穢れに触れたり、凶《わる》い前兆があったりしたとき、人は一間に籠って身をつつしんでいる。人にも会わず手紙もやりとりしないのが、物忌の習いである。

「なんだって。物忌なんて聞いて呆れますよ」

北の方は憎らしそうに叫び、

「自分の家でもない居候が、物忌なんて一人前の口をお利きでないよ。早く、ここをお開け、なまいきな！」

姫君は阿漕に、

「早くお開けしなさい」

とせかした。姫君は少将の耳に、北の方の痛烈な罵声を聞かせるのは堪えられなかったのである。自分の、この邸における扱われ方を知られるのも切なかったが、北の方の性格が、無残に少将に暴露されるのも辛い気がされる。

「勝手に物忌なんて構えて。女あるじの許しも受けず、錠をさしてるなんて、以後は二度としてはなりません」

北の方は荒々しく障子を開けてはいってくるなり、そういった。

そうして、突っ立ったまま、

「おや？」

と目をみはって見回した。

部屋は美しく整頓され、見なれぬ立派な調度がそろい、姫君は、見たことのない美しい衣裳に包まれ、化粧して几帳のかげにいる。

「どうしたの。まるきり様子がおかしいよ。何かあったの？　もしかして、私の留守中に、変ったことでもあったのじゃない？　香まで焚いて、へんじゃないか」

さすがに女の勘である。北の方は、部屋にただよう薫香に、文字通り鼻をぴくぴくさせた。姫君は、消え入りたい風情で、顔を赤らめた。姫君は、嘘がつけないのであるが、

「いいえ。何にもございませんわ」

と、かろうじていう。

少将は北の方が見たくなって、几帳の下をそっとひきあけて、横になったまま覗くと、白い綾や赤の練絹の衣《きぬ》など、そう上等というのでもないが重ねて着ている。平たい顔の人で、いま膝をついて坐ったところだった。

美人というほどでもないが、少将の思っていたよりは、まだみずみずしさも、綺麗なところも残っている。ただ表情全体に、傲慢な気の強い所があり、中年女の意地悪さといったものが、眉や、唇のはしに留められていた。

「べつに変ったことはないのね。ちゃんと留守番をしていてくれたのね」

と北の方は念を押して、

「実はねえ、ここへ来たわけは、旅先でいい鏡を買ったのだけど、これにあう鏡箱のいいのを、あなたが持っておいでだったのを思い出してね。しばらく箱をかして下さいな」

北の方は手にした鏡を、撫でていた。

この頃の鏡は円い銅をみがいたものである。鏡の背面には、突起があって、これに組み緒をつけて鏡台にかけるのである。

「はい、どうぞお持ち下さいまし」

と姫君は即座にいった。姫君は、少将のことが気が気でなく、早く北の方に去ってもらいたい一心である。尤も、だいたいが物惜しみしない人であるが。北の方は、

「そうかえ？　あなたはそこがいい所ね、気安く貸してくれるから助かるわ。それでは」

と、姫君の鏡箱をとりよせて、中の鏡を出し、自分の鏡を入れてみた。鏡台にかけないとき、鏡は鏡箱にしまっておくのである。

「あら、ぴったりだ。あつらえたようにはいったわ。ちょうどいい大きさの鏡を買ってよかったこと。それにしても、この鏡箱はいい品ものね。この箱の蒔絵《まきえ》みたいにすばらしいのは、今どきないわね。やっぱり古い物は上等だわ」

と北の方は喜んで鏡箱を撫でまわしていた。

阿漕は、憎らしくて、だまっていることができず、口をはさむ。

「あの、こちらさまのお鏡の箱はどういたしましょう。箱がなくては、お困りになりますわ」

「それは別のをすぐまた持たせるわ」

と北の方は、満足そうに鏡箱を抱いて立ちあがった。

そうして部屋を見回してあらためて不審の念を持ったらしい。

「この几帳はどこから持ってきたの。いい几帳じゃないの。いつもないような品が揃っていますね。どういうことなの、これは」

姫君は胸がどきどきして、返事もできず、赤くなったり青くなったり、している。

そこへくると阿漕は肝っ玉のすわったところのある女なので、そしらぬ風をして、

「いくら何でも、几帳がなくては、あまりにみっともなくてお気の毒でございますから、私の身内からちょっと借りているんでございます」

北の方はなおも疑わしげにじろじろと見回していた。

北の方が出ていくなり阿漕は、

「また奪《と》られましたわ」

と憎らしげにいった。

「あの鏡箱はりっぱな品物なのですよ。残念ですわ。北の方が、お姫さまに何かを下さることは絶対にないのに、お姫さまのお持ちになっている道具類は、片っぱしから取りあげられるのですからね。もうせんの、北の方の姫君たちのお婿取りのときもそうでした。修繕してあげるとおっしゃって、屏風や何やかや、みんなお取り上げになって、ご自分のお部屋や、姫君たちの居間で、まるでわがもののように使っていらっしゃいます。しまいに、お姫さまのお食事のお椀さえ、塗りが美しいとおっしゃって持っていってしまわれました」

「いいのよ阿漕……」

姫君は、恋人の少将の耳に、恥ずかしい内輪話など入れたくなかった。しかし阿漕は腹を立てて夢中になっているから、姫君の制止などきかず、しゃべり立てている。

「こうなったらお父君さまに申し上げますわ。あんまりですもの。お姫さまのお持ちの調度類は、みな、母君からお譲られになった遺産ですもの、だまって取られている手はありませんわ。そのうちに、お姫さまのものは見ている間に、北の方の姫君たちのものになってしまいます。お姫さまはお人がよくていらっしゃるから、何でも、二つ返事で承知なさいますが、そうだからといって、あの北の方が、お姫さまに礼の一つもおっしゃいますか」

姫君は、阿漕が口を尖らせて怒っているのが、しまいにおかしくなってきた。

「いいじゃないの、貸して下さい、といわれたのだから、しばらくしたらまた返して下さるでしょう」

姫君は、ほんとにそう信じているのである。

「そんなにのんびりしていらっしゃったら、ほんとに裸にされておしまいになりますわ。お姫さまのもの、あと何がのこっておりますか……」

少将は、姫君と阿漕のやりとりをききながら、おっとりした姫君の気高いお人よしぶりを好もしく思った。几帳を押しやって出てくると、姫君を抱き寄せながら聞いた。

「北の方はまだ若いんだね。北の方腹の姫君たちは北の方に似ているの？　それなら美人ではないだろう」

「いいえ、みな美しい方よ。かわいくて。あなたは、北の方のふだんのつくろわれないお姿をご覧になったから、そうおっしゃるのですわ。きちんと身じまいなさると、北の方はお美しいのです。でも、北の方は、もし、あなたが覗き見していたとお知りになったらなんとおっしゃることでしょう」

と姫君は笑った。少将は、姫君がうちとけて、笑い声を立てるほど、少将に馴れてきたらしいのが嬉しかった。かわいさが増すばかりである。少将は姫君を得たことを心から幸福に思った。

「御方さまからでございます」

あこ君という女童が、北の方の使いでやってきて、鏡箱を阿漕にわたした。

取りあげた鏡箱の代りを、北の方はよこしたのである。

見ると、これがひどいしろものだった。黒い漆塗りの、九寸四方の箱で、深さは三寸ばかり、おそろしく古色蒼然として所々剝げたりしている、何ともみすぼらしい中古品である。

「これは、蒔絵はないけれど、漆が枯れてたいへんいい品物です、と北の方がおっしゃいました」

あこ君が伝言をいった。

「漆が枯れて、ねえ……なるほど。こんな剝げちょろけに、まあ、物も言いようだわ」

と阿漕はふき出しながら、姫君の鏡をその箱に入れてみた。大きさがちがいすぎる上に、あまりに薄汚ない箱なので、阿漕は気をわるくして、

「なあに、これ。みっともないったら、ありゃしない。お姫さま、こんな箱にお入れにならない方がようございますわ、これくらいなら、ずっと出しておかれた方がまだ、ましですわ」

と言い騒いでいた。

姫君は、困ったように、

「まあ、いいじゃないの、そんなことといってはいけないわ」

とたしなめて、使いのあこ君には、

「ありがとうございました。結構なお品です、と申しあげておくれ」

といって帰した。

「どれ」

少将は、鏡箱を手に取ってしげしげと見た。

「ほほう、北の方はよくまあ、こんな古風なものを見つけ出されたもんだね。中々、こんなのは当世、ありませんぞ。めったにお目にかかれない年代ものだな。北の方のご好意を、徒《あだ》やおろそかに思ってはいけないよ」

といい、三人は声を合わせて笑った。

その日は、一日中、姫君の部屋に、少将は籠っていた。夜をこめて、姫君と語りあい、

夜あけ、まだ暗いうちに、帯刀を従えて、少将は帰っていった。

姫君は、その後姿を見送りながら、急変した運命が、まだ信じられない程だった。灰色の生活の中に、一部分、あけぼの色がさし初めたようで、生きる希望が湧いてくるような思いである。

もとより、その希望は少将がもたらしたものである。姫君は、もうはや、少将を慕わしく思いはじめている。心の拠りどころができたような気持ちで、ふしぎな平安の中に、姫君は、いるのである。

(あのかたにめぐりあうために、わたくしは今日までを生きていたのかしら?)

と姫君は思った。

(でも、ほんとに、あのかたと添いとげるなどということができるかしら? 北の方によって、ひき裂かれるのではないかしら?)

姫君の希望は絶望に裏打ちされているのであった。

それにしても、姫君は、見馴れぬ几帳や、りっぱな食事がととのえられたことを、うれしく思いつつも、不審でならなかった。

「阿漕や、どこからこんなものを取り寄せてくれたの? うれしかったわ、少将さまをおもてなしできて」

と姫君はいった。

「ええ、あのとき、ちょっと申しあげましたが、叔母のもとから、みな調達したんでございますよ。叔母の手紙をお見せいたしましたでしょう？　よくしてくれまして、大助かりでございましたわ」

「ほんとうにねえ。とくに几帳がうれしかったわ」

「必需品でございました、もしなければ、少将さまを隠すことができなくて、北の方さまをびっくりさせたことでございましょう」

と、二人で思わず笑う。姫君は、阿漕の奔走ぶりが可愛かった。たった一人であれこれと心を労してよくやってくれたと思う。まだ若い身で精いっぱい考えて献身してくれるのが、姫君はしみじみとありがたかった。

「この御恩は、忘れないわ、お前は最高の後見役だわ。ありがとう」

「何をおっしゃいます。勿体ない。当然のことじゃございませんか。――私のことより、うれしくありがたいのは少将さまのご愛情ですわ、帯刀が申しますには、少将さまはほんとうにお姫さまに恋していらっしゃるのだそうです。はじめのうちこそ、打ちあけて申せば、お戯れ心があったらしいのですが、今ではもう、浮いたお気持ちではなくて、お邸へ迎えとりたい、というご意向らしゅうございますよ」

「まあ、でも、そんな……。北の方も、お父さまも、とてもお許し下さらないかもしれないことよ」

「いいえ、あの少将さまは、男らしいかたですもの、きっとご自分の意志をお通しになりますわ。もしそうなって、お姫さまが幸福なお身の上になられたら、お姫さまを見下げてるこのお邸の人々の鼻をあかしてやることができて、どんなにうれしいか……」

二人の話は尽きなかった。

少将はその夜は宮中に参内《さんだい》して宿直《とのい》をしたので、通うことができない。それで、手紙を書き、夜があけるのをまちかねて帯刀を使いに出した。

少将の手紙は、こうである。

「昨夜は内裏《うち》に参って宿直をしたため、そちらへうかがうことができませんでした。そのために、どんなに阿漕が惟成をいためつけただろうと思うと、おかしくなります。阿漕の意地わるは、誰に教えられたのだろう、と思うと、私は恐ろしくなります。この家来にしてこの主人あり、というところですか。

ともあれ、いまの私の心境としては〝あひみての後の心にくらぶれば昔はものを思はざりけり〟という所です。あなたに会わなかった昔の私の生活は、単調で平凡でした。今は一夜あなたにあわないでいると、堪えられません。あなたは、遠慮したり気がねしたりすることの多い境遇から、ぬけ出したいとお思いになりませんか? 私にすべてを託して、私の腕に飛びこんで頂きたいのです。気楽に、たのしくあなたが過ごせる住まいを、用意いたしますから、そのおつもりでいらして下さい。

あなたの　しもべより」

こまやかな愛情にあふれた手紙だった。

「お返事を頂戴しとう存じます」

帯刀はそういって、待っている。

阿漕は、姫君の読んだあとで、ゆるしを得て、少将の手紙を見た。姫君と一心同体のつもりでいる阿漕は、少将の手紙も検閲しないではいられないのである。

「お前のことが、書いてあってよ」

と姫君は笑いながら示した。

阿漕は手紙をよんで、帯刀に文句をいった。

「まあ、あんたったら、あたしのことをよっぽど悪く、少将さまに告げぐちしたのね」

「そんなこと、ないさ。少将の冗談だよ」

「でもこのお手紙でみると、あたしはまるで鬼か、蛇《じゃ》のようじゃないの、いやだわ。あたしはただ、誰にも愚痴をいったり相談したりする人がないから、あんたにうちあけることになるのよ、それで、しぜんとあんたといさかうこともおきるのだわ」

「お前の姫君思いはわかってるよ、だけど、そのイライラのとばっちりは、みな、おれにくるのも事実だからね」

と二人が、たのしい口喧嘩をしているあいだに、姫君は、手紙を書き終えて、帯刀に託した。

「ゆうべは、泣いていました。早くもお飽きになったから、おみ足が向かれないのかと思って。

お顔を見ないと、不安で、わたくしは愛されていないのではないかと、辛くなります。

住み家を用意するとおっしゃるお言葉、たいへんうれしゅうございますが、この邸を私が出ますのは困難が多いことでしょう。

わたくしを怖がられるのは、へんなことですわ。阿漕は、あなたさまにやましいお気持ちがあるものだから、恐れていられるのだと申します。わたくしに、やましいお心をもっていられるのですか、本当に？」

しかしこの手紙は、阿漕は見せてもらえなかった。姫君は、少将とのひめごとを、阿漕にさえも知られるのを、羞ずかしがっていた。

帯刀は、姫君の返事を、押しいただいて退出した。

そのとき、三の君づきの女童が走ってきて、

「帯刀さん、若殿さまがお召しですよ」

という。若殿といえば、三の君の婿である蔵人の少将である。

帯刀は、蔵人の少将に仕え、その従者の一人でもあるから、かしこまってすぐさま参上する。姫君の手紙を隠すひまもなく、とりあえず、ふところに入れていそいだ。その軽率さが、のちに大事件の原因になろうとは、神ならぬ身の、知るよしもないことであった。

「惟成。お前はこのごろ、そわそわとおちつかないなあ。いったい、何を企んでいるのだね。それとも、恋やつれ、という奴かな」

蔵人の少将は、帯刀をそういってからかう。

帯刀は照れて、

「おたわむれを」

と平伏した。

「いいや、何をさせてもうわの空、というところで、間がな隙がな、私のそばから離れようとばかりする」

「申しわけございません」

「役目もおろそかに惑いあるく、というのは、あらての女ができたしるしだ。図星だろう」

「いえ、もうそう、おいじめ遊ばしますな」

この蔵人の少将は、親友の右近の少将が、同じ邸へ忍んで通っているとは夢にも知らなかった。

「髪を結わせようと思って呼んだ。頼むよ」

と蔵人の少将はいった。帯刀は畏《かしこ》まってあるじの背後へ回り、女童が取りそろえた水や櫛箱を引き寄せる。

蔵人の少将は、うつむいて髪を帯刀に梳《す》かせていたが、ふと、その膝元に、封書がすべり落ちてきた。

（おや？……）

蔵人の少将は、すぐ帯刀の落したものだなと気付いた。帯刀は何も知らず、一生けんめい、髪を梳いている。蔵人の少将は何ごころもなく、悪戯っぽい気持ちに駆られて、すっと手紙を取った。

そのまま、何くわぬ顔で、ふところへしまいこんでしまう。あの帯刀が、どんな恋文をもらったのか、おかしくて、こっそり読むつもりなのだった。無論、蔵人の少将は、てっきり、帯刀のもらった恋文だと思いこんでいるのである。髪を結い終って、蔵人の少将は、三の君の居間へはいり、手紙を読んだ。

女らしい恋文で、字も上品に美しいのが、まず、意外だった。

そこへ、三の君がやってきたので、少将は、

「これをごらん」

と手紙をさし出した。

「惟成が、うっかりして落していったよ。思いのほか、いい恋文を貰っている。惟成め、意外と女にもてるんだなあ」

と笑った。

「筆蹟《て》もなかなかのものだ。まんざらの女じゃないね、それほどの恋文を書くとは」

三の君は、手紙を受けとって、視線をあてていたが、思わず、あっと声をあげた。

「まあ、これは、落窪の君の手だわ……」

「おちくぼ、とは誰のことだ。なぜ、そんな、へんな名前がついているのだ。目が、おちくぼんででもいるのかね？」

蔵人の少将はきいた。

「そういう、あだ名の人がいるんです。裁縫女の名ですわ」

三の君はひややかにいう。――中納言家では落窪の君の存在を、大事な婿の蔵人の少将には、隠しているのだった。

帯刀は、泔坏《ゆするつき》を取り片づけていた。

泔というのは、米のとぎ汁である。この水で髪を梳くと、髪の質をよくすると信じられていた。この汁を、銀の美しい蓋付の椀に入れ、蒔絵の美麗な台に載せておくのである。

泔坏を台に飾り、手を拭いて、席を立とうとして、帯刀はふと、手紙はあるかと、ふところに手をやった。

ない。

おかしいぞ、とふたたび探って、手に当らない。ぎょっとして帯刀は青くなった。

(おいおい、惟成、冗談じゃないぜ)

と自分で自分に舌打ちしながら、あわてて着物の紐を解いてふるってみたが、手紙は出るべくもない。

帯刀は青くなったのが、こんどは赤くなった。あわてて、敷物のうすべりをふるったりする。

(おかしい！　この部屋のほかへはいってないんだから、落したとしても、ここ以外に

ないはずだが……。人に拾われたのだろうか。北の方の手にでも入ったら、大ごとだぞ）

何より、手紙を失ったということになれば姫君にも、右近の少将にも申し訳が立たない。

さすがの帯刀も、呆然として、どうしていいかわからない。そこへ蔵人の少将が、三の君の居間から出てきた。

「どうした、惟成。何をしょげている。何か落し物でもしたのかね」

とからかった。帯刀ははっと悟った。蔵人の少将に拾われたのだ。

「お願いでございます。お拾いになったものをお返し下さい」

帯刀は強いて何でもないように平静にいおうとしたが、緊張して語尾が震えた。

「何の話だね？　何をあわてているんだ」

蔵人の少将は面白がっているのである。

「私は何のことか、わからないよ。ただ、私の妻が、おやおや、惟成のお目あては阿漕だと思ったら、とんだ方角ちがいだった、といっていたよ。何の話か、さっぱり、私にはわからない」

と笑い捨てて、出ていってしまった。

三の君の手許にまで、姫君の手紙が渡ったとなれば、もはや北の方の目にも触れたと思わねばならぬであろう。

「殺生でございますよ、殿、何とかお取り戻しを……」

と泣きべそをかいて追ったが、蔵人の少将はもはや、笑うのみで取り合わない。少将にすれば、ちょいとしたいたずらにすぎない。

どれだけ取り返しのつかないことか、わからないのである。

(どうしよう……阿漕はどんなに怒ることだろう。子供じゃあるまいし、こんな幼稚な失策をやってのけるなんて)

と、帯刀は消え入りたい思いで、うちひしがれていた。しかし、阿漕に相談する以外、どうしようがあろうか。

「何ですって！　お姫さまのお手紙が、北の方のお手に渡ったっていうの！」

阿漕は、水を浴びたようにゾッとした。

「まあ、何てこと、してくれたの！」

と嘆いても、あとの祭りである。

「それでなくてさえ、北の方は、お姫さまを怪しんでいらっしゃるのに、手紙を読まれたら、どんな大さわぎがもちあがるか、わかりゃしないわ」

「すまん、申しわけない」

「少将さまにも、どう言い開きするの？　何より、お姫さまに顔向けできやしないわ」

阿漕は泣き顔になった。動転していて、帯刀を責める言葉さえ出てこない。

姫君が、どんなに北の方にむごく糾明されるかと思うと、いても立ってもいられない思いなのだった。

そのころ、三の君は、北の方に手紙を見せていた。

「惟成が落したそうですけれど、どうも見おぼえがあると思ったら落窪の君の手なんですよ。いやだわ、落窪はあんな男を恋人にしていたのかしら」

北の方は手紙を読んで、腹が立った。自分の知らない所で、いつのまにか人なみな恋愛ごっこをしているらしいのが、

「なまいきではないか」

とおだやかではない。

「そうだと思った。どうも、石山詣でから帰ってくると様子がおかしかったのよ。男がいるんじゃないかと、にらんだ通りだったね。まあ、あんなしおらしい顔をして、いつのまに、そんな勝手なことを。帯刀が手紙を落したというなら、相手は帯刀なのかしら？　帯刀は阿漕の所へ通っているとばかり思っていたけれど、そう見せているのは策略だったのかもしれないね」

「惟成は、それで見ると、自分の家に落窪を迎えるつもりらしいですわ、お母さま」

三の君は、落窪の君の情こまやかな手紙に嫉妬していた。仲のいい恋人たちに対して、三の君はねたましさをおぼえるのである。それは、蔵人の少将とのしっくりしない仲を、思い合わせるからである。

「そんなことをさせるものか！」

北の方はいきり立った。

「あの落窪は一生、この邸に飼い殺しにして、裁縫女にしておこうと思っているのに。男なんかがつくと、とても物を縫ってなどいないだろうよ。ちょうどいい裁縫女だと思って重宝していたのに、まあ、どこの盗人が、通って来て掠《かす》めたんだろうねえ！　あんな子は男にも会わせず、ただ、仕事だけ与えておけばいいのだよ、私の眼をかすめて、何という大胆なことをするんだろう！」

北の方は昂奮して、いまにも落窪の君を打擲《ちょうちゃく》するために走っていきそうだった。

「でもね、この手紙のことはしばらく口外するんじゃないよ。あまり騒ぎ立てると、あの子を男が連れて逃げるかもしれない」


「お姫さま、申しわけないことがおきました。面目しだいもないことでございますが、もういちど、お手紙を書いて頂くわけにはまいりませんかしら」

阿漕のいうのを姫君は聞いて、姫君も肝が潰れるように思った。

「北の方もご覧になったのでしょうね。ああ、どうしよう……」

と姫君は両手を捻《ね》じって身を揉んでいた。

「お手紙なんか、もう書けないわ、それどころじゃないわ。ああ、どうしたら……」

姫君の混乱を、阿漕も面目なくて見ていられない。

帯刀のほうも、恥ずかしくて、少将の前へ出られなかった。

少将もそのころ、自邸で、思いがけぬ話を聞かされていた。

珍しい客がやってきたのである。

叔父の治部卿《じぶきよう》の長男で、少将には従弟《いとこ》にあたる兵部《ひようぶ》の少輔《しよう》であった。

この青年は、右近の少将と従弟といっても容貌も気質も似ていない。てっとり早くいうと、愚直なほど、融通のきかぬ堅人なのである。いったいが、父親の治部卿も偏屈者という評判の人で、世を拗ねて、人と交わることをしなかった。それで、治部卿などという、出世コースからはずれた閑職にあって、人に忘れられたように生きていた。

その息子の兵部の少輔も、人気のある公達《きんだち》とは言いかねた。あたまは悪くないのだが、からきし社交下手で、人前ではまともに口も利けず、愛想が悪く、お上手がいえない。気の利いたことがいえず、文学的才能はさっぱりなく、風流な趣味もない。

文雅の才を、最大の能力とみとめた王朝の貴族社会で、こんな青年がもてはやされるわけがなかった。

まして、美貌を、こよないものと賞《め》でたこの時代に生まれ合わせたことは、兵部の少輔の、大きな不幸であった。彼は体つきはすらりと痩せて見ばがよいので、後姿を眺められている分には無難だが、正面を向くと、人はぷっと吹き出すのである。

たぐいもない馬面《うまづら》で、鼻も長く、鼻の穴が大きく、正面から見えて、今にも、「ひひん」と、いななきそうな顔なのだった。世間では彼のことを「面白の駒」などと呼んで嗤《わら》っている。

――少輔の眼は悲しげに澄んで、彼が心の底には純情なものを湛え、まじめな人柄であることを示している。しかし、この当時の人々は、外貌の美ばかりをもてはやすならわしであったから、この醜い青年を嗤いこそすれ、その心の底まで下りて、気立てのよさを発見してやることはなかった。

ところで、右近の少将は、この従弟の青年を、思いついたときには社交界へひっぱり出してやろうとしていた。少将は、従弟の気のよさを知っていたし、無能ではあるが、またまじめ一点張りなのを、官吏の一面の美徳でもあると買っていたからだった。

兵部の少輔の父の治部卿は、自分は世の拗ね者で終るだろうが、息子は人なみに世間づきあいをさせたいと願っていた。それで、少将に、

「資親《もとちか》をたのむよ。この頃は、ますます人ぎらいがこうじて、家にばかりひきこもっていてね。外へ出ると、人が笑うというのだ。なに、ひとしきり笑われたら、あとは人が慣れて笑わなくなるものだがね。若い者はその間の辛抱ができないらしい」

資親というのは、少輔の名である。少将は叔父の言葉がおかしかったが、従弟の気鬱《きうつ》を払ってやろうと、いつも自分の邸へ遊びにくるように誘っていた。

誘っても、少輔がなかなかこないのは、少将の邸の女房たちが、少輔の顔を見ると笑いを怺《こら》えるのに苦労するからである。愚直であっても、それゆえに、自分の傷つきやすい心に鋭敏な少輔は、ますます萎縮して、よその家を訪れようとしないのだった。

その少輔が、少将の留守に来て、帰邸を待っていた。

「珍しいじゃないか、資親。どうした風の吹き回しだ?」

少将は、彼も少しは外の風に当りたくなったかと、喜んだが、少輔は浮かぬ顔である。

「今日は話があるんです。まじめに聞いてくれませんか?」

「いいよ、何だね?」

「笑わないと約束するよ、私が君をなぜ笑うんだ?」

「約束するよ、私が君をなぜ笑うんだ?」

「しかし、世間の人は、私の顔さえみれば忍び笑いをするから……」

「私が、そんな失敬なことをするかね——何の話だ、聞こうじゃないか」

「実は」

と少輔はうつむいたが、思いきったように顔をあげると、小鼻をふくらませた。

「恋をしてるんです……」

少将は、真剣な少輔にはわるいが、思わずふき出してしまった。目をみはり、小鼻をぴくつかせ、真剣になればなるほど、いななく馬にそっくりの少輔が、「恋をしている」などというのを聞くと、あまりに唐突な取り合わせで、おかしかったのである。

「そら、あなたも笑った」

少輔は唇をかんだ。

「私が恋をするのはおかしいですか? 身のほど知らずですか?」

「すまない。思いがけなかったからだよ」

少将は笑いをおさめた。

「それにしても、よかったね、君も、いつまでも独り身ではいられないんだし、そりゃいいことだ、で、相手の反応はどうだね？」

「……」

少輔はしおれて首を振った。

「私の恋をふみつぶそうとしているのは、道頼さん、あなたなんですよ」

「私が、なんで?!」

少将は思いがけなくて、驚くばかりである。

「くわしく話してみないか、真剣に聞くよ、もう、決して笑わないから」

「はじめて、あの人を見たのは、去年の賀茂祭でした。あのひとの……」

と兵部の少輔・資親は、うっとりといった。

「牛車の下簾が、何かにひっかかって持ち上りましてね。――きれいな若々しい女が一瞬ちら、と見えたんです。私は、息がとまるような気がしました。天女みたいに美しい人でしたから。……その顔が瞼に焼きついてはなれません。私は一行のあとを尾《つ》けて、家を見届けました。もう一度その人を見たいものと、思いつづけていたのですが、機会がありません。ところが、この間、石山詣でにいったら、偶然、その家の人々が来ていて、私は天にも登る心地でした。御堂の中のお籠《こも》りの場所へ近づいて、また、あの人を見ることができたんです。全く、仏のお導きとしか思えなかった。……かわいくて美しくて何ともいえない人でした……ああいう人と結婚したいのです」

「ちょっと待った、結婚はいいが、人のものだったりするとまずいぞ。いったい、身もとはわかっているのかね」

「わかっています」

少輔は、悲しげな眼を、きらきらさせて、

「源の中納言の姫君なんです」

少将が耳をそばだてたのはいうまでもない。

「どの姫君だ？　あそこの姫は婿取りをしているぞ」

「大丈夫です。まだ未婚の末姫、四の君です。調べたから、まちがいないのです」

「四の君は、そんなに美しいのかね？」

思わず、少将は男の好色心をむき出しにして聞く。

「かぐや姫のようです……ああ、こうやっていても、ありありと、あの美しさは思い出せます。満月のように清らかな顔立ちでした」

資親はこれらを、スラスラといったのではない。ぽつりぽつりと、やっとのことでしゃべったのである。そうして、ほうっと、深いためいきをついたので、少将は、同情をそそられた。

「そこまで思い込んでいるのなら、当って砕けてみればいいじゃないか。適当なつてを求めて、それとなく恋文を送って、小当りに当ってみるがいいよ」

「やってみたんです、でもことわられました」

「恋文を送ったのかね？」

少将は、この朴念仁《ぼくねんじん》がどんな恋文を書いたのかと思うと、おかしくもある。

「いいえ。私は歌も文章も、まるでだめです。だから、その橋渡しを、父にたのみました。父も喜んで、それはいいことだと、さっそく、手紙を書いて、うちの侍に持たせて、中納言家へやってくれました」

「なんて書いたのだね？」

少将は、息子に輪をかけたような変人の叔父貴が、何と手紙をしたためたのか、悪いが興味があった。

「拝啓、当方の息子を、お宅の末姫と結婚させて下さい。ちょうど五日あとが吉日ですから、その日に参上させます」

「色よい返事がきたかね？」

「使いはどやされて帰ってきました」

「そうだろうなあ」

少将は、兵部の少輔が真剣なので笑うこともできず、

「それはやはり、正面から申し込むより、姫君の周囲の女につてを求めて申し込むのが妥当だったね」

「そうしたんです。四の君の乳母を知っている女がいて、その人に頼みこみました、そ

うしたら……」

「そうしたら？」

「その女がいうには、何でも、中納言邸の人々は声をあげて笑ったと。馬はまぐさを食っていればいいのに、〝はつはつに〟とどっと笑ったそうです。これは拒絶らしいのですが、どういう意味でしょう？」

少将は「うーむ」といったきり、言葉が出てこない。それは古歌の、「ませ越しに麦はむ馬のはつはつに及ばぬ恋も我はするかな」から諷しているのであろう。四の君は、兵部の少輔にとって高嶺の花だと嘲弄《ちょうろう》しているのだろうが、それを、兵部の少輔にいうことは忍びがたい。少将は同情しているのである。

「ともかく、向うは結婚の意志はないわけだね」

「それ所か、中納言家の人々は、あなたを婿に迎えるつもりだそうじゃありませんか」

「えっ、私を……」

「それは、私は、出世もできない、風采もよくない、人にも笑われる、才能もない――あなたと比べれば、月とすっぽんです」

とうとう、兵部の少輔は、顔を掩《おお》って泣き出した。

「でも……でも……あの人を愛する気持ちだけは誰にも負けないつもりです。……もし、あの人と結婚できるものなら、〝わが仏〟と大切にかしずいて、下へも置かぬようにするつもりです。一生をささげて大事にします。私は……私は、こんな気持ちをあの人にわかってほしいのですが、人は笑うばかりなのです……」

兵部の少輔の眼に、あたらしい涙がびしょびしょとふきあがり、大きな鼻の穴からは、ふいごのような息と洟水《はなみず》が洩れた。彼は、懐紙でそれを押しぬぐって、なお、

「馬は、まぐさを食っていればいいのに、などと笑うのです」

と声を震わせて泣く。

少将はこの不幸な従弟に同情すると共に、中納言家（主として、それを代表する北の方）に怒りをおぼえた。そうして、ひとりごとで、

「あの夫人のいいそうなことだな」

「え？　誰のことです」

「いや、こちらの話。——だが、四の君を私と結婚させたがっているという先方の意向は事実かね？」

「あなたはご存じとばかり、思いました。もう縁談はととのったもの、と思っていた」

「いや、まだ知らない。——もし、そうなら君はどうするつもりだったのだね」

「私は……私は」

資親はまた、すすり泣いた。

「あなたにお願いして、この縁談を辞退してほしいといいたかったのです」

「もし、私が辞退したら？」

「私は、もういちど誠意をこめて求婚します。信念で以て人を動かせば、成らないこと

はない、と古《いにし》えの聖賢もいっておられます」

資親はきっぱり、いう。

「うーむ、そこまで思いこんでいるのか——。それならそれで立派だ。安心したまえ、私は先方がいって来ても、この縁談は承知しないよ」

「えっ、ほんとですか、ありがとう、ありがとう」

資親は夢中で少将の手を握りしめる。

「きっと、あなたも私の誠心に感じて、そう言って下さると思いました」

「まあまあ、これは君のためじゃなく、私のためでもあるのさ、実は、私にはほかに切れない仲の女がいる。それを妻にするつもりだから、四の君と結婚することはできないんだ」

「ははあ」

「だから、君の結婚には何とか尽力しよう」

「ほんとうですか、あなたにそういって頂くと、千人力です」

兵部の少輔は、少将ならどんなことでも可能だと思い込んでいるらしく、

「よろしく、よろしく、くれぐれもよろしく」

「まあまあ、これはむつかしいことなのだから、あらかじめ礼をいわれても困るよ」

それでも少輔は満面に笑みをたたえ、もう半分、ことが成就したように喜んで、

「どんなことでも、やりますから、ぜひよろしく」

とくどくど頼んで帰っていった。

少将を婿に、とは中納言家も考えたものだ、と少将は思った。三の君に蔵人の少将を迎え、四の君に右近の少将を迎えれば、まさに北の方の思う壺かもしれないが、

（どっこい、そうはいくものか）

と少将は思う。思いながら、四の君はそんなに美少女なのかと、つい心が動くのは、どうしようもない。

夕暮れてきたので、中納言邸へそろそろ出かけようかと、帯刀の来るのを待っていたが、帯刀はこないで、そのお袋の乳母がきた。

「また、お出かけでございますか。この頃そわそわと、いつも夜は外泊ばかり、昨夜も北の方さまがおさがしでいらっしゃいましたよ」

北の方は、この邸では、むろん、少将の母君のことである。

「昨夜は内裏で公務外泊だったじゃないか」

「さようでございましょうかねえ。平生のご信用がございませんから」

乳母は、客人を伴ってきたのである。

「源の中納言さまの末姫、四の君の乳母にあたる方なのですよ、実は、四の君と若さまのご縁組を申し出ていらしたのです。願ってもないご縁だと存じましてねえ。――どうぞ、あなたからくわしいお話を」

乳母は、几帳のかげにかしこまっている、中納言家の乳母に、声をかけた。

「遅くなりました。ここへ遅く着くと、夜が短かくなるので、それが辛い」

と少将は、中納言邸へ忍んでいって姫君に会うなり、そういって抱きしめた。

「私は早々と支度していたのに、帯刀のやつ、なかなか、来ないのですよ、叱ってやったら、何だかぶつぶついって恐縮していましてね……それはそうと、お返事は、なぜ下さらなかった。内裏で宿直しつつ、考えるのはあなたのことばかりでした」

姫君は、帯刀が返事を落したとはいえなくて、

「ちょうど、北の方が、部屋にいらして、書くひまがありませんでしたの」

といった。

その夜は、ふたりとも、しめやかに、なやましい気分だったので、どちらもこうとしめし合わせたわけではないのに、思いがけず、烈しく燃えた。姫君は、落した手紙がもし北の方の手に渡ったら、堰《せ》かれてもう二度と少将に会えないのではないかという悩みがあり、しかもそれを少将にうちあけられなかった。

少将の方は、四の君であろうが、どんな権門要路の家の姫君であろうが、何があっても、この姫君とは別れないと、決心をあらたにしたので、よけい姫君がいとしかった。

少将は姫君に心配させたくなかったので、縁談については何も触れず、ただ、熱烈に、愛の誓いばかりをくりかえしていた。

はやくも夜があけた。

少将が後ろ髪ひかれる思いでつい、ぐずぐずしている間に、明るくなりすぎて、出てゆく機会を失った。

少将は几帳のうちの臥床に、これ幸いとひっそりとじこもって、何やかやと、姫君にささやいていたが、やはり、四の君との縁談のことを姫君に言っておかなければ、と思った。

もしほかの人の口から聞いたりしたら、姫君は気をわるくするだろうという、男のやさしい思いやりからであった。

「おどろいてはいけませんよ。四の君の乳母が、私の邸へ来ましてね。このお邸では四の君と私を結婚させたがっていられるらしい。とくに北の方は強くお望みらしいね」

「まあ……」

「私は、この際、あなたとのことを、公表するつもりでいる。すでに、私は、もう一人の姫君と結婚している、と。いいね？　あなたもそのつもりでいておくれ」

すると姫君は、途方にくれたように、

「でも、そんなことになると、わたくしはよけい、虐《いじ》められますわ」

と悲しげな顔になった。

そのさまがうぶらしく、子供っぽいので少将は愛らしくてならない。

「もういっそ、あなたをこの邸から、さらっていこう。私が気兼ねしつつ、ここへ通うことはできない。来てくれますね？」

「ええ……。どこへでもまいりますわ、あなたとなら」

「やっと、その決心がついたの？」

少将は姫君の黒髪を手に巻いて抱きしめた。

阿漕は、例によって、少将と姫君の食事の支度に奔走していたが、彼女の心配は別にあった。

北の方が、うんと縫物を、姫君に持ちこんでくるのではないかという心配である。

折わるく——といったら、北の方や、三の君や、蔵人の少将には悪いのだけれど、急に、蔵人の少将が賀茂の臨時祭の舞人に指名されたのである。十一月の下の酉《とり》の日の祭りである。舞人はたいせつな役目なので、北の方は、その準備にあわてふためいていた。

こういうことの支度も、妻の里がひきうけるのであった。

(きっと、縫物がどっさり来るわ)

と阿漕が予想していた通り、北の方は礼服の表袴《うえのはかま》を裁って使いにもたせてよこした。

「これをすぐお縫い下さいとのことです。まだこのほかに次々、縫うものがあります、と北の方は仰せられています」

阿漕は、几帳の蔭に寝ていられる姫君の代りに答えた。

「どうなさったのか、お姫さまは昨夜からご病気なの。まだおやすみ遊ばしていらっしゃいますので、お起きになりましたら、そう申しあげますわね」

使いの女童のあこ君が帰っていくと、姫君は起き上った。次々と縫物があるという言

葉に気がせかれるからである。少将はひきとめ、

「お止しなさいよ。私一人で、ぽつねんと寝ていて、どうしようというんです。そんなもの、抛《ほう》っておきなさい」

「でも……」

「北の方がどなりこんできたら、そのときのことだ。どうせ、あなたはこの邸を出ていく人なんだから……」

などと、うしろから羽交いじめして、姫君の髪に顔を埋め、四肢をからめて、動かさない。姫君は困ってしまう。

北の方は、てんてこ舞いの忙しさで、あれこれと指図していた。急なことだったので、期日までに衣裳やその他の準備をするのは大変であった。

あこ君が帰ってきたので、

「どうだえ。もう縫いかけていたかえ、落窪は」

と、せかせかして口早に聞いた。

「いいえ。ご病気だそうで、まだおやすみ遊ばしていらっしゃる、と阿漕さんが申しましたよ」

「何だって。お前、いま何ていった？　フン、〝おやすみ遊ばしていらっしゃる〟とは何といういい方なの！」

「ハイ……あの」

「言葉遣いに気をおつけ。私たちにいうのと同じように、落窪にいうことがありますか。あんなのは、〝寝ている〟でいいのだよ。この昼日中に、子供じゃあるまいし、あつかましい昼寝とは！　身のほど知らずにも程があるわ」

北の方はせせら笑った。

北の方は、今度は下襲《したがさね》を裁って、自身で持っていった。

——ついでにいうと、下襲は、男子の正式礼装、束帯《そくたい》の一部分である。上着である袍《ほう》の下に着る。前身は短かいが背の部分が長い。それを裾《きょ》とも、尻ともいう。ゆったりした衣に、長々と曳く下襲の裾。あざやかに前に結び垂れた平緒。優美な太刀を帯び、笏《しゃく》を手に、垂纓冠《すいえいかん》をかぶった王朝貴族の姿は、男らしくてりっぱであり、いかめしくも優美である。長々とうしろに曳く下襲の裾は、歩くとき人に持たせたり、石帯《せきたい》にはさんだりするのだった。

これが武官であると、顔の両側をはさむ緌《おいかけ》のついた巻纓冠《けんえいかん》をかぶる。文官なら、うしろへ垂れている纓が、きりりと上へ巻き上っているものである。そうして太刀を帯び、矢を負い、弓を持つ——これも、りりしくて美しく、こういう恰好をすればどんな男も、さぞ見映えがしたことであろう。全く、王朝の服装というのは衣裳美学の最高峰といってもよい。

さて、北の方は下襲を持って落窪の間へいき、

「さっきのは出来たの」

とずかずか部屋へ入った。

姫君はおどろいて、几帳の外に出た。北の方は、表袴の布地がそこにたたまれたまま置いてあるので、みるみる機嫌がわるくなった。

「まだ手も触れていないって、どういうこと、これは！　もうでき上ったかしらと思ったのに。なぜ、私のいうことがきけないの、このごろどうかしてるのじゃないの」

北の方は、じろじろと姫君を見た。

「何だか、あなたはこのごろ、うわの空ね。いやにおしゃれに身をやつして、化粧ばかりするようになったではないか。まじめに縫物に精出すという気持ちがなくなったようにみえるわね。なぜそう、ふわふわしてるんです」

姫君は問いつめられて困りはて、上気してしまった。とっさに言葉も出ず、口ごもって、

「あの、さっきまで気分が悪うございましたので、しばらく臥せっておりましたの。表袴はただいますぐ、仕上げますから、しばらくお待ち下さいまし」

姫君が布をひきよせようとすると、北の方は、

「まるで、暴れ馬にさわるみたいに、びくびくして、布にさわってるじゃないか」

と痛烈にぴしりという。

「この邸に縫物をする人がないから頼むのよ。安うけあいしてちっとも縫わないあなたでも、頼まなくちゃしかたないんですよ。――もしこの下襲をすぐ縫わないのなら、も

う、この邸にも置かないよ。とっとと、出ておゆき！」

北の方は、自分で自分の言葉に煽られたらしく、いよいよ腹を立てて、下襲の布地を姫君に投げつけた。

少将はかいま見てひそかに思う――。

北の方のような女は、気性が烈しいだけにすることも手ぬかりなくソツなく、つまり、やりてである。敏腕なのである。そのかわり、グズグズして魯鈍《ろどん》なことを嫌う。そうして、すべて自分の思うように、ことが進捗しないと、イライラして、かっとする。だから、あんまり物ごとをてきぱきする女は、ヒステリーの気味があるから、男としてはありがたくない。少々、家事のとりさばきがのろまでも、のんびり、おっとりした方が男としては助かる。

欲をいえば、おっとりしているくせに、することはそつなく、かろやかにこなす女が最高なのだ。身びいきかもしれぬが、姫君はそんな女人のような気がする――。

少将がいい気持ちで、そんなことを考えていた報いなのかどうか、北の方は、足音も荒く部屋を出ようとして、ふと、少将が脱いだ直衣《のうし》が、几帳のうしろから出ているのをみつけた。

「おや。この直衣はどこのものだえ？」

阿漕はこのとき、部屋へ来ていた。――北の方が来たのを見て、姫君が、どんなに狼狽していられるかと、あわてて走ってきたのだった。

北の方が立ちどまって、不審そうに直衣をとりあげるのをみて、阿漕は胸がつぶれそうな思いをしながら、

「それは……あの、よその方が、縫って下さいとよこされましたので」

といった。

「へええ。よその縫物を先にして、うちのは縫わないつもりかえ。あなたはこの邸の居候のくせに何を考えてるのかしらねえ。全く、人を馬鹿にしてるわ」

北の方は憎々しそうに捨てぜりふをいって去っていった。

少将は几帳のすきまから見ていて、（いやな女め）と思う。（ぶくぶく肥って、意地のわるそうな奴だ）

髪の毛が短く、脱けおちて少なくなっているのも少将には醜く思われた。北の方はたくさんの子供を産んだので、たぶん、そのせいなのだろう。

姫君は、夢中になって、布地に折目をつけていた。少将は姫君の裾をとらえて、

「止しなさい、ばかばかしい。……」

とむりにひっぱるので、姫君は困って、素直な人柄だから、迷いながらも、少将のいうまま、几帳の中へはいり、臥してしまう。

「何だい、あれは。縫わなくてもいいよ。うっちゃっておきなさい。北の方をもっと、まごまごさせてやればいい。あの言い方は何だ。無礼じゃないか。この年頃、いつもあんな、ものの言い方をしていたのですか。私なら、とても辛抱できない所ですよ」

る。

「だって、北の方のいいつけに逆らったらどこへもいく所のないわたくしですもの」

と、姫君はいい、阿漕を呼んで格子を閉めさせた。もう、夕暮れになっていたのであ

る。

姫君は灯をともして、縫物をはじめようとしていた。

阿漕は、帯刀が午後から、「ぞくぞく寒気がしてくるよ」というので、自分の部屋に

寝かせていた。姫君が灯をともして縫物をはじめるようすに、もう北の方も来るまいと

安心して、自分の部屋へちょっと退った。

少将は、姫君の手から縫物をとりあげ、

「お止しなさいったら——夜なべは目の毒ですよ……それより、もっと楽しく、有意義

なことに時間をつぶすべきですよ」

と几帳のうちへ連れこむ。姫君は、よんどころなく、ひき寄せられていった。

北の方は、姫君が縫物をしているかどうかいったん気になると、かたくなに、それば

かり気になる。それで、ひそかに、またやってきた。

と、部屋の中に人影はない。縫物はひろげられ、散らかったままで、灯はともってい

るが、しんとしている。

(几帳のうしろで眠っているんだな)

と思うと、かっとして、思わず大声が出た。

「大殿さま、まあ聞いて下さいましよ、大殿さま!」

北の方は、夫の中納言の居間へ聞こえるように、大声で叫びながら、ばたばたと駆けてゆく。

「落窪の君をお叱り下さいまし、大殿さま、何て可愛げのない人でしょ、こんなに急いでいる縫物を、まあほったらかしにして。どこかからひっぱり出してきた几帳を、えらそうに立てて、そのかげへ入っては寝、入っては寝、して、なまけてるんでございますよ、ま、いっぺんここへいらして、ちゃんとお叱り下さいまし……」

中納言の声が遠くでしている。何でも、よくきこえない、何ていってるんだね？　ときいているようであった。北の方は、そちらの部屋へいったので、きんきんした怒り声が遠くなった。

「落窪の君、とはどういうことだろう……」

少将は、それが姫君のあだ名だということは知らない。姫君ははずかしくて、

「さあ……」

といっていた。

「おちくぼ。なんてへんてこな名だろう。下女の名だろうね。下品な名だね」

少将は何心もなくそういいながら、

「さあ、さあ、北の方もあっちへいったことだし、今夜一晩は、まあ、ゆっくりなさいよ……」

と、むりやり姫君を押えこんでしまった。

しかし北の方は、それでうっちゃっておくつもりはないのであった。こんどは、袍《ほう》を裁って、姫君に縫わせようとしていた。これは、礼装のいちばん上に着る上着である。また縫わないかもしれない、と思い、北の方は、夫の中納言から叱らせようと思った。

「なまけ心が起きて、ちっとも仕事をしないのですよ。こっちの忙しいのも、知らぬ顔ですからねえ。心ねじけの強情者ですのよ」

中納言は単純な所があるから、娘に腹をたてた。男は、というより、夫は、単純なのである。

「うちの縫物はせずヨソの縫物をしてるんですよ。やりかたが憎らしいじゃございませんか。私などは馬鹿にしていますから、大殿さまからいっぺんいって下さらなければ」

中納言は火のつくように責められて、自分が出なければいけないことで腹を立て、足音たかく落窪の間へきた。引き戸をあけ放つなり、老人性短気から、雷のようにつづけざまにわめきちらした。

「これ、おちくぼ。お前はいったい、どういう了簡だね、北の方のいいつけに従わないというのは。母親もいない娘は、どうかして人によく思われ、可愛がられようと心がけるのが本当だ。これほど家の縫物をいそいでいるときに、ヨソの仕事をするとは何を考えておるのか。今夜中に縫いあげないなら、もう家の娘とは思わん。どこへなりといくがよい。この心ねじけの強情者め」

そういうなり、姫君の返事も聞かず、ぴしゃっと戸を閉めて帰ってしまう。

姫君は悲しいやら、情けないやら、恥ずかしいやらで、しくしくと泣き出してしまった。

恥ずかしいのは、少将に、老父の罵言を聞かれたことである。「おちくぼ」という「へんてこ」な名が、自分のあだなだということを知られてしまったと思うと、今すぐにでも死んでしまいたい気がして、縫物をわきに押しやり、灯の暗い方に向いて泣き沈んでいた。

少将は姫君があわれで、いじらしくてならない。おちくぼというのは、この人につけられた名だったのか、さりとは、ひどい言いようをする。自分が下品な名だね、といったとき、この人はどんなに恥ずかしかっただろうと思うと、かわいそうで、

「まあ、こっちへいらっしゃい」

と、むりに几帳の中へ入れて、

「あなたが心ねじけの強情者でないことは私がいちばんよく知っていますよ。お父上のいわれることなど、気にすることはありません。あれはきっと、北の方の口うつしでいってらっしゃるだけですよ。――なあに、男というものは、たいてい、妻のいうことを、うのみにするもんだから。……みんなは誤解しているが、いまにあなたの気持ちがわかってもらえるときがくるから、ね……」

少将はそう慰めはするものの、心の中では、父親の中納言にも、憎悪を抱いた。

（継母がつらく当るというのはわかるが、実父の中納言もいっしょになって叱りわめく

とは、どういうことだ。本当をいうと、そんな奴は男ではないな。私なら、妻のいう通りになんか、ならない所だが——。どうかしてこの人を幸せにして、あんな連中を見返してやりたいものだ）

そこへ、女房がはいってきた。少将がこの邸ではじめて見る、阿漕以外の女房である。すっきりと小ぎれいな女で、少将は、（おや、この邸にも、ちょいとした美人の女房がいるんだなあ）と思いながら、几帳のすきまからのぞいていた。女房はいう。

「お姫さま、北の方のおいいつけで、縫物のお手伝いに上りました。どこを縫いますか」

この女房は、少納言といって、北の方づきの女房である。

「どうしておやすみ遊ばしていられますの？　あんなに北の方がおいそぎですのに」

「気分が悪いので、臥せっていたの」

姫君は、あるかなきかの小さい声でいう。

「表袴を縫いかけていますから、その前の襞《ひだ》を縫ってちょうだい」

少納言は縫物をはじめたが、

「ここの襞は、どう始末するんでございましょう、ご気分がなおられたら、お起きになって、お教え下さいまし」

「それじゃ、待って。いま起きますから」

と姫君は辛うじて起き出して、膝でにじり寄った。

少納言が姫君を見ると、顔は涙で濡れて、眼は泣き腫れている。北の方に何か言われなすったのかしら、と少納言は姫君に同情した。

「大変でございますねえ……お姫さまもご苦労なさいますでしょう。いえ、もう、このお邸の中でも私どもはよく、わかっているんでございますよ」

この少納言は、阿漕のように、ちゃきちゃきのはしっこい方ではなく、しんみりと、やさしく、しとやかな女なのであった。

「こんなこと申しあげますと、お世辞のようでございますが、かといって申し上げませんでは、こういう風に考えているものもいる、ということをおわかり頂けませんものね。私は正直に申し上げまして、いまお仕えしている方々よりも、お姫さまのほうにこそ、お仕えしとうございますわ。長いこと、それとなく拝見してきて、お気立てのほどにも感じ入ったからでございます。でも人の口もうるさくて、内々でお仕えすることも気がねされたりいたしまして、しぜんにご遠慮することになるのでございますが、心の中ではいつもお姫さまのお味方でございます」

というのであった。

「ありがとう。あなたは、身内の姉妹たちでさえいってくれないような、やさしいことばをかけてくれるのね。嬉しいわ」

と姫君は微笑んで、針をはこんでいた。

「ほんとうにへんでございますね、北の方がきびしく当られるのは、世間でもよくある継母の例で、また、女の性質のつねでもございますからわかりますけれど、ご姉妹の姫君たちまでが、お姫さまをのけものにして、まるで召使いのように見ていらっしゃるのは、私には納得できませんわ。——お姫さまはこんなにお美しくていらっしゃるのに、ひとりぽっちで、お淋しそうになさって、お仕事ばかりに精出していられるのが、おいたわしくて。それにひきかえ、あちらはどうでしょう、四の君にこんど婿君をお迎えなさろうというので用意なすってますわ。北の方がおひとりできりまわしていらっしゃいます」

「それはおめでたいことね。どなたをお迎えになるの？」

「右近の少将さまとうかがいました。たいそう美男でいらっしゃる上に、お家柄もよく、また才能と器量のおありになる方なので、みかどのおおぼえもよいため、ご出世なさるのは目にみえております。末は大臣《おとど》にもおなりになろうか、という若さまですわ。それなのに、まだ定まったご本妻の北の方はおいでになりません。最高のお婿さまですわね。それどちらでも、少将さまを婿に欲しがっていられますわ。このお邸の大殿さまも、どうかして、わが家に、とおのぞみなので、北の方もおいそぎになっていられます。ちょうど、四の君の乳母の方が、少将さまのおん乳母とお知り合いらしくて、これは都合がよいと喜ばれて、縁談を進めていらっしゃるらしいですわ」

「まあ、それはおめでたいことね。それで少将さまはどういっていらっしゃるの？」

姫君はおかしくて、ふと口もとがほころんだ。少将からぬすみ見る姫君は、その目もとや口のあたり、明るい灯のもとに輝やくばかり美しい。この人は、天性、明るい人なんだな、女の美しさは笑ったときにいちばんよく出る、と少将は思いながら、姫君にみとれている。

「くわしく存じませんが、少将さまは承諾なさったのではありませんかしら。こちらのお邸では内々に、ご結婚の準備を急いでいられますもの」

少将は（うそだよ、私は承諾したおぼえはないぞ）と起き上っていいたかったが、がまんして寝ていた。

「そうでしょうねえ」

と姫君は、少将が陰で聞いているのを知っていても、もっともらしくうなずいてみせる。

茶目っけもある姫君なのである。

少納言は何にも気付かず、

「お婿さまがまたお一人ふえますと、お姫さまはまたお仕事がふえますよ。よいご縁談があれば、早くご結婚なさいまし」

「どうしてわたくしのようにみっともない女に、縁談などありましょう」

「とんでもございません。お姫さまがみっともない、なんて。北の方が大事にかしずいていらっしゃいますあちらの姫君たちは、失礼ですが、お姫さまにくらべると、まるで、月とすっぽん……」

と言いさして、さすがに少納言は話をやめ、

「縁談と申せば、お姫さまにぜひ、お聞かせ申し上げたいことがございますの。今の世の中で、有名な美男、ともてはやされている弁《べん》の少将、あのかたは色好みというわさで、世間では、〝交野《かたの》の少将物語〟という恋愛小説の、主人公になぞらえて、交野の少将と呼んだりしていますが、その方のお傍に私の従妹がお仕えしていますの。先日そこへ遊びにゆきましたら、弁の少将さまは、私を中納言家の女房と知って、愛想よくして下さいました。ほんとうにすばらしい男ぶりの殿方でしたわ。弁の少将さまは、〝中納言家には姫君が多いとうけたまわるが〟とくわしくお聞きになりますので、私、お一人ずつお話ししてお姫さまのことも申し上げました」

「なぜ、わたくしのことまで……」

「でも、こちらのお邸の姫君のお一人にちがいありませんもの。弁の少将さまはすっかりお姫さまに心を寄せ、〝それこそ、私の理想の女性だ、お手紙を渡して取り次ぎを頼む〟とおっしゃるのです。私が〝姫君はほんとうの母君がいられないので後見する人もなく結婚などお心にかけていられないようですわ〟と申しましたら、〝母君がいられないからこそ、よけい男は、同情心をそそられ、かばいたくなるというものだ、私の理想は、蝶よ花よとかしずかれている権勢家の姫君ではない、日陰に咲く花のようなあわれな身の上の、しかも情け知らずでなく、美しい女、そういうのを唐や新羅《しらぎ》までもさがし求めたいと思うのだ、ちょうど姫君はそれにぴったりじゃないか。私の最愛の妻として

邸へ迎えとりたい〃と、こまやかに、夜がふけるまで、しみじみお話しなさいました。そのあとも、お目にかかるたび、〃話をしてくれたか、お手紙を書こうか〃とおっしゃいますが、よい折がありませんのでそのうちに、なんて申し上げておりますのよ」

姫君は、少納言のながながしい話に、返事もしなくなった。せっせと仕事をしている。

そこへ、少納言の部屋から、使いがきた。少納言は外へ出て、しばらく立話をしていたが、またはいってきて、

「申しわけございませんが、来客がありましてちょっと退らせていただきます。お姫さまのお相手を一晩いたしましょう、と存じておりましたのに、急用ができまして」

「いいわよ、どうぞ、お退り」

と姫君はうなずいた。

「さきほどの話のつづきはまだございますのよ……弁の少将さまがどんなに魅力的な殿方でいらっしゃるか、ということやお姫さまに思いをかけていらっしゃる、やさしいお気持ちなど、そのうちくわしくお話ししますわ。——でも、私が途中で退りましたこと、北の方にはおっしゃらないで下さいまし。北の方はきびしく私をお叱りなさるでしょうから。用事が早くすみましたら、また、おうかがいいたしますわ」

少納言はそういって、そそくさと自分の部屋へ帰っていった。

少将は、少納言が去ったのを知ると、几帳を押しのけて、出てきた。

「何ですか、あの女房は」

と、面白くない。

「はじめは、話もうまく美人で、いい女房がこの邸にもいるもんだ、と感心していたのだが、交野の少将の色男をほめ上げるもんだから、あいつの顔を見るのも腹が立った」

「ホホホホ……何も少納言には罪はございませんわよ」

「少納言ばかりではありませんぞ。あなたは私がここに隠れていなかったならば、きっと弁の少将へ色よいお返事をなさったに違いない」

「まあ、そんなこと……」

「いいや、そうにきまっている」

少将は半分、本気で嫉妬している。

「あなたは、私の隠れている方を気がかりそうに、ちらちらご覧になって、いいつくろっていらしたが、かなり少納言の話に乗り気のごようすだった。弁の少将が手紙でもよこしてごらんなさい、私との間も、それこそ一巻の終りだ。あの男は名だたる女たらしで、これとねらってはずした女はないんですよ。一行の手紙でもやったら最後、必ず陥落させてしまう。人妻や、帝のお妃まで愛人にしているという色好みでしてね、だから有形無形に敵をつくって、出世できないでいる。そういう男が、最愛の女性と、あなたのことをいうのだから、さぞ、あなたは大事にされますよ」

少将の皮肉は、度がすぎるように姫君には思われ、黙ってしまう。姫君は少将が、ライバルの出現で、本気に嫉妬しているとは考えられないのである。どうして、そんないやみを言われなければいけないのか、返事のしようもなかった。

「なぜ黙っていられる」

と少将はまだ、しつこくいう。

「あなたはせっかく、交野の少将に心を動かしておいでのところを、私が横槍を入れたので、気をわるくしていらっしゃるのですか。――都中の女という女が、交野の少将の色男ぶりにまいっているんだからなあ。全く、うらやましい限りですよ」

「わたくしは女の数にも入らないからでしょうか、なんの心も動きませんわ」

と姫君は小さい声で抗議した。

「そうですかね。彼はもともと、家柄もいい男だから、もし結婚なされば、あの〝交野少将物語〟の女主人公のように、あなたはいまに中宮にもなって出世なさいますよ」

「わたくし、その物語はまだ読んだことがありませんもの……」

姫君はだまって、縫物をしている。さすがに少将は姫君をいじめるのを、もうやめた。

姫君の小さな白い手が、すばしこく動いて布を扱うのを、かわいく思って見ている。

所詮、少将は姫君を誰にも渡したくないので、つい、いじめてしまうのである。

姫君は下襲を縫いあげて、今は、袍（上着）にかかっていたが、大きなものなので、一人では折目がつけられない。

「こまったわ、阿漕に頼もうかしら」

とひとりごちた。少将は起き上って、

「阿漕はどうしたの」

「帯刀が具合悪いそうで部屋に退っていますの。さっきちょっとのぞいたけれど、少納言がいたものですから、少納言に相手を頼んで安心して部屋へいきましたわ」

「阿漕を起こすまでもないよ。せっかく惟成と二人でいるのに。私がお手伝いしよう」

「あら、でも殿方がそんなこと……」

そういううちに少将は気軽に坐って、

「まあ、やらせてみなさい、腕っこきの職人ですよ、私は」

少将は姫君と向い合って、布をひっぱり合いつつ、折目をつけてゆく。職人というには似合わしくない少将のようすだが、気を遣いすぎてよけいなことをしたり、知ったかぶりのことをしたりして、へまをやるので、姫君はおかしくて、笑いながら折っていた。

姫君は、美しい物怨じ顔で、

「四の君との縁談は、ほんとうのことでしたのね。四の君との結婚準備をこの邸ですすめていらっしゃるのに、あなたはそしらぬ顔をしてらしたのね」

といった。

「馬鹿なことを。交野の少将が、あなたを最愛の妻と迎えたときには、私も、公然と、四の君の婿にも収まるだろうよ」

と少将はいい、二人で笑ってしまった。

「さ、もう夜も更けたよ。そろそろおやすみなさい」

少将は姫君に、強いてやめさせようとする。

「もう少しですの、あなたこそ、どうぞ早くおやすみ遊ばして下さいまし。わたくしはもうすこしで縫い終りますから」

「ひとりで起きてるなんて、さびしいことをいいなさるな。それなら私も共に起きていて手伝うよ」

「ホホホ……」

「何だね」

「いいえ、何でもございません」

姫君は、ほんとうをいうと、少将に手伝ってもらうと、かえって手間が掛るのであるが、そうもいえない。それでも猫の手よりましであるから、ここをこう、そこをそう、と手を取って教え、手伝わせる。少将は面白がって折ってゆく。何といっても、二人でさし向いで、そぞろごとなど言って仕事をしていると、楽しくて時のたつのを忘れるほどであった。

さて、北の方は、姫君が縫物をしているだろうか、縫わないで眠ってしまったのではないかと、気になってならない。自分の指図通りにことが運んでいればよいが、少しでもくいちがうと腹が立つ。北の方のような性格は、我を通そうとして、それに固執するのである。

姫君の部屋へ足音をしのばせてやってきたが、ぎょっとして立ちどまった。かすかに、男の声がするではないか。

遣戸《やりど》はすこしばかり開いていた。

北の方はそこから覗いて、息がとまるほど驚いた。

こちらに背を向けているのは、たしかに、おちくぼの君であるが、向かいあっているのは若い男なのだ。少納言がいつのまに、男になりかわったのであろうか。北の方はねむ気も一時にふっとんで、目を丸くして、じっと観察する。

男は白い袿《うちき》の上品なのを着、その上に紅の練絹の一かさねの袿、更に、山吹色のを着こんで、くつろいだ姿でいた。明るい灯火のもとでみると、何ともすがすがしい美青年で、しかも愛嬌があって、知性にあふれている。

(いったい、誰なんだろう?……蔵人の少将よりりっぱな青年じゃないか。それに、あのぜいたくな身なり……)

北の方は、今まで、婿の蔵人の少将を最高の青年貴族、と自慢していただけにすっかり動転してしまった。

(男を通わせている気配は知っていたけれど、どうせそのへんの、平凡な男だろうと思っていたのに、どうしてどうして、並みの身分の男ではない。――それにおちくぼめにくっついて、一緒に縫物の手伝いまでするような、鼻の下の長いところをみると、よっぽど惚れているらしい。――さて、こうなると困ったな。もしこの男が、おちくぼを拾いあげ、いい身分に据えたら、とてものことにあの娘は私の言いなりになど、ならないだろう。もう、あたまごなしに叱りつけて、一生、お針子で飼い殺しにする、なんてこともできなくなるわ……）

などと思うと北の方はいまいましいやら、くやしいやら、嫉妬で心が煎《い》られるようで、縫物のことも忘れ、立ち聞きしていた。

「慣れないことをして、私も疲れてしまった」

と、男は若々しい声でいう。

「あなたも眠たそうだよ。もういいから、中途にしてやすみなさい。北の方に腹を立てさせておけばいいじゃないか」

「でも、お腹立ちになるのを見るのが、わたくしは辛いんですもの」

と姫君はなおも縫っている。少将はもどかしがって扇であおいで灯を消してしまった。

「困りますわ、片づけもできませんわ……」

と姫君は当惑している。

「いいよ、几帳にでもひっかけてお置き」

少将は自分で縫物を丸めて几帳にかけ、

「いらっしゃい……」

と姫君をいざなう。ためらう姫君に手をのばし、ついでに几帳の向きを変えたので、遠い小さな灯だけになり、あたりは闇に沈んで北の方のところからは見えなくなってしまった。そうしてあとには、若い二人のひめやかなむつごと、言葉にならないささやきや、ためいき、やさしい命令や、性急で強引な、男の哀願、そんなものが闇の奥からきこえてきて、北の方をかっかと怒らせた。

北の方は、自分の部屋へもどりながら、二人に憎悪を感じている。男が、「北の方に腹を立てさせておけばいいじゃないか」といったのは、おちくぼが、北の方のことを男に告げ口したのであろうか、あることないこと言っているんだなと思うと、ことにおちくぼが憎らしかった。

部屋へ帰って横になったが、北の方はねむれなかった。

（おのれ、どうしてくれようか、大殿さまにいいつけて……）

いやしかし、夫の中納言は却って喜ぶのではないか。あの男の容子をみれば、容貌も美しく、身分高い人しか着ない直衣を用いている。貴公子ならこれ幸い、中納言は娘の婿にと、結婚を公表するかもしれぬ。

北の方は、どうかして姫君を結婚させたくないのであった。夫と名のつく男を持たせたら最後、もはや男のいうことだけを聞いて、北の方の命令には従おうとしないだろう。北の方は、自分の勢力範囲から姫君がはみ出してしまうのがいまいましくてならないのである。現実問題としても、あんなに腕の立つ、無報酬で働く縫子を失うということは、たいへんな損害である。

（そうだ、やはりここは、帯刀と通じていると大殿にはごまかしてやろう。おちくぼを離れたところへ一人おいといたから、あんなことになったのだ。部屋に閉じ籠めて監視

してやろう。もうあんな男に、なんで〝腹を立たせてやれ〟などと言わせるものか）

考えるとますます憎らしい。そうして、それからそれへと、考えをめぐらす。

（おちくぼを閉じ籠めて監視して、手紙のやりとりもさせぬようにしよう。そうしているうちに、男はあきらめて忘れてしまうだろう。……おちくぼのほうは、そうだ、いいことがある！）

北の方はにんまりした。

（私の叔父の、典薬の助、あの居候めが、おちくぼに年甲斐もなく惚れていたっけ。いい年をして色好みのあの男に、おちくぼをやろう。そしたらこの邸も出られなくなるし、今まで通り縫子で使えるわけだわ）

北の方が、そんな計略をめぐらしているとも知らず、姫君と少将は、しっとりした夜を交して、暁に、少将は帰っていった。

姫君はそれからすぐ縫物をはじめた。北の方は、（まだ出来上っていなかったら血が出るほどこっぴどく叱りつけてやろう）と思って使いに縫物を取りにやらせた。

使いはすぐ、縫いあげられて美しくたたまれた衣裳をたずさえて帰った。北の方はあてがはずれて、それゆえにまた、はけ場のない悪意と邪念が、心にふくれ上ってゆく。

北の方は、夫の中納言の起きるのを、待って、

「朝から、こんなことを申し上げたくないのですけれどねえ……」

と、うれわしげな顔をつくり、声をひそめて話していた。

そのころ、姫君は、少将から来た手紙を読んでいた。

「いかがですか、ゆうべの縫いかけたものは出来上りましたか。北の方はまだ腹を立てませんか。ようすが聞きたいものですね。

ところで、笛を忘れてきました。使いにお渡し下さい。これから御所の管絃の御遊びに参上するのです」

とある。ほんとうに少将は、香をよくたきしめた笛を忘れていた。姫君はそれを包んで使いに渡し、手紙をつけた。

「北の方のこと、そんな風におっしゃっては、人聞きもわるいですわ。縫物が出来上ったので、北の方はご機嫌よくにこにこしていらっしゃいます。それより、笛のように大切なものをお忘れになるのですもの、わたくしのことをお忘れになるのは無論ですわね」

少将は、その手紙が可愛くて、また返事をやった。

「忘れるはずがないでしょう。笛の音の絶えぬように、あなたとの仲も永遠ですよ」

恋人たちが、平和に、みち足りた気分でいたのは、そのときまでであった。

北の方は、中納言に訴えていた。

「こんなことが起りゃしないかと、かねて心配していたんでございますが、案の定、おちくぼの君が、肩身のせまいはずかしいことをしでかしてくれました。他人の居候ならどうにでもできましょうが、あなたの娘でいられるのですから、世間にもみっともなくて」

「あれがどうしたというのだ」

中納言は驚いて聞く。

「男ができたんでございますよ、あなた」

「なに、男？　親の許しもなく！　いったい、何者だ、それは！」

「それがまあ、あろうことか、あなたばかりでなく、わが家の立派な婿どのの顔に泥を塗るような、身分卑しい下郎なのですわ……」

「誰だ、誰だ、それは」

中納言は、老人で、こらえ性がないから夢中できく。

「帯刀でございますよ、ほら、蔵人の少将の家来の、あの青二才です。あの者は、つい近ごろまで阿漕を妻にしているとばかり思っていましたのに、そうではなくて、なんとおちくぼ本人に手をつけていたのですよ。恋文を、帯刀はおろか者ですからふところに入れていて、蔵人の少将の前に落してしまいました、少将がお見つけになって、はしっこいかたですから、この手紙は誰のかと責め問われたのです。帯刀もかくし切れず、こうこうと白状いたしました。蔵人の少将は、三の君に〝まあすばらしい相婿をお迎えになったことだ、世間に知れたらどう噂されることか、肩身せまくて、大きな顔もできはしない、どうか帯刀を、私と同じようにこの邸へ通わせて婿扱いなさらないでくれ〟と皮肉をおっしゃったそうでございますよ」

「うーむ、何ということをしでかしてくれたのだ」

中納言は腹を立て、力を入れて爪弾きをした。

「この邸に住んでいれば、みな、わしの子の一人とわかっているはずなのに、そんな身分低い男が、中納言家の姫に手を出した、というのか。帯刀め、六位といっても蔵人にさえなっていない、地下人《じげびと》ではないか。吹けば飛ぶような青二才め。おちくぼもおちくぼだ。よくもそんな男に。相応な受領でも通ってきていたというなら、知らぬ顔でくれてやろうと思ったのに、相手が帯刀では情けのうて、あきれはてるわい」

「そこでございますよ。世間の噂になったら、ほかの姫や、婿君に疵《きず》がつきます。早いとこ、おちくぼの君をどこかの部屋におしこめて見張らせましょう。おちくぼは帯刀を恋しがって、逢おうとするでしょうからね。時がたってからまた何とか処置なさいませ」

「それがよかろう。早速、閉じ込めて帯刀めに会わせるな」

中納言は少々耄碌《もうろく》しているので、北の方に煽られると、一も二もなく叫んだ。

「雑舎《ぞうしゃ》（下屋）の物置に押し込めておけ。そんな不心得な娘には物を食べさせることもいらぬ。折檻して殺してしまえ。わしは年とって、なお一家の主として気苦労が絶えぬのに、この上まだ、気苦労を増しおって、親不幸者奴が！」

北の方は待ってましたとばかり、着物の裾を高く捲《まく》って落窪の部屋にいって、たちはだかったまま、

「お前、ゆうべは誰といたの？　知らないとでも思うの？　親を笑い者にするにも程があるよ！」

姫君はただもう、びっくりしてわなわなと震えていた。

「情けないことをしてくれるのねえ、ほかの子供たちの面目丸つぶれだと、大殿もお怒りですよ。こちらに住まわせるな、物置に入れておけ、とおっしゃってるわ、さ、早くおいで！」

姫君は少将のことを叱られたのかと思って、恐ろしさに泣き出していた。

阿漕はあわてふためいて北の方にとりついた。

「お待ち下さいまし、大殿さまは何をお聞きになったのでございましょう、お姫さまに何も罪はございませんわ」

「ええ、さし出がましい。お前も要らざる出しゃばりだよ。大殿がお怒りになるようなことを、この人はしたに違いない。私にはおっしゃらないけど、外から聞いてこられたのだよ。阿漕も阿漕だ。こんな腹黒い主人を大事にして、三の君の方はないがしろにするんだから、もう、この邸には置けない。どこへでもいくがいい、いいかえ。とっとと、出ておゆき」

北の方は阿漕を足蹴にせんばかりであった。

「さ、おちくぼ、来ないか。大殿がお言い聞かせになることがあるよ」

北の方は姫君の衣の肩を引っ立てたので、姫君はよろめいて引きずられていく。阿漕が泣きながら北の方の裾にすがると、北の方はじゃけんにふり払い、そのへんの道具を蹴散らし、姫君を突きとばして前に押し立て、罪人をひきずるようにするのであった。

姫君は、かつてこんなに手荒な暴力を加えられたことはないので、呆然として正気を失い、涙ばかりひっきりなしに流れる。紫苑色の綾の袿の、柔かなのを着て、白い単衣をかさね、また、少将がやさしい思いやりから脱いで置いていってくれた綾の単衣を下に着ている。髪は、この頃手入れもゆき届いているのでつややかに黒く、居丈に五寸もあまり、長々と曳きつつ揺れている美しさ、まるで嵐に揉まれる花のように、苦しげに撓《たわ》んで、北の方にひきずられてゆくのであった。

第四章　奸計

阿漕《あこぎ》は気が気ではなかった。

（北の方は、お姫さまをどうなさるつもりかしら。ああ、どうしたら……少将さまさえいらして下されば）

とおろおろしつつ、目もくらむ心地である。しかし、あとを追ってもいけないので、北の方が蹴散らかしていったものを片付けたりしていたが、不安でいっぱいだった。

姫君は夢中で中納言の前に引き据えられ、ばったりとつきとばされて坐らされた。北の方は昂奮と激情のあまり、息をきらせていた。

「やっとこせっとこで、連れてきましたよ」

北の方は昂奮すると、賤しい生まれの言葉が勢よく唇からのぼってくる。

「私が自分で足を運ばなければ、とってもやっては来ませんよ、大人を馬鹿にして」

「すぐ閉じこめておけ。見るのも、いやだ」

中納言はほんとに、いやそうに姫君から目をそらせた。中納言は、北の方の言葉を信じきっているので、姫君が身分いやしい男と密通したというのが許せないのである。さながら、淫乱女であるかのごとく、さもいとわしそうに顔をしかめ、手を振って追い払い、姫君は涙が流れて、ひとことも言葉が出てこない。

「さ、お立ち、こっちへ来るんだよッ！」

北の方は姫君を引きずって雑舎へ連れこんだ。

女にあるまじい乱暴無残なふるまいであるが、女だからこそ、残忍になれるのである。女は、かっとなると男よりも激越な所行ができるものである。

姫君は、北の方のおそろしい形相《ぎょうそう》に死んだようになってしまって、引きずられるままになっている。

枢戸《くるるど》のある廂《ひさし》の間の二間の部屋で、酢や酒や、干魚など乱雑に置いてある部屋に、薄《うす》縁《べり》一枚を入口に近く敷き、北の方は姫君を、どんと突きとばしてそこへ入れた。

「わがまま勝手をする人間は、こんな目にあうんだよ。ようく反省するがいい。もう男にも逢わせないからね。そのうち、男はお前のことなんか忘れるだろうよ」

北の方は、乱暴に錠をさして、足音も荒らかに去っていった。

姫君は、いろんな物のひどい臭いが鼻につき、こわごわあたりを見回してみて、あんまり汚ない、おそろしい場所に閉じこめられたため、おどろきのあまり涙も止まってしまった。

なぜ、こうまで北の方が、自分にひどく当るのか、そうして、父まで、自分をさもいやなもののようにみるのか、さっぱりわからなくて、それはやはり、姫君と少将とのことが発覚したからだろうか、と思う。恋することは、これほど罰せられねばならぬことであろうか。

(阿漕にあいたい。阿漕、たすけておくれ)

と姫君は声を出して泣いてしまった。

北の方は落窪の間にやってきた。北の方は落窪の姫君の居間から、かねて目星をつけていたものを奪《と》ろうと思ったのである。

姫君は、身分高い家柄の母君からゆずられた、由緒ただしい手まわりの品を持っているからだった。

北の方は、女童の露《つゆ》がいると思って、

「櫛箱があったね」

と呼ばわりつつ、入ってきた。

「櫛箱をどこへやった。こましゃくれの、出すぎ者の阿漕が、どこかへかくしたんじゃないか」

阿漕はまだ部屋にいた。北の方が蹴ちらしていった道具を、泣きながらとり片づけていた所だった。

「ここにしまってございます」

と阿漕が几帳から出てきていうと、さすがに北の方は、すぐ櫛箱を取り上げることもできず、

「おや、お前はまだ、うろうろしていたのか。なんでとっとと出て失せないのだえ。出ておゆき、といったではないか。この、おちくぼの味方ばかりする小童《こわっぱ》めが」

北の方は阿漕の髪と衿をつかんで、引きずり出した。

「すぐにもこの邸を出ておゆき！」

北の方は、落窪の部屋を閉め、大きな錠をさして、

「ここは、私があけない限りは誰も開けてはいけないよ」

と女房たちにいった。

人々は、北の方の見幕におそれて、震えながら、

「は、はい……」

とうなずく。北の方はわが居間へ引き上げながら、

(うまくやった。あとは、あの好色爺の典薬の助に、おちくぼをおしつけるだけだ)

と、にんまりしていた。

阿漕はすごすごと自分の部屋に戻ってきた。

北の方に邸を出てゆけ、と追い出されたって、阿漕としては却って好都合というものである。阿漕を迎えようといってくれる、有力なパトロンの叔母もいるし、愛する男も

いるのだ。こんなしけた邸は、あと足で砂をかけて出ていったらよいのだ。

しかし、残された姫君はどうなさるであろうか。阿漕を唯一の味方とたのんでいられる人を捨てておいて、自分だけ安逸な生活にどうして入れようか。

（そうだわ。あたしが今出ていったら、お姫さまと少将さまの仲をとりもつ人もいないんだわ。少将さまに、お姫さまのごようすを連絡する係がいなくては。何としても、少将さまに助け出して頂かないといけないんだから……どんなに腹が立っても、いまここを出ちゃいけないんだわ）

と阿漕は思い返した。

阿漕はいそいで、三の君の部屋へいった。

「お願いでございます。私をお救い下さいまし」

阿漕は三の君にひたすら、哀願する。

三の君は、阿漕がお気に入りだった。美しくて怜悧《れいり》で心ざまふかく、よく働く。夫の蔵人の少将が、「いい女房を使っているね」とほめたので、三の君は、自慢に思っているのだった。それで阿漕が、泣きながらやってきて訴えたのでおどろいたのである。

「たいへんなことになったのでございます。私の身におぼえのないことで、北の方さまのお叱りを頂戴してしまいました。北の方さまは、こんどの落窪の君のことで、私を誤解なさって、出てゆけとおっしゃるのでございます」

「落窪の君のこと?」

三の君は、聞くのもおぞましい、というふうに眉根をよせた。

「あの人のことで、私がどれだけ蔵人の少将さまから厭味や皮肉をいわれ、肩身狭い思いをしたか。思うと腹が立つわ。阿漕や、お前はほんとうに、おちくぼと帯刀《たちはき》のことを知らなかったの?」

「私がなにを存じましょう。私は被害者なんでございますわ、帯刀は私を裏切っていたんでございます。おちくぼの君が何をなさったか、私は存じません。あちらの方とは、小さい時から一緒に育ちましたというだけで、現在お仕えしているのは、こちらの三の君さまお一人でございます」

阿漕は夢中で言い立てている。

(筆者註・これで以てみてもあんまり「心利いた」「役に立つ」「デキブツ」の使用人、というのは考えものである。「人を使うのは二番手、三番手の人間がよい」というのは人生の達人の至言である。——しかしまあここは、阿漕の落窪の姫君への愛情に免じて、読者に目をつぶって頂くことにしよう)

「こちらさまでは、私をやさしくお使い下さいましたので、私は、よそへ行きたくないのでございます。落窪の君のせいで、北の方さまが私までお憎みになるのは辛いことでございます。どうか、三の君さまからよろしくおとりなし下さいまし。北の方さまのご不興を、おなだめ下さいまし。私、こちらさまのおそばを離れたくございません」

三の君は、若い女性らしく、すぐ、単純に信じた。それに阿漕を手放すのも惜しいので、北の方のところへいって、とりなした。

「お母さま。阿漕に罪はございませんわ。なぜお叱りになるの。私はいつもあれを使いなれていますから、いなくなると不便でこまります。ここで召し使ってもいい、とお許し下さいな」

「だめですよ、あれは油断できない子だよ。どうも、かげでこそこそしておちくぼのためにばかり計っているのよ」

「そんなことありませんわよ。阿漕は私に一生けんめい、やってくれますもの。私に詫びを入れて頼みこんでくるのが、いじらしいんです」

「妙に、あの小童は、お前と気が合うんだねえ。――おちくぼのことだって阿漕が後で糸を引いているのだよ。あのおちくぼみたいな色気ない娘が、何で自分から男を通わせるものか」

「阿漕だって、何も知らないといっていますもの。ねえ、元通りに使ってもいいでしょう?」

三の君がいうと、北の方は、生みの娘には甘かった。不承不承ながら、

「じゃ、どうとでも勝手におし。だけど、大きな顔をして、私の前に出させるんじゃないよ。しばらく謹慎させてからだよ」

といった。

三の君はそこで阿漕を呼んで、

「しばらく引きこもっといで。そのうち、私からお母さまによううく申し上げるから」

阿漕はしかたなく自分の部屋に籠っていた。

三の君のそばで、四の君が、このやりとりを聞いている。まだほんの少女だが、美しくなりそうな面輪《おもわ》の、おちくぼの姫にどこか似ている。阿漕が去ると早速、熱心にいった。

「ねえ、いったい何をしたの、落窪の君は。お父さまもお母さまも、どうしてああ怒っていらっしゃるの？」

この四の君は、いま好奇心のいちばん旺盛な年頃である。

「子供は知らなくてもいいのよ」

三の君はつんとしていう。

「どうして隠すの。私も知ってるわよ」

「知ってたら聞かなきゃ、いいじゃないの」

「お姉さまの意地わる。落窪の君は、親も知らないうちに男を通わせていた、とお母さまがおっしゃっていたのを聞いたわよ。お父さまは、その男が身分卑しいので、家の体面に傷がつくと怒っていらっしゃるんだわ」

「だまりなさい。そんなことを大きな声でいいふらす人がありますか。家の恥じゃないの」

「でも世間には、ちょいちょい、あるんでしょ。親の知らぬうちに、美しい公達が、姫君を盗みにくる、というような。私、『伊勢物語』の芥川みたいなお話が好きよ……」

四の君はまだ恋を夢見る年頃らしく、うっとりと、瞳を宙にさまよわせて、

「業平《なりひら》みたいな貴公子が、私を盗み出して背負って逃げてくれれば……。そして、野いちめんの露を見て、私は訊くんだわ、あれはなあに？　あのきれいな珠は？　って。そして、二人で倉にかくれていて、私は鬼にたべられてしまうの。業平は足摺りして泣くんだわ。——白珠か何ぞと人の問ひしとき露とこたへて消えなましものを。……ああ、そんな恋がしてみたいわ」

「ばかなことをおっしゃい。教養ある、つつしみ深い良家の姫君は、ちゃんと親のきめた夫をもつのが当然です」

現実的な三の君は、さめた声でたしなめる。

「親の知らないあいだに、男の人と恋しあうことになったら、どうなるの？」

「そんなこと、私たちにあるはずないじゃないの、そんなみだらな、下品なこと……。私たちは落窪の君とちがうんだから」

「でも、そんな恋にあこがれるわ……。親のきめた夫なんて、つまんない……」

四の君は、若い女らしい、とりとめもない夢を見ているが、阿漕は居間で、居ても立ってもいられない。

閉じこめられた姫君には、食事すらも届けられていない。北の方が、何人も物置に近

づくのを厳禁しているからである。

姫君が引き立てられていったときの可憐ないとおしい姿を思い出すと、阿漕は胸もふさがるようで、それにつけても北の方が憎らしい。自分が北の方と同じ身分であったら……自分がこの邸の女あるじであったら……むざむざと、姫君を北の方が打擲《ちようちやく》するに任せようかと、腹が立って体が震え、拳を握るのであった。

(少将さまが夜おいでになったとき、どう申しあげようか、少将さまはどんなに驚かれるだろう、お悲しみになるだろう)

と思い、はっとして、縁起でもない、まるで歿《な》くなられたようじゃないか、と思う。ためいきをつき、さすがの阿漕も頰がこけるほどやつれて悩んでいるので、露もどうしていいかわからず、おろおろするばかりである。

姫君は、臭気と寒さにみちた物置で、うすべりに横になって泣きながら、これも少将のことを考えていた。

あの北の方が、「会わせない」といったからには、ほんとうに会えなくなるに違いなかった。少将との愛を確かめ合ったと思ったのもつかのま、二人は引き裂かれたのだ。ゆうべの少将の、縫物を手伝ってくれた姿が目に浮んで、姫君は悲しかった。

(あのかたは救って下さるかしら？　でもだめだわ、お父さまや北の方がとても、あのかたを許されるとは思えないわ……)

いま姫君が北の方に感じているのは、怒りや怨みよりも、いぶかしさである。どうしてそう自分を憎むのか、姫君は、憎悪の心などを育てたことはないのに……。そうして、父の中納言に感じているのは、悲しみである。男親のせいか、それとも老いて頑なになったせいか、娘の心まで下りてきて、じっくり話をきいてくれようとしない気みじかさを、姫君は悲しんでいた。

そのころ、少将は何にも知らず、いそいそとやってきた。姫君の部屋に灯もなく、叩けども返事もない。帯刀が露を呼び、待ちかねた阿漕が、まろぶごとく走ってきた。見るより、こうこうと泣きながら話す。

「なんだって。では、私のためにそんな目にあったというのか、姫君は……」

少将は絶句した。

「それで?……それでいま、どうしていられる。食事も届けず閉じこめられて、大丈夫なのか?」

せきこんで少将は聞くが、阿漕に返事もできるはずない。自身、謹慎を申し渡されて動けないのだった。少将は性急にいった。

「夜の闇にまぎれて探ってきてくれ、阿漕。部屋の外から話ぐらいはできよう。ことづけてくれ。——お目にかかれると思って喜んできたのに、何という衝撃でしょう。しかし力を落さないで下さい、と——」

阿漕は、大層な物々しい着物を脱いだ。歩くと衣ずれの音を立てるからだ。長い袴も引き上げ、踏みぬいて、お勝手の廂の間を通り、ひそかに足音を忍ばせて雑舎へいった。

物置の前の板敷の廊に、小さな灯がともっていて、そこに黒い人かげがうずくまってねむっている。ぬけ目のない北の方は、錠をさしただけでは気がおさまらず、誰か姫君を盗みに来ないかと、番人までつけているらしい。

邸の侍が番人をしているのなら、どうにもしかたない。阿漕は失望して、それでもあきらめられず、足音を殺して近づくと、人影はむっくり、起きあがった。

「阿漕さんだ、阿漕さんだろ？」

そういう声は犬丸である。

「やっぱり来たね……」

犬丸はうれしそうに声をひそめていった。

「落窪のお姫さまに会いにきたね。きっとあんたはこっそり会いにくると思ったよ……」

「……」

阿漕は犬丸をにらむ。犬丸はにやにやして、得意そうにいった。

「だが、北の方さまのおいいつけで、この前は動けない。誰もお姫さまに近づけないよう見張っていろというご命令なんだ」

阿漕は犬丸のあたまを、もう一度撲ってやったらどんなにせいせいするかと思いながら、強いて声をやわらげて、

「あんたは分りゃしないだろうけど、お姫さまは何にもわるいことをしていらっしゃら

ないのよ。あんたまで根性まがりなことをすると、きっとあとで後悔するわ。ちょっとだけ、会わせておくれ」

「だめだよ。錠は北の方さまが持っていってしまわれたもの」

「じゃ、話をするだけ……」

「たのむのかい、おれに」

阿漕はいまいましいが、仕方ない。

「たのむわよ」

「どうぞ、犬丸さんお願い、といえよ」

「どうぞ、犬丸さんお願い」

「あははは、いつかはおれが頼んだが、こんどはあんたが頼むんだな。ついでにちょっと、触らせろよ、ぽちゃぽちゃした軀だなあ」

とんでもない野郎である。阿漕は、

「いいかげんにしないと、承知しないよッ」

とドスの利いた声で低くいった。

「あんまり図に乗ると、あとで怖いよ。わかってるの？　あの人の腕の立つのは知ってるんでしょ、あんた」

犬丸がやや怯《ひる》んだところへ、

「何も、むつかしいことといわなくったって、ちょっと目をつぶって、あっちへいっててくればいいじゃないの、ねえ、犬丸さん」

阿漕は色っぽくいって犬丸の胸板をとん、と突く。犬丸は目尻を下げて、

「そう出られると、おれはダメなんだなあ。じゃいいよ、なるべく早くすましとくれ」

と、向こうへいった。阿漕は部屋の戸を叩き、

「もし、お姫さま……」

内部はしんとして、何の物音もしない。

「もし。おやすみになったのでございますか、お姫さま」

すると、かすかに身じろぎの気配がして、

「阿漕?」

と姫君のかぼそい声が戸の向こうできこえる。

「お姫さま、戸があかないのでお姿が見られませんが、大丈夫でございますか、すきを見てはこのへんをうろうろしていたんでございますが、人目があって近寄れなかったのでございます。さぞ心ぼそくお思いになったでございましょう。ごめん下さいまし」

姫君は阿漕のはげましを聞くと、堪えかねたのか、すすり泣いて、

「ねえ、どうして、こんなひどいことを、お父君さまがなさるのかしら」

と訴える。

「北の方さまが、どうやら帯刀とお姫さまのことで、あらぬ嘘を大殿さまに告げ口なさったらしゅうございます。大殿さまのお怒りの原因はそのせいですわ。でも、いま本当

のことをおっしゃっても、北の方さまがおそばにいられる限り、大殿さまは信じて下さらないでしょうね」

「よけい、お憎しみになってよ。四の君と少将さまのご縁談をすすめていらっしゃる最中ですもの」

姫君は、ほそぼそといい、泣くらしい気配だった。

「お姫さま、あちらに少将さまがおいでになっていらっしゃいます、そのおことづけを持ってまいりましたのよ」

と阿漕は少将の言葉を伝えた。姫君は、

「もう、この世ではお目にかかることもできなくなりそうですわ、と申しあげて。ここはひどいのよ、臭くておそろしげなものが並んでいて、物蔭から何かが襲いかかってくるようで生きてる心地はしないの」

「お姫さま、いま少しのご辛抱でございます、しっかり遊ばして下さいまし」

阿漕は夢中で叫んでいた。犬丸が駆けてきて、

「おい、声が高いよ。家の人が、起きてしまうじゃないか」

と制した。耳ざとい北の方に気付かれては一大事である。阿漕は涙を拭きながら帰ってきて少将に姫君の返事を伝えた。

少将は、走っていって今すぐにでも姫君を奪い返したいと思う。しかしこの邸にも警備の侍や下人がいること、帯刀のほかは、牛車の牛飼童や小舎人《こどねり》しかいない自分を思う

と、無謀なことをして、かえって姫君を苦しめることはできない。

「阿漕。すまないが、もう一度いってことづけをたのむ。——このまま会えない、などということになったら、私の方が死んでしまいます。必ず必ず救出にまいります、待っていて下さい、と」

阿漕は承知してまた引き返した。と、犬丸は、早や、いぎたなく睡りこけている。これ幸いとそっと戸に寄ろうとして、何という不覚、積みあげた台につまずき、大きな音をたててしまった。

「誰だい、物音がしたのは！」

北の方が居間から叫んでいるらしい。阿漕は身を縮めて、暗い物蔭にかくれた。

「犬丸！　ちゃんと番をしているだろうね」

「はい、……は、はい」

犬丸は目をこすって飛びおき、きょろきょろしている。

灯も消え、真ッ暗やみなので、犬丸はあわてふためくさまで、

「何も異状ございません、へい」

と答え、また、うつらうつらと睡りはじめた。北の方の声も、足音もないので、阿漕は姫君を呼んで、少将の言葉を伝えた。

「お救い下さるっておっしゃったの、あのかたが！」

姫君は、戸口にひしと寄り添っているらしかった。

「ええ、ですから、元気をお出し下さいまし、お信じ下さいまし」

「やっぱり、わたくしを本当に愛して下さっていたのね。……では、こうお伝えしておくれ。わたくしは、何が起きても辛抱できる勇気が出ました、なぜなら、あなたのお心を疑っていた昔のわたくしは死んで、新しく生まれ変ったからですわ、と」

阿漕は、姫君の喜ばしげな声に力づけられ、あべこべに励まされてうれしかった。

「少将さまがお喜びになりますわ。ああ、ちょっとでも戸が開いたら、お手を握り合えますのに……」

すると、遠くで北の方が、

「犬丸！」

と叫んでいた。

「どうもへんだ。人声がする。誰だえ、そこにいるのは！」

阿漕は、まるで鬼が「人の匂いがする。くんくん」と鼻をうごめかして嗅ぎ回っているような気がして、ぞっとし、

「ではまた、あとでご連絡いたしますわ」

とあわただしく離れてきた。

少将は待ちうけていた。姫君のいじらしい返事を聞いて、少将は、今すぐにでも北の方のもとへ忍び入り、打ち殺したいくらいである。

「よくも、あの姫を苛めてくれたものだ、おのれ」

と、太刀をわしづかみに引き寄せたが、現在の状況では、どうしようもないのであった。

「阿漕。救出に便利な機会を知らせろ。その間に、こちらも準備する。惟成《これなり》はどうする」

「私も、こうなったら、こちらには居られません。今日かぎり、ここへは来られません」

帯刀は、姫君と通じていると中納言は信じているので、もし中納言に見つかったら、どんなひどい目にあうかわからない。

「どうせ、そのうちには、私もこのお邸にはいなくなるんだから、引きあげた方がいいわ」

と阿漕はいい、帯刀は自分の持ち物や衣服など阿漕の部屋に、夫らしく置いていたのを取りまとめ、少将の車のうしろに乗って、こっそり出ていった。

やっと夜が明けた。

阿漕は姫君に食事を届けたいと思った。犬丸をたぶらかして、何とか錠をあけさせよう。

阿漕は強飯《こわいい》（今のおこわであるが、小豆は入らない）を箱に入れ、こっそり包んでそれとわからぬようにして持っていったが、犬丸は夜のあいだの番人なのか、そのへんにいない。

それに、北の方がたえず、あたりを動き回って姿を見せている。阿漕は廊下の隅で、どうしようかと気を揉んでいた。

そこへ、小さい足音がして、少年が走ってきた。北の方の末っ子の三郎君《ぎみ》である。十歳ばかりのやんちゃざかりであるが、阿漕の部屋へもしばしばやってきてなついているし、何より、姫君に琴を教えてもらっているので、姫君を、

「お姉ちゃま」

と慕って仲よしである。阿漕は、(これだわ、しめしめ)と思った。少年を手招きして、

「ご存じでしょ、三郎さま。お姫さまがこの中に閉じこめられていらっしゃるの」

と隅っこで、少年の肩を抱いてささやく。

「お姉ちゃまは何も悪いことはなすってないのに、大殿さまの誤解で、こんな目にあわれていますの。お気の毒とお思いにならない」

「うん。思うよ」

少年も、阿漕に釣られて声を低くしてうなずく。

「三郎さま、お姉ちゃまのお味方して下さいませんこと?」

「味方になるよ」

「じゃ、この手紙と御飯を、こっそり、お姫さまの所へ届けて頂きとうございます」

「いいよ。でも戸には錠が下りてるし、ぼくが忍びこめるところなんて、なさそうだ

よ」

「だからこそ、三郎さまでなくてはだめなんでございます」

阿漕は三郎君に何やら耳打ちした。眼を輝やかせて聞き入っていた悪戯好きの腕白坊主は、うなずいて阿漕から包みと手紙を受けとってふところに入れ、姫君が閉じこめられている部屋の戸をどんどん叩いた。

「開けてよ、ここ開けたいんだよ、ねえ、開けてよ」

と、大声でわめく。北の方が出てきて、

「また、だだをこねてるんだね。何のために開けたいの。そこは開けられません！」

ときびしい顔で叱った。

「沓《くつ》をこの中に入れてあるんだよ、それが欲しいんだ」

「あとで開けたとき、ついでに取ってきてあげます」

「いやだい、いやだい。いま欲しいよ」

と、わめき散らしている。中納言は部屋の中から、

「取ってやれ。沓をはいて威張って歩こうと思うのだろう。開けさせなさい」

といっていた。老いてから出来た末息子を、中納言は目に入れても痛くないほど、可愛がっているのである。

「開けてくれなきゃ、ぼくが戸をこわしてやるんだ」

三郎君は、体ごと、戸にぶつかって大きな音をたてた。そのうち、戸を開けることよ

りも、その方が面白くなったらしく、弾みをつけて遠慮会釈なく、戸に体当りしはじめた。

「やかましい。ほんとうに言い出したら、きかない子だからなあ」

中納言は三郎君に甘いので、自身やってきて、錠をあけた。三郎君は、矢のようにまっすぐ飛んではいって、びっくりしている姫君に、そっと包みと手紙を渡すと、そのへんをさがし回るふりをして、

「へんだな。なかった」

と出てきた。

「この子は！　何のつもりで開けさせたんだい、小ざかしい小知恵を働かして、いったい、何をしようとしたんだね！」

北の方は逃げる三郎君を走ってひっとらえ、その尻を叩いた。少年は声で威嚇《いかく》するように、大声あげて泣きわめく。

姫はその泣き声を聞きつつ戸から洩れる日の光を頼りに、阿漕の手紙を読んだ。阿漕はいろんなことを手紙に書き、姫君をなぐさめている。彼女の心づかいのやさしさは身に沁《し》みたが、ものをたべる気にはなれなくて、姫君はぐったり、していた。

北の方はさすがに、姫君に、一日一度は食事をさせて殺さないようにしようと思っていた。裁縫女として、将来も利用価値があるからである。そのための足止め策の実行に、さっそくとりかかった。

典薬の助を、人のいない折に、こっそり呼んで、

「おちくぼのこと、お聞きだろうねえ」

といった。

この典薬の助は、北の方の叔父ではあるが、うだつが上らない貧乏医師で、姪の夫の中納言の庇護で寄食している。北の方も、この安っぽい叔父を軽侮しているから、言葉遣いもぞんざいである。典薬の助はうなずき、

「聞きました、聞きました、おとなしそうにみえて男が居ったとは、世の中わからんもんでおますなあ。けど私は、あのお姫さんに男がついとったとなると、いよいよ、魅力がおますわ、私ぐらいの年になりますと、処女もええけど、ちと男の味知ったぐらいの若い女がもっとええ。よろしいなあ、こたえられまへん」

と、唇をゆるめていた。

「そのこたえられない娘を、あんたにあげますよ」

「えっ。ほんまでおますか、私に、あのおちくぼのお姫さんをくれはる」

「若い妻をもつのも満更じゃないでしょう。雑舎の物置に、大殿さまがお仕置のつもりでおしこんでいらっしゃるから、ちょうどいい機会、今夜にでもいって慰めておやり」

「夢やおまへんやろなあ」

典薬の助は、でっぷりと垂れた頰をつねって、目尻を下げていた。

阿漕のもとへ少将からの手紙が届けられた。

「その後、どうですか。姫君救出の機会があればすぐお知らせ下さい。それから、もし出来そうだったら、私の手紙を姫君に届けてほしい。お返事を頂ければどんなに慰められるだろう。こうしている間も、あの人が辛い目にあっていると思うと、気持ちがたまりません」

とあった。姫君あての少将の手紙にはやさしく、愛のこもった言葉を書き連ねた上、

「命さえあれば逢えるのですから、心を強くもってくじけず、希望を失わずにいて下さい。ああ、いつあなたをその獄舎から救い出してこの腕に抱けるのか、むしろ私は、もろともにそこへ押し込められたいくらいです」

と書いていた。

帯刀からも阿漕にあてて手紙がきた。こんどの事件の原因は、帯刀が、姫君の手紙を落したことから起きたのである。帯刀は責任を感じて、自責の念に駆られたらしく、

「おれは病気になっちまったよ。姫君に申しわけなくて、また、少将にも言いわけが立たなくて、寝込んでいるんだ。少将さまに、じつはこれこれのわけで、と包まず話してお詫び申し上げたんだが、馬鹿め、とお叱りになったものの、〝それより、これからどうするかが問題だ〟と、あたまを抱えていられる。おれはもう、頭を剃って坊主になりたいくらいだよ」

とあった。

しかし少将と帯刀は、連日のように、額を集めて、どうやって姫君を盗み出し、北の

方にひと泡ふかせてくれようかと実行案を練っていたのである。

阿漕の方は、少将の手紙を持って、折あらばとうかがっているうち、日が暮れてしまった。

折よく、北の方が、縫物を持って、雑舎へやってきた。蔵人の少将の笛の袋を姫君に縫わせようというのである。賀茂の臨時祭の舞人に任命された蔵人の少将にとって、横笛の袋は至急に要する縫物である。

「これを今すぐ、縫いなさい」

と北の方は錠をあけて中へはいり、灯をもってこさせた。姫君は横になっていたが、あわてて起き直った。熱でもあるのか、赤らんで苦しそうで、まぶたは重く腫れている。

「気分が悪うございますので、ただ今すぐには縫えませんわ、もう少して……」

姫君がたどたどというのへ、北の方はおいかぶせて、

「大きな縫物じゃなし、笛の袋ぐらいすぐ縫いなさい。こんなこともしないなら、いっそ下部屋の下人の部屋へ押しこめてしまうよ。そこはもっと寒くて、男どもと一緒の、入れこみだよ」

と脅した。姫君が辛そうに起きて縫物をひき寄せるのを見て、北の方は、ぜひいつまでも、こうやって自分のいうままに操りたいと思った。支配欲が異常に強いのである。

阿漕は部屋の戸が開いたのを見て、三郎君にまた、耳打ちしていた。

北の方は監視するように姫君のそばに坐っている。三郎君は、

「何をしているの？」

とずかずかと入ってゆき、

「これこれ、大事の笛だから、子供は触ってはいけません」

と北の方が制する手をくぐりぬけ、笛を持って部屋中を走った。北の方は気付かないが三郎君は、姫君の着物の下にそっと手紙を落したのである。姫君は胸をどきどきさせながら、いそいで膝の下へ隠した。

袋が縫い上ったので、北の方がそれを蔵人の少将に見せにいくあいだ、灯はそのまま点されていた。それで、やっと手紙が読めた。

少将の手紙は姫君にはうれしかった。こんな事件のために、かえって二人の愛が強まったようにさえ思われる。硯《すずり》も筆もないので、姫君はそのへんに散った紙に針の先で突いてしたためた。

「心はとじこめられていませんわ。あなたのおそばにとんでいます」

北の方がやってきた。

「袋はよくできたわよ。しかしこの戸を開けたというので、大殿さまがきついお叱りです」

といって、また閉めようとする。

「あ、お待ち下さいまし。わたくしの部屋の、櫛の箱を阿漕に持ってくるように申しつけたいのですけど」

姫君も、いまは必死である。北の方は阿漕を呼んで、その通り命令する。すると阿漕は、声を聞いてから来たにしては、早すぎるような間合いで、すぐ櫛の箱をもってきた。その手に姫君は、自分の返事を託したのである。

少将が姫君の針先の手紙を読んでどんなに感動したか、また阿漕からそれを入手するにつきどれほどの苦心があったかを聞いて、姫君をどんなに、いとおしく思ったか、それは読者の想像に任せよう。

一方、日の暮れるのを今か今かと待ちかねている人間があった。

典薬の助である。

北の方の後押しがあるので、公然と姫君をものにできると思うとうれしくてならない。胸がときめいてそわそわして、とても黙ってはいられない。

阿漕の部屋をのぞいて、猫撫で声で、

「阿漕ちゃんや、いるかい？」

といった。阿漕が見ると、いやな爺は、下卑た笑いをうかべ、唇の端に涎《よだれ》をためていた。

「あんたは、もうすぐ、わしをご主人さま、と呼ぶようになるやろうなあ」

阿漕はそばへ寄られるさえ、気味わるい思いであるが、

「どうしてそんなことがありますの？」

とつっけんどんに答えた。

「わしは、落窪のお姫さんと結婚するのや。そうなると、お姫さんの家来は、わしの家来やないかいな」

典薬の助は得意顔である。

「そんなこと……」

阿漕は目をみはった。しかし、典薬の助の確信ありげな、しかも得意満面といった表情を見ると、口から出任せ、というものでもなさそうである。

これには何か、自分や姫君の知らぬうちに、おそろしい陰謀奸計がめぐらされているのかもしれないと、阿漕は気付いた。気の利く阿漕は、もしそうだとすると、典薬の助の裏をかかねばならぬので、怒らせるわけにはいかない、と思った。

「そんなら、典薬の助さんの長年の想いがやっと叶ったというところですね？　典薬の助さんは、ほんとうにお姫さまを愛して下さるようだから、願ってもないご縁だわ。女はやっぱり、ぜひにと望まれる殿方に嫁ぐのが一番の幸せですものね」

と、おべんちゃらをいい、

「それは、大殿さまがお許しになったのですか、北の方さまも、そのことをご存じなのでしょうか」

「大殿が、わしをごひいきして下さってな。まして身内やさかい、北の方はいうまでもおまへん、今夜にでも早う、夫婦の契りをしてしまえ、と……」

阿漕は耳を疑った。

「え？　いつですって？」

「今夜という今夜、長年、想いをかけたお姫さんと新枕《にいまくら》というわけや。いひ、いひひひひ……。いやもう、色男はつらい。笑わんとこ、思うても、つい、笑えてくる」

「でも、今夜はだめですわ」

阿漕は思わず大声が出た。

「今夜はお姫さまの御物忌《おんものい》みの日ですわ、おつつしみにならなければ……」

　ここの物忌みは、女性の月のさわりである。

「そやけど、お姫さんには通う男がおったという噂、ともかくも早う、既成事実を作っとかんと不安でなりまへん。なあに、わたしに身を任せたら最後、ほかの男はすぐ忘れてしまいはるのや。少々の物忌み穢《けが》れは、わしが浄めて進ぜますわ、グハハハ……」

　と笑い呆けて、向こうへいってしまった。

　阿漕の胸は早鐘つくようである。ここには少将も帯刀もいない。自分と姫君の才覚で、典薬の助の魔手から逃れなければいけない。

　ちょうど中納言の食事を北の方が世話しているあいだ、物置の前には誰もいないので、阿漕は走っていって、戸を叩き、姫君をよんで、典薬の助のことを告げた。

　姫君は息をのんで、返事もしない。

「私は、今夜はお姫さまの御物忌みだと申しておきました。でも典薬の助は、押して参るにちがいありません。お気をおつけ下さいまし、私もできるかぎりのことをします」

姫君は絶望的な視線をあたりに投げかけた。もし典薬の助に襲われたらどこへ逃げようか、どうやってこの難を避けようか。姫君には人生最大の危機のように思われた。

北の方は、食事を早々と夫にすすめ、すませると、女房たちにいって、部屋部屋に灯をともさせた。それを見た中納言は、もう夜ふけのような気がして、しきりに欠伸《あくび》をする。

「夕まどい、というのか、年とると夜は他愛がないな」

と中納言は寝呆け声でいった。

「早くおやすみ遊ばせ。もう、いい時間でございますよ」

北の方が中納言の就寝を早めようとするのは、典薬の助に、今夜、落窪の姫君を物にさせようという下心があるからであった。早く人々を寝静まらせ、典薬の助を呼ぼうと心づもりしていた。

北の方に、こういう奸計を思いつかせたのは、落窪の君への嫉妬である。身分高く美しく若々しい姫君に、いつのまにか貴公子の恋人が現われ、しかも自分のことを二人で嗤《わら》っているのだ！

北の方は、姫君を汚れさせ、ぬかるみへ引き摺り倒したい気でいる。そうして自分を侮った貴公子や姫君に、目に物みせてやりたかった。

（おちくぼめ、あの好色爺さんのなぐさみものになって、爺さんの子供でも産むがいいのだ。とり澄まして、おっとりかまえたあの娘も、今に、姫君の、お姫さまのと、いっていられないようにしてやるのだ。色好み爺にさんざん弄ばれて、そのうち、ぶくぶく肥った世話女房になって、落窪の間で、一日、邸の縫物をしていれば、いうことはないのだ。いいお針女をただで傭ったようなもの、子供が生まれたら、下男や水仕女《みずしめ》で使ってやればよい）

北の方はそんなもくろみを抱いているが、それもこれも嫉妬からだとは気付かない。姫君の美しさ、若々しさ、身分の高さへの嫉妬、すばらしい恋人をもっていることへの嫉妬。

北の方は、邸中が寝静まるのを待って、そっと物置へいってみた。典薬の助が忍びこめるよう、戸をあけるためである。

部屋をあけて灯をかかげ、のぞくと、姫君はうつ伏して泣いている。

「おや、どうしたの。苦しそうじゃないの」

と北の方は、やさしげにいったが、それは却って恐ろしく聞こえるといったものだった。

「胸が痛うございまして」

姫君は、息を切らせながら、辛うじていった。

「あら、それはいけないわねえ。食べすぎでもたれたのかしら。典薬の助さんはお医者だから、診察してもらいなさいよ――典薬さん、典薬さん……」

北の方は声をひそめて呼ぶ。姫君はあわてて、

「いいえ、よろしいんですの、きっと風邪でしょう、お医者さまに診て頂くまでのこともありませんわ」

「でも胸の痛いのは、恐ろしい病気の前触れのこともあるから用心しなくてはいけない」

典薬の助はいそいそとやってきた。

「お呼びでございますかいな」

「この人が胸が痛いそうなの、食いもたれかもしれないから、診察して薬などあげなさい」

北の方は、これで安心、というように、典薬の助に目で合図し、部屋を出ていった。

「ささ、お姫さんや、どこが痛いのかな。わしは医者やから、遠慮なしに頼りにして頂戴。病気もきっとなおしたげます」

典薬の助は、診察するふりをして、姫君の胸元に手を入れ、小さくまろやかな乳房を、無遠慮にふとい指で探るのである。

「きゃっ！」

と姫君は叫んで典薬の助の手をふりほどこうと必死になりながら、

「お止し下さいまし、ちょっと、お離し下さいまし。でないと大声を出しますわ」

やさしい姫君も、今はこらえかねて強くいう。典薬の助はけろりとして、

「声を出したって、誰も来やへん。わしは北の方にとくに許されてここへ来とりますの

や。医者が病人の世話をするのは当り前、大殿さまもご承知や」

典薬の助はいいながら、姫君の白い咽喉もとにあたまをさし寄せ、唇をつけようとする。

「くんくん……ああ、ええ匂いや。若いおなごの肌の匂いはたまらんなあ。雪のようにまっ白で暖かや。……」

姫君は、いくら叫んでも誰も来ないと思うと目の前がまっ暗になるようで、今更のように、北の方のおそろしい奸計に心が冷えた。

肝魂もつぶれるほど泣きむせんで、典薬の助の執拗な、いやらしい手をのがれながら、

「お待ち下さいというのは、いま、病気だからですわ、この胸の病気がいっときでも収まったら、お話もうかがいますし、お言葉にもしたがいますわ、もう、今は苦しくて何が何だかわかりませんの」

姫君はけんめいに、それだけを訴えつづけている。

「はて、困ったな、そない具合がわるいのはいけまへんな。代りにわしが病気になってあげたいもの、どれどれ……」

典薬の助は、つっぷした姫君の背を撫でて恋人気取りでいる。

阿漕は、邸内の灯が消えるのを待ちかねて雑舎へいそいだ。典薬の助が、姫君のところへ来たかどうかと気を揉んだのである。戸は細目にあき、灯が洩れている。北の方は典薬がいるのに安心して、戸の錠はそのままにしているのだった。

開いているのに阿漕は喜んで、中へはいってみると、典薬の助は姫君のそばにうずくまっている。

（おそかったかしら?!）とはっとして、思わず姫君をかばうように、その背を抱きながら、強い口調で非難めいてなじった。

「今日はお姫さまのおつつしみの日だと申しあげたのに、なぜ押して入られるのですか」

「何をいう。北の方が診察しなさい、といわれたからや。そないぽんぽんいわんでも、わしはまだ何にもしてへんやないか」

典薬の助は、ほんとうに着物の紐をまだ解いていなかった。

姫君は苦しげにして泣いていた。

（ええ、もう……お泣きになってる場合じゃないわ）

勝気な阿漕はそう思いながら、

「胸がお痛みなら、温石《おんじゃく》をお当てになればいかがでございましょう」

といった。温石というのは、焼いた石を、綿や布でくるんで懐炉のような使い方をするものである。

「そうね、温石を当ててみたいわ」

と姫君はいった。阿漕はすかさず、

「ほら、典薬の助さま、お姫さまは、あんなに仰せられていますわ。今はもうおすがりするのは、あなただけですもの。温石を作らせてお姫さまにさし上げて下さいな。みんな寝静まっていますから、私がいったって誰も用意してくれませんよ。あなたがお姫さまをほんとに愛していられるなら、その証拠に、温石を持ってきて下さいまし」

「温石、それはたやすいことや。そんなことで、わしの愛情を見せられるものなら、すぐさま用意しまっせ。わしの胸の火で、石を熱うしますわい。……犬丸や、これ、犬丸」

と典薬の助は呼ぶ。阿漕はあわてて、

「なぜ、犬丸を呼ばれますの。あなたご自身が手を下してご用意下さってこそ、誠意のあかしというものですわ。それに、台所の人は、犬丸さんのいうことなど、この阿漕よりなおさら、ききはしませんよ。やはりここは、ご自身でお顔を見せられなくては……」

「うむ、それもそうやな」

と典薬の助はうなずき、

「ほんならちょっと……。待ってとくなはれや、お姫さん。暖かい暖かい温石を持ってきて、わしが手ずから、その柔《やら》こい体に当ててよう撫《さす》って、なおしたげますよってなあ」

典薬の助はいそいで部屋を出ていく。

阿漕は、姫君を抱かんばかりにして、

「まあ、北の方ったら、よくもこんなひどいことを考えつかれたものでございますねえ」

　と憤慨した。

「阿漕、わたくしはどうしたらいいのかしら。あの人がそばへくると怖いやら気味わるいやらで、もう情けなくて。その戸を閉めて外から開けられないようにしてしまってほしいの」

　姫君は涙を浮べて阿漕の手にとりすがっていうが、阿漕は考えぶかく、首を横に振った。

「そんなことをすると、典薬の助は怒って、よけい、どんな手段をとっても、お姫さまをわがものにしようとしますわ。ここは事を荒立てない方がようございます。やんわりとだまして、この場を切りぬけることが大切ですわ」

「だって、わたくしは、あの人に触られるだけでも気味わるい……」

「だからって、少将さまがすぐ救いに来て下さいますか。とても無理ですわ、今夜一晩だけは、二人でチエを絞って、切りぬける方法を考えましょう」

　さすがに、阿漕の方が世故たけていた。

　二人にとっては短い間に思われたが、典薬の助にとっては、待ち遠しい間であったのだろう、飛ぶように典薬の助は、両手に温石を挟んで、セカセカとやって来た。

「さあ、お姫さんのどこへ当てて進ぜようかな。ここかな？……こうかな？」

と典薬の助は布でくるんだ温石を姫君のおなかに当てようとする。姫君は衣を捲りあげられて鳥肌立つような思いで、声も出ない。

「温石もさりながら、胸の痛みは、冷えからきてるのかもしれまへん。わしが抱いて温めた方が効き目あらたか、というもの、どれどれ……」

典薬の助は、装束の紐を解いて横になった。

この頃の衣服というのは、きものというより、寛闊《かんかつ》で長大な布、といったもの、要所要所を紐で括《くく》ったり、綴じつけたり、帯でたくしあげてふところにしているだけであるから、上衣の紐を解くと、すぐさま肌着だけになってしまう。典薬の助がだらしのない恰好になって姫君を抱こうとするので、姫君は震え上っていった。

「痛くてたまりません。胸がつかえて苦しいのでございます。横になるとよけい苦しくなりますので、起きていますわ。どうぞ、あなたはそのまま、おやすみになっていて下さいまし」

「そうですよ、あとあとのこともありますわ、むりやりにひどいことをなさると、お姫さまに愛想をつかされますよ。いいんですか」

と阿漕はおどかした。

「今晩だけですよ、御物忌みがすめば、きっとお姫さまの痛みもなくなりますわよ」

「うーむ、それもそうやなあ。こない、病気で辛がってはっては、わしも気が散っていけまへん。では今晩は、おそばで宿直《とのい》といきまひょか。わしに寄り掛って休んどくなはれ」

といって、手枕でどたりと臥してしまった。

阿漕はその厚かましさが憎らしいが、一面考えると、この爺のおかげで、一晩、姫君のそばにいられれるのだから、

(とんだ拾い物だわ)

とうれしかった。姫君とひそひそ話をしていると、いびきをかいて睡っている典薬の助が時折り、

「どないやな、まだお姫さんのお具合悪いかいな」

と目をさます。と、姫君は阿漕に目くばせされて、

「ああ苦しい……ああ……」

と絶え入るように吐息を洩らすのである。

「それ、ごらんなさいまし、まだあんなにお苦しみですよ」

阿漕がいうと典薬の助はしんそこ残念そうで、

「ううむ、宝の山に入りながら、というのはこんなことをいうのやあるまいか、あたら願ってもない折に……」

「だってこれから毎晩、機会はあるじゃありませんか、あなたは花婿さまですもの」

阿漕はそういってお世辞をいったくせに、夜がかすかに白むとすぐさま、典薬の助をたたき起こした。

「明るくなっちゃいましたよ、お帰り下さいましな、お二人の仲は、しばらくは人に知られないほうがよござい ます。忍ぶ恋の風情もいいものでしょ、末長くお姫さまと契りたいお気持ちなら、ここはお姫さまのいわれるように、ひとまずお帰りになって、殿方らしくお心のひろいところをおみせ下さいまし」

阿漕は口から出ほうだいをしゃべっている。

「色男というものは辛いもんやの。しかし、ここはまあ、ええ恰好して辞去した方がよさそうや。水仕女《みずしめ》や樋洗《ひすまし》の小童をくどくのとわけがちがう。若い上品なお姫さんを手に入れるとあれば、根気と辛抱が大事やな。そうやあるまいか、阿漕ちゃんや」

典薬の助は、にたにたと笑い、目やにのついた目をこすりつつ、いう。

「よくそこまでお考えになりました。お姫さまもきっと、あなたのおやさしさに感動なさいますわ、それでこそ、風流な色ごのみ、と申すもの、女は、腕ずくでくる男なんて大嫌いですわ、やさしい思いやりを示される殿方には、ころりといちころ、に参るんですわ」

阿漕はそういいつつ、典薬の助に、帯や懐紙やと手わたして、追い立てるのにけんめいである。

「ころりと、いちころ、……ころりと、いちころ……。グハハハ、あのお姫さんが、わしにころりと……。今夜こそは」

と典薬の助は上機嫌で、ひとり悦に入って出ていった。二人の若い女は顔を見合わせ、

「やっと、一夜の難はのがれましたわね。今夜は今夜で、またいいチエが浮びますわよ」

「よかったわ、阿漕のおかげよ……」

姫君は緊張で、まだ青ざめていた。

「今夜にそなえてお姫さま、お休み下さいまし。私は、北の方にここにいたと知られてはいけませんから、これで失礼します」

阿漕自身も、飛ぶように自分の部屋へ帰ってきた。

と、帯刀からの手紙が来ている。

「ゆうべ、様子を見に来たんだが、邸の門の警戒がきびしくなっていて、とうとう開けてもらえず空しく引き返した。

どんな具合だね。少将様は非常に心を痛めていられる。お前が一人で奔走して困っているのではあるまいかと、おれも気が揉めるよ。今夜は、塀をよじ登っても行く。くわしい話はそのとき聞こう。

少将さまのお手紙をことずかった。

何とかして姫君にさし上げておくれ。　　　　惟成」

阿漕は（ちょうどいいわ）と思って勇んで少将の手紙を姫君のもとへ届けようとしたが、ぬからぬ北の方は、もうちゃんと、元通りに物置の錠をおろしてしまっている。

失望して戻る途中、典薬の助にあった。

「阿漕ちゃんや、わしのお姫さんに、後朝《きぬぎぬ》の文をとどけておくれ」

（一人前に、後朝の文だって？）と阿漕はおかしいが、これこそ、好機である。

阿漕は、典薬の助の手紙を受け取り、おそるおそる、といった顔で北の方のもとへいった。

「あのう、典薬の助さまから、お姫さまにとお手紙がございますが、いかが致しましょう」

気むずかしい北の方の顔が、思わずほころんだ。

「おやおや。後朝の文かえ。典薬の助も、なかなかやるんだねえ。結構だこと、夫婦らしく、むつまじく手紙をやりとりするがいいわ……してみると、ゆうべの首尾は上々だったとみえるね」

北の方はしたり顔にうなずいた。

「若い女はうつり気なもの、一番あたらしい男が一番よくなるんだから、おちくぼも、いまに典薬の助が好きになるんだよ」

北の方は、錠をあけて、監視するように外に立っている。

「お返事を書いて頂きますれば、私が、典薬の助さまにお持ちします」

と阿漕は北の方にいって、硯や筆を姫君のもとへ運んだ。そうして、典薬の助の手紙に添えて、そっと少将の手紙も入れたのである。

姫君がまず読んだのは、無論、少将の手紙の方である。青年は書いていた。

「たまらない気持ちです。

あなたを救出にいけない私自身に腹が立ちます。でもあと少しの辛抱です。がんばって下さい。それにしても何という私たちの恋でしょう。かくもむごい試練を与えられるとは」

とあった。

姫君は、少将に対する愛が募るのをおぼえた。へだてられ、裂かれたことで、少将の愛も自分の愛も、まざまざとわかったのである。

「死にたいと思うほどの辛さも、今は生きている喜びにかわりました。生きていればこそ、あなたを思う喜びが味わえたのですもの。この喜びは、誰も奪うことができませんわ」

と、姫君は返事を書いた。

典薬の助の方の手紙は見るのもいやで、紙の端に、

「阿漕、お前から返事をかいておくれ」

と走り書きして、阿漕に渡した。

「お返事を頂戴しました。典薬の助さまにお届けしてきます」

阿漕が、姫君の手紙を巻きつついうと、北の方は満足そうにうなずいて、錠を再びおろし、

「結構な縁組みだよ。全く、男と女の仲というものはわからないものだね」

というので、阿漕はおかしかった。北の方は、典薬の助と姫君が、一夜を共寝してすごしたと思い込んでいるのだ。

阿漕は部屋で、爺さんの手紙を読んだ。

「せっかくの初夜が、ご病気のため、ワヤでしたのは、かえすがえすも残念しごく。運の悪いことでした。今夜はきっと、うれしい目にあえますように。おそばにいますと命も延び、気も若やいで、枯木に花の咲く心地です。私はこうみえて若者に負けませんぞ。いっぺんお試しあれ、必ずや、あなたさまを満足させることでしょう――いとしの君へ」

阿漕はぷっと吹き出した。おかしいばかりでなく、いやらしい。阿漕は筆をとって、すぐさま書きつけた。

「お姫さまはご気分が悪く、私が代筆いたします。

――枯れはてて今は限りの老木《おいぎ》にはいつかうれしき花は咲くべき」

(お前さんなんかに花が咲くもんか)という歌である。典薬の助がよんで怒るかしら、と思ったが、しぜんに筆が走って歌になったのだからしかたない。

帯刀へも、いそいで手紙をしたためた。

「たいへんなことが、ゆうべあったのよ。ほんとうに、あんたに来てほしかったわ。少将さまのお手紙は、どうやらお渡しすることができたのですが、ただいま、ともかく重大な危機が迫っています。今夜はどうしても来て頂戴」

　さて、北の方は、姫君はもう典薬の助と契りを結んだもの、と思って安心していた。それで、今までのように、厳重に見張らないで、錠はおろしているものの、物置にたえず目をくばるということはない。

　阿漕が北の方の目を盗んで、姫君に話をすることぐらいはできるようになった。

「今夜はどうしたらいいかしら」

　と姫君が心ぼそそうにいうので、

「夜までには、よいチエを考え出します。安心しておいで下さいまし」

　阿漕は、慰めつづけていた。

　手紙を、典薬の助に渡すと、爺さんはにこにこして受けとり、

「どうやね、お姫さんのごようすは。何とかようなったやろか。今夜こそ、うれしい首尾となるやろか」

　などというのも阿漕は胸むかつく。

「まだお具合がわるくて、この分では二、三日はご病気がつづきそうですわ」

　というと、

「はて、こまったなあ、どないなったんやろ、お姫さんの病気はわしの病気」

　と典薬の助はまるで、自分のもののように姫君をいうので、阿漕は爺さんを憎らしく思った。

阿漕は帯刀の来るのが待ち遠しくてならなかった。

ところが、今日は、邸中がさわがしい。どうしたのかと思えば、明日の賀茂の臨時祭に、蔵人の少将が行列に加わって通るのを、三の君はじめ皆々、見物に行こうというので、その準備を今からしているのだ。

（絶好の機会だわ！　いつぞやの、石山詣でみたいに、邸中がからっぽになるわ！）

と阿漕は心中、天にも昇る心地だった。

いよいよ姫君を、救い出すのは明日だ。

今夜一晩、典薬の助を寄せつけなければいいのだ。

もう、だましたり、言いなだめたりしなくてもいいのだ。明日、人々の出払った留守に少将に姫君を救いに来て貰おう。

「今夜は、戸を開かないようにして、典薬の助を入れないようになさいませ」

と阿漕は姫君に外からささやいた。

「でも、内からは錠をおろせないのよ」

姫君は不安げにいう。

「そこに、櫃《ひつ》がございませんか。大きな箱でもよございます。戸の内側に積み上げて防いで下さいまし。こちらも、工夫してみますから」

阿漕は棒をさがして来た。

夕まぎれ、灯がつけられる頃おいのどさくさにまぎれて、阿漕は棒を、遣戸の敷居の溝にはさんで落し、しっかりと埋めておいた。これなら、錠が開いても、戸を引くことはできないだろう。

日が暮れると北の方は昨夜と同じように典薬の助に鍵を渡し、

「寝静まったころに、またいくがいい」

といって、今夜は安心して、部屋へ入って眠った。

典薬の助は、人が寝静まるのも待っていられず、早速、出かけていった。錠を開ける間ももどかしく戸を引きあけようとしたが、固くて開かない。

「おや……どないしたんや、これは」

と典薬の助は、戸の上下に手をあて、けんめいに探るのだが暗いので、溝に落してある棒には触れ得ないのである。

阿漕は心配して、物かげからじっとながめていた。まして部屋の内の姫君は、胸もつぶれる思いである。

(どうか、典薬の助に開けられませんように)

と必死に神仏を念じていた。

「お姫さんや、お姫さんや。これ、内側に何ぞつっかい棒でもしたのかいな。なんでそう意地わるをする。あんたとわしの仲は、お邸じゅうの人が公認しておりますのや。どっちみち、あんたはわしのものになりますのや。あんたが逃げても、わしは離しまへんで」

などと典薬の助はくどいているが、もとより姫君が返事をするはずもなかった。打ち叩いたり、押したり引いたり、戸をがたがたといわせたりしているが、何しろ、戸の内と外につっかいをしているので、びりっとも動かない。

「ううむ、かなわんなあ……これ、お姫さんや、ええかげんに強情張らんと、ちいとこ、あけてんか」

という典薬の助も、そのうちくたびれて板の間に坐ってしまった。

夜更けるにつれ、寒さは募ってくる。典薬の助は冷えきってしまった。折わるく、腹をこわしていた上に、着るものが薄いから、板敷きで冷えこんで、腹がごろごろと鳴る。

「ううむ、これは困った、えらいこっちゃ」

典薬の助はうろうろした。腹はますます、ごろごろと鳴り、そのうち堪えかねる痛みが走り、と、待てしばしもなく、尾籠《びろう》なる物音がして、不覚にも袴を汚してしまった。

「あかんあかん、これは出直しまっさ」

典薬の助は悲鳴をあげながら、あたふたと逃げてゆく。ただ、典薬の助がいそがしい合間にも、錠を見ていた阿漕はおかしくてたまらない。ただ、典薬の助がいそがしい合間にも、錠を再びおろしてしまったのがいまいましかったが、そばへ寄って姫君にささやいた。

「逃げていきましたよ、下痢を垂らしながら……。いい気味ですわ。今夜はもう来ませんからご安心なさいまし。それに今夜は帯刀も来るはずですから、相談してまいりますわ」

そうして、いそいで自分の部屋へ帰ってきた。

果して、帯刀はもう来ていた。

「おそいじゃないか、何してたんだ」

「おそいったって、それ所じゃないのよ。大変なことになってるんだから」

「姫君はどうだい、今夜にでも盗み出せないかと少将がやきもきしていられるんだが」

「ま、ちょっと待って。話すことがいっぱいあるの」

阿漕は帯刀を制して、北の方のおそろしい奸計のこと、典薬の助のぶざまなさっきの恰好、昨夜の苦難、そんなことをてきぱきとしゃべった。

帯刀は北の方の腹黒い企みに憤慨したり、姫君が無事に典薬の助の毒牙をのがれたことを喜んだりした。

なかんずく、典薬の助が下痢をして、尾籠なものを垂れながら、這《ほ》う這《ほ》うのていで退散した話には、大笑いしてしまった。

「それで、救い出す手だてはどうなんだい。少将さまは焦《じ》れて、夜討ちでもしかねないありさまでいらっしゃるぜ。典薬の助の話なんかお聞きになればよけいだよ」

「押し込み強盗じゃあるまいし。夜討ちなんかしたらたいへんだわ、もっとかしこい方法でお救いしなくちゃ。ついては、いい話があるの、明日の午後から、祭り見物に、邸の人々が出ていくの。人少なになるから、その時がいいと思うわ」

「えっ、ほんとうかい。白昼堂々と……」

「その方が、かえって大丈夫なのよ」

「ううむ、それはそうかもしれん、ではいよいよ明日決行か、少将さまがお喜びになるぜ」

帯刀は阿漕を抱きしめて、

「今宵は、では前祝いだね、お前と二人で」

「前祝いはお預けよ、……明日、ほんとうに成功しなくちゃ、安心できないわ」

「そんなことというなよ——久しぶりに会ったんじゃないか」

「それよか、あんた早く帰って、少将さまに明日の手はずをうち合わせて来て頂戴」

「けど、今夜一晩、どんなことが起こるか、まだ分らないぜ。少将さまのお手に、姫君を確実にお渡しするまでは、まちがいなくお守りしなければ。ゆうべはお前も寝ずに心配したんだろう、今夜は、おれが、姫君をお守りするから泊るよ。な、いいだろ？」

そういわれると、阿漕も否といえぬ。大事な明日を控えた昂奮で、おちつかない気持ちながら、二人はあわただしい愛を交しあった。


「犬丸、犬丸！」

と典薬の助は、下部屋へ来て声をひそめて呼ぶ。

「これ、早よ起きてんか、おいおい」

あたりへ気をかねて、典薬の助は大声も出せないのである。

「へい、へい……首尾はいかがでした、姫君とめでたくご新婚の契りは結ばれましたか」

犬丸はさっきまで起きていて、頃合いを見はからい、典薬の助のほうが上首尾ならば、自分も阿漕のところへ忍びこもうと思っていたのであるが、ひとりで酸《す》い酒をちょっとやっているうちに眠り込んでしまったのだった。

それで目をこすりこすり、いそいで起きてきた。

「犬丸、これ見い。こっそりと洗うてくれへんか」

「何をです。……や、や、これはまた」

犬丸は、むさいものを目の前につきつけられて仰天してしまった。

「臭いなあ、これはどうも、いったいどうしたことで」

「お姫さんの意地わるか、阿漕の差しがねか知らんが、戸を閉めて入れてくれへんのや……」

典薬の助は泣きべそをかいている。

「そのうち、板敷きは冷えるし、わしはこの間から腹をこわしてるし、ぐるぐると鳴ったと思うと、止まらんがな、ぴしゃぴしゃと音たてて……」

「あ、その写実的な所は、もうどうだってようございますが、では首尾の方は……」

「うまいこと、いくはずあるかいな、あ、いかんいかん、またシブリ腹や……」

「ひえっ、これは、……ここでやられてはたまりませんよ」

「そないいうたかて、これは、大臣・関白でも止めて止まらんもの、これ、犬丸、おまるはないか、早うたのむ、たのむ……」

てんやわんやのうちに一夜はあけてしまった。

そのころ、早くも邸を出た帯刀は、いそいで、少将のもとへかけつけていた。

少将も、早朝から起きて、帯刀のもたらす情報を待っていた。

帯刀が阿漕の報告をそのまま話すのを聞いて少将は、拳を握って怒ったり、はらはらしたりした。典薬の助に襲われそうなくだりでは、少将は典薬の助にも腹を立て、

「この仕返しは、きっとしてやる」

といった。

いまは、邸内が留守になる時を待つばかりである。少将は、姫君の受け入れ態勢についても考えていた。

「この邸にはしばらく帰るまい。二条の邸は無人だから、惟成、お前行って格子をあげさせ、掃除させておけ」

二条邸は、少将が母君から贈られた別邸である。いよいよ、姫君とそこで住める、と思うと、少将は嬉しさに胸がとどろいた。

しかしその前には、まず救出に成功せねばならぬ。

阿漕は誰にも言えないが、ひとり、心をときめかせていた。いよいよ今日こそ、姫君

を救い出し、自分もここを出てゆくのだ。

正午ごろ、車二輛に、いっぱい人々は乗って中納言邸から、わらわらと大さわぎで出ていった。三の君、四の君、北の方、それに女房たちや、女の童にいたるまで、賀茂の臨時祭を見に出ていったのである。中納言も婿の晴れ姿を見たいというので出かけていった。

この混雑の最中にも、北の方は、典薬の助のもとへ物置の鍵をとり返しにやった。

「おお危ない危ない、私のいない間に、誰が開けるか知れたものでない」

といって鍵を持って出かけたのである。何という、ずるがしこい、抜け目ない女狐だろうと、阿漕は憎らしくなった。物見の華やぎにとり紛れて忘れてしまうようなら可愛げがあるのであるが、そういう抜けた点は、ないのである。尤《もっと》も、そのため、中納言邸は手抜かりなく運営されている、ということもあった。

中納言は老い呆けて、実生活の実務的な処理は大儀になっている。北の方が俊敏で辣《らつ》腕《わん》であるから、多くの子女やその配偶者、また使用人を抱え、破綻《はたん》なく家事をとりしきっているのである。それの方面が勝ってしまって、抜けた点の可愛げや、阿呆な女の面白さが失われてしまったのは、むりはないのである。限りある人間の力に、何もかも求めるのはむりというものであろう。

北の方のずるがしこさを、一方的に責めるのは酷というものかもしれない。現代でも、有能な主婦に、あんがい面白みのない女が多くて、あんな女の待ってる家庭に帰る亭主はさぞ面白くなかろうと思われるのがいるが、まあそれは、よけいなお世話であろう。亭主は寸分の狂いもなく運営される家事に満足し、ほかのことは妻に求めていないのかもしれないのだ。

閑話休題、阿漕は、そんなことは知らん、ただもう北の方の狡猾を憎らしく思っている。

がやがやと、一同が出ていくと、阿漕はいそいで、少将のもとへ使いを走らせた。これは竹丸である。帯刀が前夜から泊めておき、急使を命じておいたのである。どんな拍子に物見がとりやめになるかもしれないので、気心のわかった使者が要るのだった。

「ただいま、お出かけになりました、お邸中、のこらず!」

竹丸が少将のもとへ走りこむが早いか、

「よし!」

と待ちかまえていた少将は立ち上って、

「車を出せ、急げ!」

車は、いつもの少将の車ではない。網代《あじろ》の車である。これは庇《ひさし》つきの物々しい牛車ではなく、屋根わきに檜《ひのき》の薄板を網代に組んで張ったもので、高官はこれを略式用として用い、ミドルクラスの貴族は常用する。軽快な感じの牛車である。

それに、朽葉色《くちばいろ》(赤味のある黄色である)の下簾《したすだれ》をかけ、女車のように仕立ててある。むろん、人目をあざむく擬装である。

供の男たちを、少将は多勢引き連れていった。

「争いごとになったら、かまわん、腕ずくで押し通れ。火つけと人殺し以外は許す。あとは私が責任をもつ」

と少将が言明したので、血気さかんな若者たちは勇んでついてくる。帯刀は馬で先に駆けた。

中納言邸では、侍たちはそれぞれ、婿の蔵人の少将や、あるいは中納言や北の方たちの供に、と分れて出払っていたので人影もなかった。

牛車を門の前に立て、帯刀はこっそりと門のくぐり戸から入って、阿漕を探した。

「どこへ、お車をつければいいんだ？」

「かまわないから、寝殿の北側に寄せて」

と阿漕は指図する。今まで中納言邸へ度々来ていても、そんな大胆なことははじめてである。

少将は、門番がゴテゴテというので、若い舎人《とねり》に目くばせし、若侍は得たりと門番の爺さんに飛び掛って、縛り上げてしまった。見張りの侍を少しばかりそこへ残して、牛車は男たちにかこまれ、堂々と邸内へ押し通る。

やっとのことで物音におどろいた留守番の男が出て来た。

「どなたのお車です。お邸の方はみな、お出かけになって居られますぞ。案内もなしに推参なさるとは」

と咎め立てるのへ、

「いや、怪しいものではございません。お留守の女房を訪ねてみえられたご婦人客でございます」

と帯刀はいい、更に何かいって制止しようとした男は、若侍たちに当身をくらって、ばたんと倒れ、目を回していた。その間に車はぴたりと寝殿の裏の階段に横付けになる。

邸の女房達で、留守番をしているものもあったが、みなそれぞれの部屋に退ってのんびりしており、母屋に人はいなかった。

「今の間でございます、早く早く」

阿漕が走ってきた。少将は帯刀たちを連れて物置へ急ぐ。廊下の要所要所に、侍を置き、物置の間へいってみると、ぴたりと閉められて錠が下りている。

(おお、ここに閉じこめられているのか)

と思うと少将の胸はとどろいた。戸に飛びつくように寄って錠を引いてみるが、もとよりはずれも動きもしない。

帯刀と若侍たちは、姫君の居るところに遠慮して、離れた場所で待っている。あるじの夫人の姿を、従者が見ることは許されないからである。

「惟成、舎人たちも来い！　戸を壊すしかない、打ち破れ！」

少将は自身、体ごと戸に打ちつけた。めりめりと戸は壊れはじめる。帯刀や若侍たちの力には、いかに頑丈な戸もかなわない。戸が打ち破られたとき、帯刀たちはいそいで出ていった。姫君に遠慮した、というより、少将と姫君の感激を見るのを遠慮した、という方が正しい。

姫君は部屋の中に、どうなることかと震えながら坐っていた。その姿のいじらしさに、少将は腕をひろげて、思わず抱きしめた。

「やっと来たよ！　もう大丈夫だ、安心しなさい、辛かったろう」

少将は、姫君を抱きかかえるように連れ出して、すぐ近くに寄せてある車に乗せた。

「阿漕、何をしている。早く乗らないか」

「ちょっとお待ち下さいまし……」

阿漕はふいにいたずら心が起きたのである。このまま去っていったのでは、北の方は、姫君と典薬の助が結ばれたものと信じこんでいるかもしれない。そうして、のちのちまで何を言いふらすやらわからないと思うと、阿漕は業腹《ごうはら》なのである。典薬の助は姫君に指一本ふれることもできず、北の方の奸計は水の泡と消えたことを知らせてやりたくなっている。それで、典薬の助の手紙を目につく所へ置き、櫛箱をひっさげて車に乗った。すでに阿漕の荷物や身のまわりの品も、竹丸が担ぎ、露の手を曳いて出ていく。

「それ、車をやれ！」

と少将の言葉で、飛ぶように車は門を出た。供の男たちが前後を警護し、もう安全である。といっても、追手のくる心配さえなかった。

誰もかれもほっとし、（してやった！）と嬉しくてならない。二条邸へ着いて、

「ここなら遠慮はいらない」

少将は姫君を抱きおろした。

「今日から、あなたはここの女あるじ。そして私の北の方。ただ一人の私の恋人」

少将は母屋の内ふかく、寝室へつれて入った。邸内は美しく清掃され磨かれていた。

「あなたはまたも、閉じこめられたのだ。今度は、私に」

少将は夢のような気がする。腕のうちに抱いている姫君を、これから誰に気がねなく、愛し合えるのかと思うと、幸福がまだ信じられない。

「たとえ、かぐや姫のように月の世界から使者が来ても、私はあなたを離さないよ」

「あなたが出てゆけといわれても、わたくしはいやですわ」

と姫君はいった。そういうひとことを聞くと、少将はいとしさで、身も心も痺《しび》れる気がする。

何から話し合えばいいのか、二人同時に口を出しては、同時に笑ったりする。たがいにやりとりした手紙、姫君の返した針先の手紙。

それから典薬の助のこと。いまは少将は思いきり、典薬の助を笑い、姫君と阿漕の気転をほめそやすのだった。

阿漕のほうも、帯刀と語り合って飽きなかった。

「どうだい、これ以上、うまくいくことはないだろう。何もかもうまくいったじゃないか……」

帯刀は有頂天だった。

「ゆうべは前祝い、今日はごほうびを頂かなくちゃ。おれたちも新婚のやり直しさ」

「そうね」

といいつつ、勝気な阿漕は考えていた、まだすることが残っている、北の方への復讐だ。


中納言たちの一行は、祭り見物を終って邸へ帰ってきた。

と、邸の中は襖もあけ放され、几帳は倒れ、つむじ風の通りすぎたあとのような荒れかた、物置を見れば、戸は打ち破られ、姫君は影も形もない。

「まあ、どうしたこと」

と人々は驚きさわいでいる。

「留守番の者は何をしていたのだ。こんな邸の奥深い所まではいりこみ、戸を蹴破ったり、引っぱがしたりして気がつかぬのか」

中納言は怒りの声をあげた。大がかりな盗賊団が横行しているこの時代であるから、邸内深く、闖入《ちんにゅう》して荒らされたとあっては、怒りと共に、ぞっとするような思いなのである。北の方は、姫君が消失したと知ってくやしさはいうまでもない。

「阿漕！　阿漕！　どこにいる？」

と呼ばわっても、しんとして答えはなく、落窪の間へいそいでみると、ここも戸を壊され、室内は一物もとどめていない。阿漕はおろか、几帳や屏風までなかった。まるで風に払われてかき消えたように、跡もとどめていない。阿漕の部屋の家財調度もなくなっている。露さえも姿を消していた。

「阿漕のしわざだな！」

北の方はじだんだふんだ。

「だから、あの小童を早く追っ払おうとしたのに、使いよいから置いてやって下さい、などとばかなことをいうからだよ！」

北の方は、三の君に八つ当りしていた。

中納言は留守番の男をたずねさせ、人々は気を失ってのびている男を大さわぎでさがし出してきた。

「何が何やら、さっぱり分らないんでございます。立派な網代車の、下簾をかけた女車が、お出かけになるが早いか、すっと入ってきまして、私が咎めますと、いきなり、ぽかッとやられまして、あとは全然、覚えがございません」

といった。

「そいつがくせ者なのだな。女車と見せかけて男が乗っていたにちがいない。男でなくては、あの戸が打ち破れるものか。それにしても、ここが中納言の邸と知って押し込んだのか、何奴のしわざだ、白昼、邸の内ふかく押し入るなどと大胆不敵なことをするのは」

中納言は声震わせ怒り狂っていたが、むろん、手がかりになるようなものは一切なく、神かくしにあったように、姫君と阿漕はかき消えたのであった。

北の方は、部屋にあった典薬の助の手紙をよみ、まだ典薬の助と姫君は無関係だったのか、と思うと、腹立ちは二倍になった。早速、典薬の助を呼びよせて、膝元へ坐らせ、

「不甲斐ない人ね、逃げてしまったじゃないか、あんたって人は何の役にも立ちゃしない。まだおちくぼと寝ていなかったのかえ?」

北の方はなまの感情がむきだしになると、言葉も直截《ちょくせつ》になる。

典薬の助は不服顔で、

「そない怒られたかて、しょうがおまへん。お姫さんは、あの晩ずうっと具合悪うて、傍へも寄せてくれはらしまへんのや。阿漕もそばにつきっきりで〝今日は御物忌みの日ですから、せめて今夜だけは〟というし、お姫さんもそういわはるさかい、そばで共臥ししとっただけ、あくる夜は、今夜こそ、思うていったら、戸をつっかいして開けまへんし。押したり引いたりするうちに冷えこんで、腹は鳴るし、ビチャビチャとやってしまうし、一張羅の着物ワヤにしてしもて、あわてて犬丸に洗わしたりしてるうちに、夜があけてしまい、風邪を引くやら何やら、……わしは一生けんめい、これでもしたんですがな」

といいわけにこれ、努めながら、くやしがっているので、さすがの北の方も腹を立てながら、笑わずにはいられない。まして傍で聞いている女房たちは、若いものだから、

ふき出してしまう。

「もういいよ、あっちへおゆき。頼み甲斐ない人だね、ほかの人に命じた方がよかったよ」

北の方がいうと、典薬の助も負けずに腹を立てたらしく、

「そやけど、わしがお姫さんに情熱があるからこそ、一生けんめいがんばって戸を開けたんでっせ。これで腹をこわしてなかったら、一晩、戸の前でくどいてお姫さんを陥落させましたんやが、何しろ、あのシブリ腹にはかないまへん。出ものハレモノ所きらわず、とはこのことで……」

若い女房たちはまたこらえきれずふき出し、典薬の助はその中を、ぷりぷり、ふくれながら出ていった。

腕白の三郎君は、母の北の方が怒るのを、とまどって聞いていたが、

「でも、どうして、おちくぼのお姉ちゃまを、こんな所へとじこめたの？　お姉ちゃまはきれいで若いのに、どうして、あのお爺さんの典薬の助と結婚させようとしたの？　お姉ちゃまがいやがって逃げたのも当たり前じゃないの？」

といった。

「子供は口出ししなくてもいい」

痛い所をつかれた北の方は、きびしくいったが、やんちゃな少年なので、言い出したらやめないで、

「お姉ちゃまが、もし、すてきなお婿さんと結婚したら、ぼく、遊びにいってもいい？勉強を教えてもらったり、いろんな、おしゃべりをするんだ。だって、上のお姉ちゃまや三の君のお姉ちゃまのお婿さんは、ぼくのこと、ちっともかまって下さらないんだもの」

「なんであのおちくぼめに、すてきな婿が当ろうか。この邸を出たって野たれ死にするのが相応だよ。うちの子と対等につき合えるものかね」

北の方は金切り声で叫んだ。北の方の長男はすでに越前守で任国に下っている、りっぱな役人であり、次男は法師にさせている。姫君はほとんど結婚させ、残るは四の君と、この三郎君だけなのだった。

二条邸に灯が入った。

何という、今朝までの生活とのちがいであろう。ここでは家具調度も華やかにそろい、灯は明るく、真っ赤な炭火を埋《い》けた火桶や炭櫃《すびつ》があちこちにあって、暖かい。

姫君は湯殿で身を清め、数日の心労と汚れをすっかり洗い落して、柔らかい、あたたかな新調の衣に着更えていた。

少将は灯を近くにともさせ、くつろいで坐っていた。阿漕を近くへよびよせ、

「この間からのことをくわしく話してくれないか。姫君はちっとも話して頂けないので様子がわからないよ」

といっていた。

阿漕は、得たり、と北の方の奸計やら典薬の助のこと、中納言の言動まで、ことこまかに、細大洩らさず話した。阿漕の話はくわしいが冗長ではなく、要領を得ているので、聞いていて、目に見えるようだった。

姫君が困惑して、ときどき、

「阿漕。もう、いいじゃないの……」

と制止するが、

「いいえ、くわしくお話し申し上げないと、よくおわかりになりませんわ。今日からは、少将さまと申し上げず、お殿さまと申し上げましょう。お殿さまと、お方《かた》さまとお呼びせねばなりません。お二方のこれからのお暮らしのためにも、今まであったことは残らず知って頂かなくてはなりませんもの」

「阿漕のいう通りだよ。それにしても、いろんなことがあったものだね」

と少将は感無量だった。

「もうこれからはそんな苦労はさせない。今までの分を取り返して楽しく暮らそうね。とりあえず、女房とか女童といった人数を揃えなければ。阿漕は今日から、女房たちのかしらになって、気心の知れた人々を集めろ。お前に任せておけば安心だ」

阿漕は、自分の働きをほめられるのよりも、姫君が、やっと安定した楽しい生活に入られるのがうれしかった。

少将が姫君を見返るその眼の、いとしそうな満足げな色に、阿漕は自分のことのようなまぶしさをおぼえる。

（やっと、お姫さまにも春は訪れたのだわ）

と思わずにいられない。

少将と姫君の部屋からは終夜、やさしいささやきが洩れていた。あけがた、やっとまどろんだらしくて、昼ごろに少将は起きてきた。

そうして、帯刀に、この邸と姫君の警護を命じ、自分は本邸へ帰った。

阿漕は叔母にあてて急いで手紙を書いた。

少将に、召し使う女房を集めるように命じられたからである。少将は、本邸からよこしてもいいのだが、みな知っている者ばかりでは面白みがない、というのだった。少将は、何もかも、すっかり新しくして、新婚生活をはじめたいらしかった。

少将が父の邸へいくと、乳母がまちかねていた。

「どちらへおいでになっていたのでございます。まあ、ずいぶんお探し致しました。中納言家の四の君との縁談で、お人がみえていました。先方さまでは年内にも結婚式をあげたいお気持ちのようで、少将さまのお文を早く頂きたい、とおっしゃっていたのでございます」

この時代の結婚は、男から女に求愛の手紙を送り、それを何度も重ねてやっと女が応じる、という形式だからである。中納言家では、結婚の中身よりも、形式をととのえて、早く少将を婿にとりたいらしかった。

「女の方から文を催促するとは、世の中さかさまね」

と母君は笑った。

「でも、せっかくそう言われるのだから、お手紙をあげなさい。先方さんにもわるいし、この縁談は、よさそうだし。あなたも早く身を固めた方がいいですよ」

母君は、子息の少将が、すでに愛人を二条邸にこっそり迎えたとは、夢にも知らないのであった。

「そうしましょう。今日のうちにも、先方へは手紙を出しますよ。尤も、当節は、文のやりとりより先に、本人が行って既成事実を作ってしまうということもあるようですが」

と少将はにやりとした。

少将は、北の方への復讐をこめて、胸に一もつ、あったのである。

少将は自分の部屋へいって、日常の調度品などを整理し、二条邸へ運ぶように手配した。

これからは二条邸での生活が始まるのである。道具を運ばせるついでに、姫君に手紙を書いた。

「なぜだろう。

ちょっとの間、離れているのさえ、あなたが何をしているかと気にかかるのは。

これから参内するが、退出したら、まっすぐそちらへ帰るからね。帰ったらあなたにあえるという喜びのあまり、あなたに会うのが、今は面《おも》はゆくも思われる」

姫君からすぐ、返事がもたらされた。

「まだ半信半疑の幸福ですわ。あなたに会うたび、その思いは深まります」

とある。

少将はいとしくてたまらず、その文を肌に着けて参内した。

文使いは、阿漕のもとへもやってきた。和泉守の妻なる、叔母からである。

「あなたの身の上に一体、何ごとが起きたのでしょう。こちらからお邸に使いをやったら、〝阿漕という女はふらちな奴で悪どいことをして逃げた〟と大変なお怒り、使者は危く袋叩きになる所をやっと逃げてきました。心配していたので、お手紙をみてほっとしました。お頼みの女房たちは、さっそく手配してみましょう。主人の従妹で、いい人がこの邸にいますから、とりあえずその人を差し向けましょう」

少将は日が暮れてから、二条邸に帰った。

ゆっくりくつろいで食事をとり、姫君と話す。夢のようなひとときに、少将は、楽しそうにいった。

「中納言家の四の君の縁談だがね、私だといって、替玉を出そうと思うがどうだい。北の方のあわてふためくさまが目にみえるようで面白いだろう？」

少将は、自分の案が自分で気に入って大いに笑った。

「まあ。何ということをお考えになりますの？　お止しあそばせ」

姫君は美しい眉をひそめて訴える。

「四の君とのご縁組が、お気に入らなければ、それとなく穏便におことわりなさいまし。承知したとおっしゃって、ほかの人に替えられるなんて、あんまり四の君がかわいそうですわ。残酷なかた」

「では、北の方は、あなたに残酷ではなかったと、いうのかね」

少将は、姫君の懇願に耳もかさなかった。

「でも四の君にお怨みは何もないのに、四の君を不幸にされる、なんて……」

「不幸になるかどうか、それはわからないじゃないか。ともかく、あなたをあんなに虐めた北の方を、ぎゃふん、といわせてやらなければ腹の虫がおさまらない」

「もう、忘れてしまいましたわ、わたくしは。あなたもお忘れになって下さいまし」

「気の弱い人だな、あなたは。ひどい仕打ちをうけてもすぐ忘れるのだね。尤も、そこが、私のつけめでもあるがね」

「あなたのことなら、忘れませんわ」

と姫君が受けたので、少将は、いちいち手ごたえのある姫君が可愛くて、笑いながら胸もとへひきよせるのだった。

中納言邸ではこのところ、結婚式の準備に大わらわである。少将が結婚を承諾したというので、十二月の五日、ともう日取りもきめた。北の方は、縫物がふえるにつけても、あの落窪がいたら縫わそうものを、と残念でならなかった。

このごろは、縫物の出来が悪い、といって三の君の婿の蔵人の少将などは文句ばかりいっているのである。

しかし蔵人の少将は、四の君の新婚の相手が左大将家の長男・右近の少将と聞いて、とみに機嫌がよくなった。

「それはいい……私の親友なんだよ、あの男は。お互いに連れ立ってここへ出入りできるとなると、これは楽しみになってきたなあ」

蔵人の少将は、そのことで、だいぶんこの邸での暮らしに気を取り直したらしく、三の君はうれしくもあり、また、両親の処世の手腕が誇らしくもあった。

三の君から、蔵人の少将の言葉をきいた北の方は、鼻高々と面目を施して、してやったり、と思っていた。

しかし、一人だけ、この結婚を喜ばぬ者がいた。当の花嫁の、四の君である。

「どうしても私、結婚しなきゃいけないの？」

四の君は母の北の方に悲しそうにいう。

「お母さまのおきめになった婿君と結婚するなんて、夢がなくてつまらない……」

「何をばかなことをいう。右近の少将さまは当代一の若殿といわれて、どこの家でも婿に欲しがっていられるのですよ。だからこそ、少将さまのお気持ちの変らぬうちに、と急いで縁談をまとめたのです。その親の苦労も知らないで、何をいう……」

「でも、結婚するからには、恋しく思うような殿方でなければ……」

「そんなことは二の次三の次だよ。いっしょに暮らしているうちに、いつとなく情の湧くもの、結婚すれば愛の恋の、といっていられない。だいたい、今度の縁談で、お父さまもどれほど奔走なさったか、考えてみなさい、みなお前に幸せになって欲しいため……」

「でも、お母さまもお父さまも、蔵人の少将さまを婿にしていることを、いつも人に自慢していらっしゃるわ。そのように、私の婿もご自慢なさりたいのでしょ。世間ていのために、私は結婚をさせられるんでしょ」

四の君はいちばん若い末姫なので、少々わがままで、思ったことはずけずけと直截にいう。

北の方は、四の君をたいそう可愛がっているのだが、それだけに、叱るときも遠慮がない。

「なまいきいうんじゃないよ！　親の見栄だけで結婚させられますか。これならまちがいなし、とみきわめればこそ、結婚させるのです。それは向うさまも同じこと。家の格式や身分も考え合わせて、たくさんの大人が考えたことです。悪いようにするはずがない」

「じゃ、お父さまお母さまのお顔を立ててひと月ぐらい結婚してから、別れてもいい？」

「そんなばかな。結婚したら、別れることはできません」

四の君はうつうつとして楽しまないさまだった。そうして、そんな自分に関係なく、どんどん運ばれてゆく結婚準備に物悲しい気分を誘われていた。

当の結婚相手の少将は、一足先に二条邸で甘い新婚生活を送っていた。

邸の中も、帯刀と阿漕の働きで、どんどん華やかにととのえられてゆき、無人の邸に息が通いはじめた。

阿漕の叔母の斡旋《あっせん》してくれた女房は、兵庫といって、美しい品のいい女房だったから、姫君も少将も喜んだ。阿漕は、女房たちのたばねをすることになり、ついでに名も、衛《え》門《もん》と改めることになった。

きびきびした、心利いた衛門は、少将夫妻の二なく信頼する相談相手だった。

少将の母君は、二条邸の噂をきいて心を痛めた。

「二条邸にあなたが愛人を住まわせているということをきいたけど本当ですか？　それなら、なぜ中納言家の縁談を承知したの？」

「おやおや。もう母上のお耳に入ってしまいましたか」

少将は首筋に手をやって照れた。

「母上にお話し申し上げてから、あの邸へ入れようと思ったのですが、急ぐことがあったので、とりあえず、と思って無人の邸を拝借しました。それはそれ、これはこれとして、中納言殿の姫君とも結婚したいのです。男は何人の妻をもってもいい、と世間では許されているではありませんか。中納言殿も、たしかお二人、いらしたはず、あの方が、私の二人妻をお咎めになる筋合はありますまい」

と少将は笑った。

「まあ。憎らしいことをいうのね。何人もの妻や愛人をもつのは、その人たちの嘆きや恨みを身に負うこと、男もそのために苦しむのですよ。そんなことをしてはいけません。お父さまも、私のほかはお持ちになっていないではありませんか」

「だからこそ、私は、親とは変ったことがしてみたいのですよ」

「困った人ですね。その二条邸の人がお気に入ったら、四の君との結婚はおやめなさい」

母君はやさしい心根の人だったので、二条邸にいる息子の恋人に気を使って、贈りものをしたりした。姫君の礼状を見て、

「きれいな字を書いて……。教養のある、たしなみ深いかたね。どこの姫なの？　この人を本妻にして、世間へもご披露して身を固めておしまいなさい。私も娘を持つ身だから、親の気持ちを推しはかると気の毒ですよ」

と、少将にいうのだった。

「いい女性でしょう……しかし、私は二条邸の人も愛するが、中納言家の四の君も手に入れたいのですよ。あしからず」

「あなたはお父さまに似ない浮気者なのねえ」

と母君は息子に不満らしいようすだった。

「私はあなたを、そんな情け知らずに育てたおぼえはありませんよ……」

「情け知らずでないから、こんなことをするのです」

少将は母君にも自分の策略を打ちあける気はないのである。

「十二月の五日よ、結婚の日は。わかっているの？　ほんとうに、その日にゆくのね？」

母君は念を押した。

「先方さまでは、使いの口上ばかりで、あなたのお手紙も頂けないから不安がっていらっしゃったけど」

「あ、そうだ、文をやるのを忘れました」

「そんな不誠実なことで、この結婚はつづくのかしら。女の人を泣かせるのだけはお止しなさいね」

「わかっています。任せて下さい」

「二条邸の、よくできた人にも気の毒ですよ。あなたが別の女の人と結婚すると聞いたら、どういうお気持ちでしょう。当分は知らせないでお上げなさいよ」

母君は、はや、二条邸の女あるじに同情しているふうだった。

少将は、叔父の治部卿《じぶきょう》の邸へいった。

従弟の兵部の少《しょう》輔・資親《もとちか》にあうためである。

少輔は家にいた。役人としての勤めのほかに、外出することはめったにない。人も誘いに来ず、訪れてくれる者もない、非社交的な青年なのである。

それゆえ、少将が訪れると、たいへん喜んだ。そうしてすぐさま、

「あれから、どうなったのでしょう、四の君のことは……」

「いよいよ、結婚の日は明日に迫ったよ」

「えっ。ではやはり、あなたが四の君と……。あんまりじゃありませんか、私の執心を知りながら……」

兵部の少輔・資親は泣き出した。

「何とか尽力しようとおっしゃったお言葉をたのみに、私は、今日か明日かと、吉報を待っていたのに……」

「いやいや、結婚するのは、君だよ」

「えっ。では、先方は、私のことを許してくれたのですか!」

「ま、おちつき給え。結婚相手は私ということになっているが、それは表むき、先方へゆく本人は君なんだ」

「どういうことです……」

資親青年の馬面がいっそう長くなって、間のびした。

「つまり、手っとり早くいうと、私の名をかたって君が、私になりすまし、実質的な結婚をすませてしまうわけだ。なあに、実質を伴ってしまえば、邸の人々が何といっても、

いずれは君の思うようになるさ」

「四の君も、それは知っているのでしょうね」

「いや、知るはずない。知ればたいへんだ」

「それなら、いやです」

資親青年はきっぱり、いった。

「あの人を、はめるようなことはしたくありません。うそをついてまで、あの人の愛を得ようとは思いません」

「君の純愛はよくわかるのだがねえ、こんな非常手段でもとらなければ、とうてい、君は四の君に近づくことはできないんだよ。——あのとき君は何といった。どんなことでもやりますから、よろしく、といったじゃないか」

「それはそうですが……」

資親の顔に、苦しそうな困惑が浮かぶ。

「君はまた、こうもいった。誠意こめて求婚します、と。信念で以て人を動かせば、成らないことはない、と。それだけの誠実があれば、四の君の心を動かすことはたやすいじゃないか」

「はい、……それはそうですが」

資親は、思いつめて身震いしていた。

「いいか、……私のいう通りするんだよ。そうしたら、きっと君の恋は報われる。おい、

いる。

少将は、資親の耳に何かをささやく。資親の顔は赤くなったり、青くなったり、して

耳をかせ」

少将の思いついた計略は、一つには資親のためであるが、また一つには、北の方への復讐のためであった。少将は何とかして北の方をアッといわせてやりたくてならないのだった。

二条邸へ帰ってみると、姫君は雪の降る景色を見ながら火桶の灰をかきならしている。可愛い姿で、少将はこの恋妻を、いくら見ても見飽きない。

「おやおや、火をかき立てているのだね。私の方は、火に当らなくても、あなたへの愛情で、燃えているよ。さわってごらん」

少将はたわむれた。

「まあ、火桶みたいな方なのですね」

姫君は笑う。

「火桶を抱いて寝ると暖かいはずだよ」

少将は、姫君を抱きしめて帳台のうちへ抱え入れ、甘いささやきを交す。二条邸にいると、少将は、日も夜も恋の悦楽に有頂天になりっ放しなのだった。

結婚の日がきた。

中納言邸では、準備もすっかりととのい、今は花婿をまつばかりであった。

日も暮れた頃おい、やっと花婿は来た。

いい香をたきしめ、新調の衣をまとい、すらりと若い男らしく優雅な姿である。燈火は暗いので、顔はみえないが、しかるべき従者たちがついて来ていて、うやうやしく仕えている。

この時代の結婚は、正式な結婚であってもまず男は忍んで女のもとへ通う。これを三日くりかえし、三日めに、盛大な披露宴、親族顔つなぎの宴を張るのである。

しかし初夜は暗いうちに来て、未明、暗いうちに帰ってしまう。

四の君づきの女房たちは、婿君が、挨拶もせず、だしぬけに四の君の部屋へ入ったことをいぶかしんだが、これがかの、世に名高い少将かと思うと、それすらも粋な身ごなしに思え、

「上品な方でいらっしゃいますね」

と北の方にほめた。

「そうだろうとも。あの方はいまに、大臣になるお方ですよ。ああ、私は幸せもの、それぞれ、娘たちによい婿をとって」

と北の方は自慢を吹き散らしていた。

四の君は、暗い部屋のうちで、身をすくませてじっとしていた。入って来た青年は、暗闇の中で、四の君の居場所をさがす風だったが、やがて、そばへやって来た。

「四の君ですね？　どうか、そのまま、灯をつけないで下さい。灯はなくても、あなた

のお顔はありありと、わかる気がするのです。私は、あなたをかいま見てから、忘れた日とてはありませんでしたから」

四の君は、男の声に熱情があふれているのに、少しとまどった。彼女は、自分が強いられて結婚を承知したのと同じように、相手の少将も、よんどころなく結婚する気になったのだろうと思っていた。しかし、男の声は、演技ではなく、激情をやっと抑えるように震えていた。

男は、もとより少将ではなく、替玉の兵部の少輔・資親である。

暗くて顔が見えないことと、恋の情熱が、資親をかつてなく雄弁にしている。

「去年の賀茂祭、それから石山寺で——あなたをちら、と見ました。わずかの間でしたが、それで充分でした！　中納言家の四の君、と人に教えられ、それからは、あなたのことばかり思いつづけてきました！……」

「まあ、私をご覧になりましたの？」

四の君はまだ少女らしさのぬけきらぬ声で思わず叫んだ。

「私を愛していらした、なんてほんとう？」

「神かけて誓います」

「夢みたいな話ですわ——でも、私の方は、あなたのことはまだ何一つ、わかっていませんのに……」

四の君は残念だった。これで、自分の方も心から、愛する人と呼べるものなら、夢に描いていた、相思相愛の夫婦になれるのに。

「あなたは、私のことを何も、ご存じない」

男は、どこか痛みをこらえるような声でいっていた。

「ご存じになったら、私を愛されないかもしれません……」

「どうして？　あなたは世にもてはやされる右近の少将さま、美男子で才能があって、末は大臣にもなろうといわれているお方。女なら誰でも愛さずにはいられない、といいますわね。でも私は、母や姉のいうように、そんなことで男を愛せないの。愛の深さだけが、男をはかる、私の物指《ものさし》なの」

四の君は、少女っぽく正直で、率直であった。

男はためいきをついて、

「それなら、私は誰にも負けない。そういう点では、きっとあなたを幸福にします。死ね、といわれれば死ぬこともできます。――」

と、深い声でいった。

四の君は心を動かされた。

「あなたは結婚のおめでたい日に〝死ぬ〟などという不吉なことをおっしゃるのね。どうしてそう、悲しいお声をしていらっしゃるの？　お顔がみたいわ」

と四の君は、男をのぞくようにしていった。

男は顔をそむけて、

「闇の中の声の方が、人間の心を正直に伝えるのですよ。目をつぶって下さい」

四の君は目をつぶった。

「いいですか。もし、私が、身分も位もなく、美男子でも才人でもないとして、しかしあなたを思う心、愛だけは誰にも負けぬとしたら、あなたは私を愛してくれますか？」

目をつぶって聞いている四の君に、男の悲しげな声の調子が、何か、へんだった。

「ああ、私にはとうてい、愛する人をダマすことはできない。私は、右近の少将ではないのです。少将のいとこ、兵部の少輔・資親というものです！　あなたを愛するあまり、少将に頼んで、代ってもらったのです。あなたは父上母上におっしゃって私を叩き出して下さってもよいのです！」

「しッ！」

四の君は、いそいで資親の声を抑えた。

「外にいる女房たちに聞こえますわ……」

四の君は制しながら、胸がどきどきした。まるで物語にあるような意外な運命の展開に、半ば夢中だった。

「少将さまはこのことをご存じなの？」

「そうです。私の懇願に負け、私の誠意で四の君の心を動かしてみせるがいい、と許してくれたのです……」

「あなたは、でも、少将さまといつわってそのまま、私と結婚することもできたのに、……なぜ、そうしなかったの？　私を愛しているのじゃなかったの？」

「愛しているからこそ、ですよ。私は、いっときの愛をぬすむつもりはありません。それなら、暗闇の中であなたを手に入れていたでしょう。でも、生涯、あなたを独占したい、と思っている私は、だましてニセの愛を手に入れるなんて耐えられなかったのです……」

「あなたは、ほんとうに、男らしい方ね」

四の君はうっとりして叫んだ。

「いや、私は男らしくなんか、ない。もしそうなら、なぜ、暗闇を幸い、少将になりすまそうとしたか」

青年は自分で自分を責めていた。

「あなたを説得しようという計画の前に、私はひそかに、あなたを手に入れよう、としていた。ほんとうは。……卑劣な男なのですよ。でも、心から愛している人にはそんなことはできなかった、やっぱり。灯を近寄せて下さい。そして私をご覧下さい。――世の女性はみな、私を見て笑います。あなたに笑われて、私は去ってゆきます。……お邸の人々にご迷惑をかけたことは、資親、幾重にもおわびいたします」

青年は、苦しんでいたが、きっぱり、いった。

四の君は、燭台を近づけた。彼女は少女っぽい気持ちがぬけないせいか、それとも、すこし、世の常の女とちがって変っているせいか、こんなとき遠慮しなかった。好奇心に駆られて、灯を近々とよせて、青年の顔を見た。

青年は、今は必死に、面を正面に向けていた。ややもすると、うつむこう、視線を伏せようとする、自分の劣等感とたたかうように。

少女は青年の顔に浮かぶ、苦しみの表情に共感した。彼女の見たのは、間のびしたこっけいな馬面であったが、それ以上に、青年の純真な、澄んだ正直な眼が、彼女の心をとらえた。

真率な声に、まず触れたことがよかったのかもしれない。人間の心情のおくそこは、声によくひびくものだからである。

「……あなたは、笑いませんでしたね、私の顔をみて。ありがとう。……では、さようなら」

青年が起き上った時、四の君は、

「待って！」

と思わず、青年の指貫《さしぬき》の裾をとらえていた。

「ここにいて……。あなたのことを、好きになったわ」

少女はいった。

「きっと、あなたは、少将さまよりも私を愛して下さるのでしょう。ねえ、私たち、結婚しない？　少将とでなく、あなたと……」

「えっ」

資親は息を呑んだ。

「あなたの、率直さに負けたの。——とうとう、あらわれたんだわ、私にも、物語の中の人が……」

資親は、思わず四の君を、しっかりと抱きしめていた。

「私は何の才能もない男ですよ、いいですか？」

「私を愛して下さるのも才能の一つですわ」

「あなたは、私などと結婚なさると……変人と呼ばれますよ。私はそう、呼ばれてきた。……」

「変人同士で、いいじゃありませんか」

「お父上や、お母上がお許し下さらぬかもしれません」

「そしたら、あなたは、私を背負って逃げて下さればいいのよ、この邸から……。おちくぼの君が逃げたように」

「ほんとうに、いいのですね？……」

資親は、いまはもう嬉しさに、目もくらむ心地がした。

「背負って逃げても、いいのですね？」

「露の玉を見て、あれは何なの、と聞くのよ」

「野宿ですか？……私は、鬼とでもたたかいますよ、あなたのためなら」

資親も、「ませごし」の馬の歌は知らないが、さすがに業平の鬼ひとくち、の話は知っているのだった。

資親は、幸福のあまり宙をふむような足どりになって、早朝、帰っていった。

やっぱり、あの人は、自分を見て笑わなかった。それどころか、灯をかかげて近く見て、「結婚しよう」といってくれたではないか。

資親は、まだ夢ではないかと思いつつ、自分の邸で横になっていた。

そこへ、少将からの使者がきた。

「ゆうべの首尾はどうだったかね？——ところで君のことだ、後朝《きぬぎぬ》の文はまだ書いていないのだろう？　代作して書いておいたから、何ならそれをやりたまえ」

そうして別の手紙には、

「世の人のけふのけさには恋すとか聞きしにたがふ心地こそすれ」

資親は、あたまをかしげた。

「世間の人は、結婚の翌朝は新妻が恋しくてたまらぬそうですが、私は一向、その気がおきません」

という意味である。

おかしいな、と思ったが、何か少将にも考えがあるのだろうと、資親はそれを渡すことにした。しかし、四の君に、今朝の気持ちだけは伝えたかったので、筆をとった。

「女性に、こんな文を書くのは生まれてはじめてです。

私の指にも身にも、あなたの移り香が漂っています。どんなに私の愛をいい表していいかわかりません。もっと私に文才があればうまく伝えることができたでしょうに。同封の文は、少将のことづけてくれたものです。後朝の文としてはへんですが、表むきは、これが来たことにして、私の文はお隠し下さい」

四の君は、二つの後朝の文を受けとり、少将の方を北の方にみせた。

「どれどれ。あの風流貴公子が、どんな文をお書きになったのやら」

北の方は弾んで手にとって妙な顔になった。

「筆蹟はきれいだけれど、これは何だろう。女に恥をかかせるような歌じゃないの。では、少将さまは、あなたがお気に入られなかったのかしら？」

北の方は、胸のつぶれるような思いを味わった。

そこへ中納言が来て、婿の手紙を見たがったが、目が悪いので、

「何と書いてあるのかな。読んでおくれ」

と、にこにこしていう。

仕方なく北の方は、

「夕暮れがまち遠しくてなりません。心ばかりは、そちらへ飛んでいきます、とあります」

といった。

「なるほど。さすがに色好みらしい文だな。早速、お返事をさし上げるがよい」

すべて、結婚は満足すべき状態に運んだと中納言はうなずいて向うへいった。

四の君は、さすがにうつむいて、朝から口を利かない。両親にもだまって、別の男と結婚しました、といえばどんなに驚くであろうと思う。

北の方は、今は夢中で、少将の手紙について三の君と話し合っていた。

「風流な方は、ひとひねりなさって、わざとこんなことをいって喜んでいられるのかもしれないわ。これは、反対のことをいって笑わせようという趣向よ、きっと」

と三の君はいった。

「そうかもしれないが、でも、まじめな女なら、こんなつれない手紙をもらうと、卒倒してしまうよ。——元気をお出し。……」

と北の方は四の君にいった。四の君が、心のやましさから口少なになっているのを、後朝の手紙のせいだと思っているらしかった。

四の君はそれをよいことに、母や姉たちにかくれて、自分の部屋で一日中横になっていた。

日が暮れると、また、夜の闇にまぎれて、早々と婿は来た。

しなやかな、若々しい上品な姿をみると、北の方と三の君は思わず、

「やっぱりだわ、あの手紙は、奇抜な趣向をこらしてあったのだ。少将様は四の君が気に入られたのだねえ」

といって喜び合った。

部屋の内では、資親と四の君が、声を忍んで、抱擁していた。

やがて三日めが来た。盛大な露顕《ところあらわし》の式の準備で中納言邸は上を下への大騒動である。これは婿の顔つなぎ、正式な披露宴であるが、王朝のことだから女性は列席しない。男性の親族が相寄り、あらたに身内となった花婿に引き合わされ、舅と婿が、親族固めの盃を祝うのである。

「その席へ出るの？」

と四の君は少輔にいった。

四の君は、少将だと信じ切っている親や姉妹たちの混乱が予想されて、どうしていいかわからなかった。

「出ると、またみんなに嗤《わら》われるだろうけれども、でも、私はその席で、みんなをあざむいた点をお詫びして、どうしてもあなたと結婚させて下さい、と願ってみるつもりだ。中納言は、私があらかじめ仕組んでワナにかけたように誤解されるだろうけれど、決してそんなつもりはなかった、と申し上げてみるよ。……誠意をこめて言えば、わかって頂けると思う」

兵部の少輔・資親はきっぱりいった。彼の言葉は確信的な力強いものに変っている。四の君を得たのは、自分のまごころのせいだと思ったので、それが彼に自信を与えたのであった。

「お父様は許して下さるかもしれないけれど、お母様がねえ……だって、お母様は、少将を婿にした、ととても自慢なすって、方々に吹聴《ふいちょう》していらっしゃるんですもの……」

四の君は、北の方の性格をさすがによく知って心配していた。

その通り、当夜、北の方は、集まってきた親族や知人の女性たちにとりまかれて得意満面であった。

「三の君には蔵人の少将、四の君には右近の少将、理想的な婿を迎えることができましたわ。おかげさまで、両手に花、というところですわ」

「ほんとうに、うらやましいわ……前世にどんな、いいことをなすったのでしょう。あなたは幸せ者ねえ」

同じような年頃の娘をもつ婦人たちは心からうらやましがり、それは北の方の虚栄心を快くくすぐった。女たちは別室でかたまって、女ばかりでお祝いの宴をひらいているのである。

「風采もすぐれ、人物も格別の青年とか」

「どこのお家でも、婿に欲しがっていられた方ですもの……」

「やはり、こちらとご縁があったのでしょうか」

「それに、相婿が、蔵人の少将さまでいらっしゃるから、それにも引かれなすったのかもしれません。とてもご親密な仲のお友達とうかがっていますもの……」

「花婿がお二人そろって、ここへお通いになるわけね。すばらしいことですわ」

北の方は、四方からの讃辞を聞いて、のぼせるばかり嬉しかった。

その賑わいは、母屋の南面《みなみおもて》の、男たちの宴席にも及んでいた。

「右近の少将といえば、帝のお覚えめでたく、将来の大臣まちがいなし、といわれる人です。すばらしい婿を引き当てなすったものだ」

と人々は中納言にお祝いをいっていた。

「これは、ここへくるのも楽しみになりました。右近の少将といえば、私の大の親友、二人そろって、通えるものならば願ってもありません」

というのは三の君の婿、蔵人の少将である。

彼は、妻の三の君にはあきたりなく思っていたのだが、四の君の相婿に右近の少将が来るときいて、気を取り直したのだった。それに、そういう青年を婿にした中納言家の政治力・財力にもやや一目《いちもく》おいて、満更でもないな、と見直したりしている。

「果報者でござるよ、私は……」

と中納言も満足で、老いの身の晴れのように思っていた。

「これでもう、思いのこすこともなくなりました……では、自慢の婿どのをお引き合わせいたしましょうかの。——これ、宴の用意もできたようじゃ。婿どのを、これへご案内しなさい。みなさまお待ちかねじゃ」

暗い廊から入ってきた人影が、用意された席にふっとついた。

あかあかと点じられた灯が、席の両側にあり、それは、座をしめた人をあざやかに照らし出す。

人々は、

「あっ」

といい、ついで、げらげらと笑い出した。

「いや、これは面白い趣向のご冗談――婿というのは、兵部の少輔どののことでしたか。これは、これは……」

笑いは笑いを呼び、中でもいちばん声高く笑うのは、蔵人の少将であった。

「面白の駒が、手綱を切って逃げてきたぞ。あはは、あはは。いや、これはたまらん。いったい、どうしたというのだ、少将というのは、少輔の聞きまちがいだったのか」

少輔の資親は、悲しそうな顔で坐っている。その長い顔、馬の鼻にそっくりの大きな鼻の穴を人々は露骨に笑い、しまいに座を立って隣の部屋へいき、

「何という冗談だ……」

と笑いころげているのであった。

その中で、呆然としながら、強いて心を静めているのは、あるじの中納言である。

(何か、誰かが、たばかったな)

と思い、震える声で、

「どうしてここへあなたがおいでなされた。兵部の少輔どの。そうして婿の席へつかれるのは、どういうわけでございます」

といった。資親は中納言に手をついた。

「おどろかせて申しわけありません。実は四の君に通っていたのは、少将の名を騙《かた》った

私でございます。私はかねて四の君を愛していました。私に四の君を下さい」

「何といわれた」

中納言は目をみはり、耳を疑う。

「私の聞きまちがいであろうか、あなたが四の君と？」

「さようでございます。私はかねて、四の君を愛していたのでございます。この人を得たら、私は一生かけて大事にいたします。どうか、結婚をお許し下さい」

資親の声は、人々の笑いでかき消された。彼が何かいうたびに、いや、真剣になっていうほど、招待された客は笑い、その中で、中納言は恥辱に青くなったり、怒りで赤くなったりして、立ち上ってどなりつけた。

「ええい。何を冗談をいわれる。あなたは他人の家庭の大切な娘を横合いから奪って、厚顔にもしれしれと結婚の何のと言われるものだ。老いた私によくも恥をかかせてくれたな」

「お言葉ですが、四の君が、ご承知下さったのでございます。私はたしかに、少将の名を騙って忍んでまいりました。でも、愛する人に、私はどうしても、非人間的な仕打ちはできなかったのです。すべてをあきらめて私は真相をうちあけたのでございます。でも四の君はそんな私を許して下さいました。私たちは、愛し合っております……」

「黙れ黙れ、黙りなさい！　私の娘は、そういう恥しらずでは、ありませんぞ！」

狼狽した中納言は、兵部の少輔・資親の口をふさぐようにいそいで叫んだ。しかし

人々は、もはやそれを耳にしており、資親が、目をみはり、誠意こめていえば言うほど、

「あはは、あははは」

「あの、馬が恋をした、と」

「馬の恋というのは、手綱をふり切って逃げるほどのものだそうな……」

と笑い崩れるのであった。

女部屋の方へも、それらの騒ぎは、聞こえた。

北の方は、異変を知った。

まさか、と顔色を変えて、あたふた裾を乱しながら母屋の廂の間へゆき、ふすまを少し開けてのぞくと、上座の、あかるい灯のそばに坐っているのは、話に聞く紅顔の美青年、右近の少将とは似ても似つかぬ、間のびした馬面の、風采あがらぬ若者ではないか。しかもそれが、何かいえばいうほど人々は、

「あはは、あはは」

と笑いどよめき、中納言ひとり、いきり立って若者を叱りつけている。

(まさか……少将が、あの馬とすりかわるなんて……)

北の方は、目もくらむ心地がした。

(だって、今まで、夜な夜な、四の君はあの男と、おとなしく夜をすごしていたではないか……もしかして、あんなおかしな男なら四の君が騒ぎ立てたはずだ。あんな醜い青年を、若い娘が好くはずはない……)

北の方は混乱して、四の君のもとへいそいだ。

（こんなはずはない。私の手くばりに落度があるはずはないのに、何か、ある……）

四の君は、この騒動を、あらかじめ知っていたように、帳台の中にじっと隠れて緊張していた。北の方の足音が、あわただしく近付くと、

（そら、来た……）

とばかり、いっそう緊張してかたくなっていた。北の方はやってくるなり、

「お前は何ということをしてくれたの、あの馬面男を承知で近付けたってほんとう？　そんなことなら、こんな盛大な披露宴をしてお父様もお母様も、恥をかくことなかったのに、はじめにそれならそうと言ってくれれば……」

と、かみつくようにいうのであった。

「親兄弟に恥をかかせて、……お前には気位というものがないの、あんな低い身分の、あんな見ばのよくない男と一緒になるなんて、何を考えてるのです。今日かぎり、あの男は家に来させないからね！」

と北の方が金切り声を立てると、やっと四の君は口をひらき、

「でも、お母さまは、いったん結婚したら別れてはいけません、とおっしゃったわ……」

北の方は、一瞬、ひるんで口をつぐんだ。

そこへ中納言も来た。

「四の君や、お前は、あの少輔を夫にすると許したというのか、わしがそれを許すと思うのか、なぜそういう、ふしだらをする」

と、火のついたように責め立てた。

四の君は左右から責められて、泣き出してしまった。

兵部の少輔は追い出され、四の君の部屋は北の方がきびしく見張った。

月もない暗い夜ふけ、泣き疲れて、頭の芯の痛さをもてあましていた四の君は、

「私です……ここにいます」

という、資親のささやきに、はっと体を起した。

青年は、闇にまぎれて帳台のすぐそばにいた。太刀をにぎりしめ、身をかがめて、ささやいているのだった。

「あなたを盗みに来ました。ほんとうに、ついて来てくれますか？　私の邸に連れてゆきます」

「ええ、いいわ……」

四の君は弾んだ声で答えた。

「私を負って逃げてくれるのね、あの、物語の姫のように……」

青年は太刀を腰に下げて、しゃがんで広い背中を向けた。それは四の君には、いかにも、女の生涯を託するに足る、たのもしいくつろぎ場所にみえた。

「重くはないこと？」

背負われた四の君は、そっといった。

「軽いものです。匂いのいい霞《かすみ》を背負ってるようです。——では、いいんですね」

資親は、あやすように、背中の恋人にいうのだった。

「ここから連れ出してもいいのですね？　なあに、いっときのことです。いまにきっとお父上、お母上にも分って頂けるときがきます」

彼は恋したことで強くなり、おとなにもなっていた。その声は自信と説得力にみちていた。

北の方は病人のようになってしまった。

四の君は、馬面男の兵部の少輔とかけおちし、そのため、三の君の婿君の蔵人の少将まで、いやがって、邸に来なくなってしまった。

宮中で、蔵人の少将は人々から「面白の駒と相婿になられたそうですね、やはり、馬を並べて通っていられるのですか」などとひやかされるのがいやさに、

（おれを、中納言邸は、笑い者にした）

と深く怨んでいるのだった。もともと三の君とはあまり気も合わなかったことで、蔵人の少将は、未練もなかったのか、ふっつり訪れなくなったのである。

中納言邸は、自慢の婿を失って、灯が消えたように淋しくなった。兵部少輔の邸からは、資親と四の君の手紙が幾度も届けられたが、北の方は腹立ちのあまり、見ずにつき返し、

「あの馬面めが、せめて人なみの官位になってから、一人前の口を利くがよい」

と罵るのであった。

しかし、四の君と資親は、幸福に暮らしていた。右近の少将は二人の結婚を喜び、何くれとなく世話をして面倒を見、資親を引き立てるのであった。四の君は、なぜ少将がそう親切なのか、見当もつかない。

「これには深いわけがあるのだが、今はまだ、いえない。少将に口止めされているのだ」

と資親は笑いながら答えた。

二条邸では幸福な日がつづいていた。少将の愛は日に日に深くなり増さり、それは周囲の人々にも、のどやかな平安や愉悦をもたらす。

「女房たちをたくさん集めなさい。人が多いと華やかでいいものだよ」

少将はそういい、いつか女房たちも二十なん人にふえた。少将も姫君も、おっとりした性格なので、人々は仕えやすかった。衛門を一番の信頼できるもの、と少将も姫君も重んじていることは変りない。

帯刀は四の君と兵部の少輔との結婚を衛門に話しておかしがっていた。

「北の方さまの顔が見たかったわ、ところあらわしの夜の！」

と衛門は手を叩いて笑う。

「だけど、兵部の少輔さまも、実直な方だから、いい婿君なんだがなあ。おれが四の君の親なら、許してやる所だが、中納言家ではいまだに勘当同様だそうだよ。それというのも、きっと北の方の指図だろう。おれは年をとられた中納言さまが気の毒な気がする」

帯刀はそう同情するが、

「中納言さまはともかく、北の方さまはもう少し、懲らしめてさしあげなければ、こたえないわよ」

衛門はいまも気強くいう。

年末になって少将の実家の母君から、

「少将の衣裳を縫って下さいね。こちらは御所の縫物に追われて、手がまわりませんので」

と、美事な綾や絹の反物、美しい色の糸、それに茜《あかね》や蘇芳《すおう》、くれないなどの染料をそえて使いに持たされた。御所の縫物というのは、少将の妹君が宮中へ上って、帝の女御でいられる、その関係の、新調の春着のことである。

姫君は、もとより得手のことであるので、染物や、裁ち縫いに早速かかった。

年末の多忙といっても、いまの姫君の多忙は、北の方としてわが家の采配をする多忙であって、人に追い使われる、それではなかった。それも姫君には嬉しかった。

少将の恩顧を受けている人が、これは地方の豪族なので歳末の祝儀に絹を五十疋《ぴき》贈ってきた。それぞれ、女房や従者に分けたが、衛門はその配分を取りしきって、適切であぶなげなく計らうのであった。

少将の父君は、長男の少将をこの上なく信頼して愛していたから、何を少将がしても認めるという風である。また、少将は邸の人々、雑色《ぞうしき》・牛飼にいたるまで人気があって、好かれていたから、少将の命じることとあれば争って、きくのであった。

新年になった。

少将の装束ができあがった。染色や裁縫の名手たる姫君が、愛する人のために心こめて染め、縫い上げた衣裳だから、すばらしく美事な出来だった。

「おお、よくできた。ありがとう」

と少将が礼をいうのを、姫君は夢のように思って聞いた。今までどんなに美事に仕立てても、礼などいわれたことはなかったのだから――。

母君は衣裳を見て、

「まあ、綺麗な出来上りだこと。いい腕をお持ちの方なのね。御所の大切な縫物のときはお願いしようかしら、こんなに上手に縫える人はめったにないわ」

とほめた。そうして、いよいよ、息子の恋人に好意をよせた。

春の除目《じもく》に、少将は中将に昇進し、三位になって、出世街道を支障もなくすすんでゆく。

正月になって、中納言邸では清水寺にお詣りした。去年は、悪いことばかりつづいたので、北の方は、今年こそいいことがあるように、と思ってのことだった。

一輌の牛車に、北の方や、三の君、女房たちが乗り、お忍びで出かけた。老牛のせいか、それとも、たくさん乗っていて重いのか、牛は牽《ひ》き悩んで苦しそうにしている。よたよたと坂を登ってゆくのであるが、うしろから前駆の声もかしましく、大勢の供人を前後に従えた貴人の牛車がきた。供の雑色は、行きなやむ中納言家の一行に、

「おい、前がつかえては困るじゃないか、早くいけ。いけないなら、そばへ寄ってどけろ」

と無礼にもせせら笑う。

中納言家の供人はむっとして、

「何という口を利く。こちらは中納言様のご家族だぞ。粗相をするな」

と叱った。相手はそれをきくとどっと笑い、

「こちらのご主人様をどなただと思うのだ、中納言だろうと大納言だろうと怖がると思ってるのか」

と、傍若無人に進もうとする。しかたなく中納言の一行は、道ばたに車をつけようとして、溝に車輪を押しこんでしまった。

「牛が牽きにくければ、馬と一しょに引かせたらどうだ」

と、相手は笑う。中納言家の供人はにがりきって車輪を引きあげようとしているうちに折れてしまった。やっとのことで牛車をかつぎ上げ、縄をさがしてくくりつけ、よたよたと寺へ着いた。

あらかじめ予約してあった僧坊の一つにいってみると、そこはさっきの貴人の一行で占められている。北の方は腹を立て、法師を呼んで叱った。

「あそこは参籠のために、私どもが予約しておいた部屋ですよ。どうして他人に貸すのですか」

法師は弱り切っていた。

「早くおいでにならなかったのが悪かったんでございます。あちらさまは何せ、権勢のあるお方、うむをいわさず、占領なすってしまわれまして」

勝気な北の方は、がまんできない。

「先約の私たちの方に権利があります。何者です、そんな理不尽をするのは。かけ合ってとっちめてやりましょう」

「お止しなさいませ、……そんなことをなすっては大変です。あのご一行は三位の中将さまで、帝のおおぼえめでたい、第一の権力家ですよ」

「三位の中将といえば、あの、左大将の子息で、この間まで右近の少将といった……」

「さようで。この春の除目で、三位の中将になられました。出世がしらで、飛ぶ鳥おとす勢いの方です」

法師は声を低めていう。北の方は、なぜあの中将が、自分たちに辛く当って意地わるをするのか、さっぱり分らない。無念で、

「ではどこか、ほかの部屋は……」

「あいにく、今日は吉日でお籠りの方が多く、ふさがっております。車にでも夜をお明かしになればいかがですか、お気の毒でございますが」

と法師も弱り切っていた。

それでも北の方は残念で、うろうろしていたが、人が混んできてつき飛ばされそうになるので、しかたなく車へ戻った。寺へ着いたらゆっくり出来ると、一輛の車に押し合いへし合いして乗っていたので、その窮屈なことはいいようもない。

「まあ、なぜこんな苦しい目にあわなければいけないの」

と三の君が思わず、癇《かん》を立てて叫んでいると、車のそばで、

「落窪の君が、押しこめられていた苦しさが、少しは味わえたか、とご主人の伝言です」

という者がある。びっくりして、車の御簾から覗くと、中将の供人である。

「おちくぼと、かの少将と、いや、今は中将に出世していらっしゃる方と、なんの関係があるのだろう。それより、おちくぼのことを、なぜ、中将などがご存じなのだろう」

と、北の方たちは不審で、言い騒いでいた。

夜が明けるが早いか、

「ええい、縁起のわるい、早く帰ろう」

と北の方はせかして牛車を出したが、中将一行の車が早くも後から、

「どけどけ、――足弱のよたよた車はどけ！」

と追ってくる。くやしくて無念で、北の方の一行が道のわきに立ち止まっていると、中将の供の一人がまたやって来て、

「懲りたか――とご主人の仰せです」

北の方は思わず、言い返した。

「懲りるもんか、おぼえておいで」

「あなた、あの三位の中将は、あなたに宮中でも辛くなさるのですか」

北の方は帰って、夫の老いた中納言にきいた。

「いや、そんなことはない。四の君のことがあったのちも以前と変らず親切に、よくして下さるよ。ことにこの頃は、やさしくお声もかけて、いたわって下さるようだ。四の君のことについては何もご存じないようで、この縁談は急にとりやめになった、と人から聞かされ、そうかと思って、手紙も出さなかった、とおっしゃっていた。誰かが、何かを企らんだにちがいないが、中将さまはそのことで悪感情はもっていられぬらしい」

中納言は、中将に好意を抱いているらしかった。

「おかしいですね、それならなぜ、私に、懲りたか、などといわれるんでしょう」

北の方の疑問は、むろん、誰にも説明もできないのである。

いっぽう、女房のたばねをする、衛門こと、昔の阿漕は、女らしい復讐をすすめていた。

中納言邸の女房に声をかけて、ひそかに一人ずつ辞めさせ、こちらの二条邸に引きとることであった。

昔、おちくぼの姫君に心を寄せ、やさしくしていた、女房たち——少納言の君とか、弁の君にこっそり、中将家へお仕えしませんか、と勧誘してみた。

今を時めく三位の中将家は、裕福な上に、ご主人夫妻が、とてもよく出来た方でいらっしゃる。中将の北の方は、世間的にはまだ公表されていられないけれども、さる高貴なお方の姫君で、美しくてやさしく、若々しい方で、ご主人としてお仕えするにはこの上ない方だ——。

少納言の君も弁の君も、知人の、そのまた知人を介してこの話をもちこまれたので、まさか衛門が阿漕だとは知るよしもない。心おどらせ、ヒステリーの北の方に仕えているよりは、と一人ずつ、櫛の歯が欠けるように、いとまをとってやめていった。

そうして、昔の阿漕が、この家で衛門とよばれ、今を時めいていると知って、たいそうふしぎがり、

「どうしてこんなお邸につてがあったの？　そして、ここの北の方というのはどなたさまなの」

ときくのだった。

「それはいまに追々わかってよ。ただ、中納言家より数等、お仕えしやすい方よ、いまにお目通りできるように、してさし上げるわ」

衛門は得意そうに答えた。

二条邸に移った女房たちは、まだ主人夫妻にはお目通りできないながら（新参者は、たやすく主人の前へ出ることはできないのが、この時代の習わしである）開放的で明るくて、お手当てもたっぷり頂けるこのお邸に満足し、更に口を利いて、中納言邸から人を呼びよせた。

あっという間に、中納言邸では、気の利いた召使いや、美しく華やかな女房は一人もいなくなり、さらに人少なにさびしくなっていった。衛門の奸計だと誰が知ろう。

第五章　大団円

次々に三位の中将邸に集まった、もと中納言家の女房たちは、そこに古馴染みの顔を見出してびっくりした。

「あら、あなたも！」

「まあ、あなたもここへ……」

とおたがいに不思議がるのであった。

衛門はにっこりとみんなを見廻し、

「いま、このお邸の北の方さまがここへお見えになりますわ。すべてはそれでおわかりになるわよ」

といった。

姫君は御簾《みす》の向うに坐った。人々は気配を感じて、あたらしい女主人の前にかしこまっている。

姫君がみると、少納言がいた。弁の君がいた。なつかしくもあり、おかしくもあって、衛門を呼んでささやいた。

衛門は、

「お方さまはこう、おっしゃっています。なつかしい顔が揃ったのね、昔のことが思い出されます。久しぶりですね、近くへ寄って私をごらん——と。みなさま、お許しが出ました。お方さまのお近くへどうぞ」

と告げた。

まっさきにわれを忘れて膝をすすめたのは少納言であった。女のたしなみである、扇を顔にかざすのも忘れ、膝でいざり進んで、

「そうおっしゃるお方さまはどなたでございます」

衛門の得意は絶頂である。

「お驚きなさいますなよ」

と御簾をあげた。

そこにいるのは、にこやかにほほえんでいる落窪の君である。

おとなびて、しっとりした女ざかりの美しさと、人妻の貫禄を保ち、それでいて、心も吸われるようなやさしい、いい笑顔をみせている。

その周囲には汗衫《かざみ》を着た若い美しい女房たちが十人あまりもいて、上品ではなやかな

雰囲気である。

「まあ……姫君でいらっしゃいましたか、お忘れしたことはありませんでした。どうなさったか、ご無事でいられるようにと、いつも心に念じておりました」

と少納言が喜んで涙ぐむと、

「仏のおみちびきですわ」

と、弁の君も泣き笑いする。やがて人を退けて、昔の仲間だけになると、弁の君は、姫君がいちばん聞きたがっている情報――父君・中納言の近況を話した。

少納言は、かの典薬の助が、北の方に不首尾をなじられたときの返事を伝え、これには衛門も大笑いした。

そこへ、あるじの三位の中将・道頼《みちより》が御所からひどく酔って帰ってきた。

色白の顔を赤く染めて、らいらくな態度で入ってくる青年の姿は好ましいものだった。

「内裏《うち》で管絃のお遊びがあってね。笛をつとめたものだからごほうびに頂いた。これはあなたに」

と薄い紫色の衣を姫君にかずける。

「なんのごほうびなんでしょう」

と姫君は笑うのだった。少将はふと少納言を見つけて、

「やや、珍しい人もいるものだ」

という。

むろん少納言は、中将に会うのははじめてである。けげんな顔をする少納言に、

「昔、落窪の間で、そなたは縫物の手伝いをしていたろう。私はあのとき、几帳のかげにいたんだよ」

と中将は説明する。

「まあ、ではあのころに。……私どももいましがた姫君のお幸せを知って、心から嬉しいと思っているのでございます。このご幸運も、お姫さま――いいえ、御方さまのお人柄が招かれたものでございましょう」

「そうかね。あのとき、そなたはしきりに姫君に向って交野《かたの》の少将の縁談をもちこんでいたではないか。交野の少将なら、もっと幸福にしたかもしれないがね」

中将は皮肉をいう。

「まあ、あのときのことをまだお忘れにならないのでございますか」

少納言は当惑して、みんな、どっと笑った。

「ああ、酔いすぎて苦しい。横になるか」

中将は、姫君に支えられて帳台に入るべく立ってゆく。

幸せそうな二人のうしろ姿を少納言たちは、ほうっと見とれ、

「すばらしい婿君でいらっしゃいますのね」

と昂奮していい合うのであった。

「むろんよ、お人柄は申すまでもありませんけど、何より、妻は一人しか持たない、恋

人がすなわち妻だ、とおっしゃるんですもの。殿方はそうでなくては」

と、衛門は自慢する。

ところが、衛門の自慢の鼻を折られるようなことがおきてきた。

右大臣家から、中将に縁談があったのである。

右大臣には御女《おんむすめ》がひとりいられる。帝に入内《じゅだい》させようかと思っていられたが、数多い後宮の后妃《こうひ》の一人としての人生は必ずしも幸福ではあるまい、それよりも頼もしい男に託した方がよいという判断で、中将を選ばれたのであった。長年のつきあいから、中将の性質を見て、この男なら誠実でしっかりしており、将来も有望だとみきわめられたのである。

しかるべきつてをさがして、中将の乳母に縁談をもちかけた。

「右大臣の姫君が。それはありがたい仰せですが、ただいま中将さまには、北の方がいられましてねえ……」

と乳母は残念だった。

右大臣家の使者は、それも調査ずみだった。

「こう申しちゃ何でございますが、あちらの二条邸にお住まいの方は、有力な親御さんが正式に人を立てて結婚なすった方ではないそうですわね。そのかたはそのかたとして置いておかれて、こちらは正式の結婚をして、北の方となさればいかがですか。ご身分高い殿方は、やはり、きちんとしたお家で、婿君としてねんごろに扱われてこそ、身の栄《は》えと申すものですわ」

乳母はそれもそうと思い、早速、中将にもちかけてみた。

中将はとり合わない。

「独身のうちならありがたい仰せですが、いまは妻がおりますので、とていねいに断ってしまえ」

といった。

しかし乳母はその通り伝えなかった。乳母はぜひ、中将を右大臣家の婿、と呼ばせたいのである。

「ありがたい仰せです。吉日をえらんで、お文をさしあげると申されています」

というふうに使者に伝えた。

右大臣家では大喜びで、結婚の準備をはじめた。人を傭い入れたり、家具調度を新調したりし、大さわぎである。

たちまち噂はひろまった。

「中将さまは右大臣さまの婿君になられるんですってね」

とふしぎそうに衛門にいってくる者がある。衛門にははつ耳であった。

「まさか、そんなこと、私も聞いていませんよ」

「おかしいわね。この四月に結婚なさるというじゃありませんか」

衛門はいそいで、姫君のところへいって、

「そんなこと、おっしゃっていまして？」

と聞いた。

むろん、姫君もはじめて聞く話である。

（もしかしたら、中将の母君がおうけになったのかもしれないわ……母君のお指図なら、あのかたも、諾《き》かずにいられないでしょう）

と思いながら、それでも中将が何かいってくれるまでは、と、その話は持ち出さなかった。

屈託がつい、身のまわりにも漂うのか、

「どうしたの、この頃。何か心配ごとでもあるのかね」

と、中将にいわれてしまった。

「何をひとりで考え込んでいるの？……こんなに二人で暮らすことができて、すべて思うようになった、と幸せなこの頃なのに。私は、結婚した以上は、口に出して、いちいち、愛しているなどとはいわないよ。だが、あなたに物思いさせるようなことだけはするまいと決心している。事実、その決心にそむいたことはないと自負しているのに、私の気付かない所で、あなたを傷つけたことがあるのだろうか？

おぼえてるかい。

あの三日夜《みかよ》の晩のこと。どしゃぶりの雨をついて徒歩《かち》はだしであなたのところへいった。盗人とまちがわれてさんざんな目にあったが、あなたに会いたい一心だった。あの気持ちは今も変っていないよ。——悩みごとがあるなら、私にも話してくれないか。ひとりで苦しんでいるなんて、そんな隔て心をおかないでおくれ」

「何もございませんわ」

と姫君は強いて微笑んだ。人の噂をそのまま信じてはいけないのかもしれない、と、どうしても中将にうちあけることはできなかった。

それを見て中将は、口を噤《つぐ》んだ。

衛門は、姫君とちがう。

彼女は黙っていることができないので、帯刀《たちはき》をつかまえて、

「何なのさ、あんた！　なぜ、あたしにもいってくれなかったの！　どうせ隠しおおせることじゃないのに、ひどいじゃないの、いったいどういう了簡なのよ」

と、油紙に火がついたようにまくしたてた。

「何だ、どうしたんだ……」

帯刀は本当に知らなかったのである。衛門に、中将の縁談のことを聞いて首をひねった。

「おかしいなあ……おれはいまはじめて聞いたよ」

「ほかの人が知ってて、いちばんお身近にいるあんたが知らないってどういうこと？　結婚式は四月だと、日さえきまってるじゃないの」

「それなら殿もご存じないはずないのに、おかしいぜ。そんなことがあれば、真っ先に

おれにはわかるはずだが」

「へんねえ……」

と、二人とも、狐につままれたような心地である。

中将は、夜ひと夜、姫君をなぐさめていたが、夜があけたので、簀子《すのこ》に出て見た。梅が朝日を浴びてきれいに咲いている。いい匂いが冷たい朝風にはこばれてくる。

「ご覧なさい、梅がきれいだよ。ご機嫌を直しておくれ」

と中将はいった。

「花なんて、風が吹けば散ってしまうのですもの……人の心の頼みがたいのといっしょよ」

姫君は御簾のうちから、ためいきまじりに答えている。

「おいおい、どうしたっていうのだね」

中将は恋妻のご機嫌をとりむすぶのに困ってしまった。

何をあてつけているのだろうと考えたが、さっぱり分らない。何かあるんだろうなあ、と思いながら、本邸のほうへいった。

乳母が待っていて、満面に笑みをたたえ、

「右大臣家ではこうおっしゃいますのよ。二条邸の人はそのまま、時々お通いになって、こちらは四月に式を、と急いでいられます。そのおつもりでいらして下さいまし」

中将はそれでわかった。

「私は、その話はことわったはずだよ。何だって、男がいやだというのを無理に強いるのだ。私は権門の家と縁を結んでそれで出世しようという野心はないんだ。世の男はたいていそうだがね。二条のが正妻でないと右大臣家では思っているのかもしれないが、何を根拠にそんなことをいうんだ。この話は、打ち切りにしてもらおう」

と強く乳母にいった。

乳母は引っ込まない。

「そう、いっこくにおっしゃるものではございませんよ。右大臣家がこれほどにご執心下さるものを、ようく考えてごらんなさいまし。殿方は、たくさんの女人がたから、大切にされてかしずかれるのが現代風ですわ。二条の御方は、親御さんの庇護もなく、落窪の君なんて呼ばれて貧窮してらしたそうではございませんか。あなたさまが救いあげられなかったならば、お針女で一生終るところだったとか。そんな方を北の方に据えていられては、ご出世にも障りますよ。やはり、右大臣家の姫君が北の方とあれば、肩身もひろく、お生まれになる若君のためにも……」

「もう止せ」

中将は怒りのために、声が震えてくる。

「わからないなあ、ばあやも。私は古風な男でね。現代風な流行は好かないんだよ。肩身ひろくなりたいとも思わない。右大臣だろうが左大臣だろうが、ありがたいとも思わない。また、落窪だろうが上り窪だろうが、ともかく、私は、あの人を愛している。一生に一人の妻だと思ってる。私の気持ちは、ばあやには分ってくれると思っていたがねえ。世間が出世の、良縁の、というならともかく、他人でもないばあやがそんなことをいうなんて、情けないじゃないか。二条のあれだってばあやには、とても好意を持っているのに、むごいことをいうんだね」

と、中将は立ってしまった。

帯刀は、次の間で、そのやりとりを聞いていた。

（ハハア。お袋のさしがねだったんだな）

とわかると、急に、母親に腹が立ってきた。

「おっ母さん、情けないことをいってくれるんだねえ」

と母親の前へ出ていって、

「聞いたろ？　中将さまのご立派なお言葉。権勢のある方へおべっか使って靡《なび》いていくのが普通の男なのに、中将さまは、それを、ぽん！　と蹴っても、二条の御方さま一人を守ってゆく、といわれるんだ。嬉しいじゃないか、やっぱり、われらのご主君じゃないか。それを、何だよ、おっ母さんは。右大臣家から幾らかでも貰おうというさもしい根性でもあるの？　それにさ、落窪なんていう失礼な名を持ち出したりして。おれ、聞いてて冷や汗が出たぜ」

「だけど、お前……」

と母親がうらめしそうにいうのへ、帯刀は口もひらかせず、

「二条の御方は、それはよく出来ていられて、中将さまが愛されるのも当然、というすてきな方だよ。お二人はとても仲がよくて、誰を持ってきても離すことなんか、できはしないよ。よくそんな罪なことを持ち出すねえ」

「何もそう、ぼろくそにいわなくてもいいではないか」

母親はやっと口を入れて、

「私は中将さまに、二条の御方と、ただ今すぐお別れなさい、お捨てなさいというんじゃないよ。何もお二人を割こうというんじゃないんだよ」

「しかし、ヨソの姫君を妻にせよ、というのはそういうことじゃないか」

「右大臣家の姫君と結婚なさっても、二条へもお通いになればいい、というのですよ。お前が火のようになって怒るのは、大かた、衛門の味方になって、二条のあと押しをしてるんだろう。お前は本当に、嫁さんにあたまのあがらない男なんだから」

「そうじゃない、中将さまを思うためだよ。おっ母さんがどうしてもそんな縁談を推し進めるなら、おれは中将さまにお詫びの心立てに、髪を剃って坊主になっちまうからな」

帯刀はほんとうに剃刀を持ってきた。

「ま、何をするのよ、この子は……」

母親はおどろいて、その手にすがった。

「とんでもないよ、ひとり子のお前を坊さんにさせてどうなるものか」

「それでは、この縁談は二度ともち出さないか」

「だけどねえ、惟成《これなり》や……」

「では坊主になるぜ！」

「わかったよ、わかりましたよ。中将さまにはそのお気持ちがありませんと、先方にお断り申しあげるから……」


中将は、姫君にいった。

「右大臣家の縁談のことで、悩んでいたんだね？」

「あら、そんなこと、うそです」

と姫君は微笑んでいる。

「かくさなくてもいいよ。——どうして、つまらない心配をするんだろうね。私は、たとえ、主上から内親王を賜わるとご沙汰があっても、ご辞退するよ。何度もいうが、あなたに辛い思いをさせない、と自分に誓った。女の辛い思いの最たるものは嫉妬だと、人はいう。——男の愛情を複数の女たちで分けることより、嫉妬の大きなものはないという。私はそんな苦しさを、あなたに味わわせたくない。いやいや、そういうのはみな、理屈だ。

愚にもつかぬたわごとだ。

何より、私は、あなたしか目に入らないのだ。

ところがあなたは、私以外の人のいうことも耳に入るらしいから、困ったものだ」

「それはなぜだとお思いになって？　あんまり、いまが幸福すぎて、自分でも信じられないくらいだからですわ。だから、こわくなるの――。そんなわたくしをお責めになるの？」

中将は、笑って姫君を抱きしめた。

帯刀は、意気揚々と衛門にいっていた。

「あれは根もない噂だったよ。うそだと思うなら、右大臣家へ問い合わせてみるがいいよ」

その通り、右大臣家では、断念したようであった。

中将とおちくぼの姫君は、蜜のような新婚の生活を送って、ますますその仲らいはめでたかった。春ごろから、この新しい北の方は懐妊したので、中将の扱いもますますやさしく、重々しくなる。

四月になって、母北の方が中将に、

「今年の賀茂祭には、二条邸の方もお呼びしたらどうなの。若い方だから、物見には出たいと思われるでしょう。私も、いい機会だから、こんなときにお目にかかってご挨拶しましょう」

といわれた。中将は微笑んで、

「いまはしかし、気分がわるそうですから、何といいますか。それに、普通の女のように物見遊山にあこがれ歩く、ということをしませんのでね」
といった。
「あなたが押し込めて出さないのじゃなくて？　中の君も仲良くなりたいと申していま
す。ぜひご一緒しましょうと申し上げておくれ」
母北の方は、わざわざ、手紙を、女君にことづけられた。
身重なので、女君はためらったが、こんなにやさしく誘われることではあるし、中将
もすすめるので、思い切って、出かけることにした。はじめて、中将の家族に会うわけ
である。
それにつけても、落窪にいたころ、石山詣でに一家をあげて出かけた折、一人取りの
こされた佗しさを思い出して、女君は感慨があった。
一条大路のよい場所に、左大将家は場所を占めていた。檜皮葺《ひわだぶき》の桟敷を作り、その前
に砂を敷き、庭木を植えるという、仮の見物所と思えぬ豪華な設備である。
女君は、早くから、そこへ着飾っていった。
衛門も、少納言も弁の君も、みな、極楽浄土とは、こういう所ではないかと、呆然と
する。昔、おちくぼの姫君に少しでも心をよせる者があると、継母の北の方は腹をたて
てのの しり騒いでいられたのに、今は中将の北の方としてかしずかれていられるのを見
ると、信じられないようであった。
乳母が、おそるおそる挨拶に出て来て、若い女房たちはつつき合って笑っている。中

将は、女君に、

「母はあなたに好意を持っているよ。妹たちもあなたと同じ年ごろ、むつみ合って下さい」

と、婦人たちの席へ案内した。

母北の方は、はじめて、息子の嫁を見て、こうまで美しい人とは思わなかったので、まず、それにおどろいた。

母北の方は、娘の中の君や、孫の姫宮をお連れになっていたが、女君の美しさは、それらの人々にまさるとも劣らなかった。紅の綾織りのつやつやした単《ひとえ》に、二藍《ふたあい》の織物の袿《うちき》、そのうえに薄物をまとって、恥じらいながら初対面の挨拶をする女君に、母北の方は今までに増して好意を持たれる。身重を恥ずかしそうにしているようすに、なおいとしくなられるのであった。

中将の妹の中の君は、さっそく女君にしたしく話しかけ、

「お兄さまご秘蔵のお方ですけれど、今日はこのまま、二条邸へお帰しいたしませんわ。ぜひ、二、三日でも、うちへお寄り下さいませ。積るお話もありますし。ねえ、お母さま」

と母北の方にいうのだった。この美しい中の君と、蔵人の少将との間に、縁談があるらしい噂で、かの中納言邸の三の君から、蔵人の少将は完全に心離れたようすである。

「そうね、中将がいらいらして、早く連れ帰ろうと思っていますが、あんな憎らしい人

のことは、気にかけないでおおきなさいませ」

と母北の方は笑われるのだった。

きらびやかに祭りの行列は通りすぎてゆく。それにつけても、賀茂の臨時の祭のとき、蔵人の少将のために縫物をいそがされた自分が、女君は、夢のように思い出されるのだった。あれは、そんなに遠い昔ではないのに、まるでもう、何年も昔のことのように思われる……。

あのまま邸を出奔した自分を、父・中納言はどう思っていられるであろう。死んだもの、と思いあきらめていられるのではあるまいか。どうかして、ここに、こうやって幸せに暮らしています、と告げ知らせたい、と女君は思う。しかし、中将にそれをいうと、中将はきまって不快そうに、

「それはもっとあとのことだ。まだまだすることがある。任せておきなさい」

というので、さかしい女君は、口をつぐむのであった。

そういえばこの頃、衛門は、女君よりも中将の味方になって、

「そうでございますとも。あんなにあのお邸で虐待されなすったことを、御方さまはお忘れになったのでございますか。もっとこらしめてさしあげませんと、腹が癒《い》えません。まあ、見ておいであそばせ」

と、中将とこそこそ耳打ちし、いまは左衛門尉《さえもんのじょう》に出世した帯刀と共に、いつも何かたくらんでいるようなので、女君は、

「お前はもう、中将さま付きの女房におなり」

と衛門を叱るほどだった。中将は慰めて、

「父君にいってしまうと、お気の毒で、北の方をこらしめることができなくなってしまうからね。まあしばらく、がまんしなさい」

中将は、衛門や、左衛門尉をかたらってまた何ごとか考えているらしい。

中将の一行はかねて車も多いこととて、打杭をして、車の場所を占領してあった。向いに見すぼらしげな網代《あじろ》車一輛、古びた檳榔毛《びろうげ》の車一輛が止まっている。

「あれは何だ、こちらの向いの場所へあつかましく車を止めているのは」

中将の供人たちが、そばへいってどかせようとすると、その車の供人は、

「ご主人さまが、この場所がいい、といわれて車を止めるよう命じられたのだ」

と言い張ってきかない。中将方の男たちは、

「空き地はいくらもあるじゃないか、なぜ人が杭を打っている向いへ止めるのか」

「威張った口を利くな。そういうのは、いま羽振りがいいと思って偉ぶっている中将家だろうが、いかな無法者でも一条大路をみな占領するわけにいくまい。無茶をいうな」

中将は聞いていて、

「あの気の強いボロ車は、誰だ？」

と、左衛門尉・惟成に尋ねた。惟成はさっそくに供人に聞かせて、

「源の中納言家の、北の方が姫君がたと乗っていらっしゃるそうで」

「さてこそ。向う意気のつよいことを言う。主人が主人なら、家来も家来だ」

と、主従で笑いあった。

「惟成。いいから、こらしてしまえ」

「かしこまりました」

と惟成は勇んで、雑色たちをそそのかし、力ずくで先方の車をどけてしまう。

「中将さまにかなうと思っているのか、こちらさまは院であろうが東宮であろうが道をおよけになるほどのご威勢だぞ」

と悪態をつくので、中納言家はくやしがって、下人雑色に至るまで歯がみをしている。

車の中で聞いている北の方も、

「なぜこう、あの中将は、私どもに、あだをするんだろう。ええもう、誰かいないかい、おぼえておいで、と言っておやり」

と憎んでいるのだった。おとなしい従者は、

「とんでもございません。いま、帝のお覚えめでたい中将さまに刃向う者はおりません。現職の大臣の尻は蹴るとも、中将さまの牛飼に手も触れるな、と世間ではいっているぐらいです」

と怖れていた。

「何いうとんねん、そんな無茶がおますか、杭のある所へ止めたんならいかんけど、その向い側にいるものを、どかせようとするのは中将の方が非道でおます。よろし。行っ

ていうてきてやります」

というのは、典薬の助である。北の方のご機嫌をとるのが癖になっているので、つい
そう口に出て、雑色の止めるのもかまわず、のこのこと出かけ、

「これ、そこな無法者。天下の公道で、そない無茶いうたらいけまへん」

と要らざる喧嘩を売ったのであった。

左衛門尉は、息をはずませて中将に報告する。

「殿、あれが、そうです。典薬の助です！」

「うーむ。会いたかったぞ」

惟成は雑色をけしかけ、

「あの爺さんをやっつけろ！」

とあごで指した。若者たちがたちまち走り寄って、

「無茶はいけまへんとはどうしようというのだ」

とげんこつをくらわせ、典薬の助は悲鳴をあげて倒れこむ。あわてて走ってきたのは
犬丸で、惟成は、（あいつに闇討ちにあいかけた）と思い出したから、

「そら、あの男もたたんでしまえ！」

と下知《げち》をする。勢いを駆って、血気さかんな若者たちは犬丸にもむらがり寄り、面白
そうに蹴倒し、中将は、

「もう止せ、やめろ」

と止めるふりをしているのであった。

中納言家の供人はこれを見て震え上って、声も出ない。虫の息の典薬の助と犬丸を引きずって、小路へ引きこんだ車をやっとのことで牛につないで早々に去ろうとした。と、これはいかなこと、中将の供人たちが車の床をつなぐ綱を切ってしまっていたので、大路のまん中で、車の胴はさかさまに落ちた。

婦人たちの悲鳴に、見物していた身分の賤しい者たちがさわいで集まり、

「いや、これはまた、どういうこと」

と、指さして気の毒がるのもあれば、面白がって、笑うのもあり、大路は時ならぬどよめきに包まれた。

ことに北の方は一般庶民のまん中で、車から転げ落ちてどっと笑われたので、恥辱と憤怒に目がくらみそうになった。

供の男たちは動転してしまってうろうろするばかりである。ようやく前駆の侍たちがかけつけ、車の胴をかき据え、やっとのことで姫君たちを救いあげたのだが、北の方はヒステリーを起して、

「くやしい、くやしい。なんでこんな目に遭わなければいけないんだ。ああん、おおおん……」

と大声で泣き出した。

「お母さま、静かになさってよ。今日は出かけたらいけない厄日だったのかもしれませ

んよ」

三の君たちは慰めて、今はもう、一刻も早く、邸へ帰りたいばかり、しかし綱が切れているので車は不安定だから、そろそろとしか動けない。人々の笑いをうしろに、誰も彼も、いまいましく情けなく、(死んだ方がましだ)と思うくらい恥ずかしい目を味わったのであった。

そのころ、中将の女君は、母北の方に連れられて右大臣邸に着いていた。父君の左大将は、いまは右大臣に昇進しているのであった。母北の方が、そばをお放しにならないで、お気に入りの嫁として扱われ、右大臣もまた、ていねいに迎えられる。女君は、もはや押しも押されもせぬ、若い北の方として人々の敬愛をあつめるようになっていた。

しかし女君は、祭りの大路での一件を聞いて心を痛めていた。

「もうどうか、そんなひどいことはなさらないで下さいまし……」

と女君は訴え、父の右大臣も、

「聞けば、女の乗る車を情け容赦もなく扱ったという話だが、ふだんはそんなことをしたこともないのに、なぜそういう乱暴をする」

と、中将を咎められた。

「乱暴ではございません。こちらの占めている所へ、あつかましくやって来てのかないからですよ。中に一人無礼なことをいう奴がいましてね、それで若い者がこらしめただけですよ」

「力を笠に着て、弱い者をいじめることはよろしくない。世のそしりを負うことはしてくれるなよ。上に立つ者はなおのこと、身をつつしまねばならんのに、お前としたことがどういうことだ」

「これには、わけがありましてね、いずれそのうち、わかって頂けると思います。心配あそばしますな、父上」

と中将は笑っていた。

女君が、この邸でねんごろに扱われ、尊ばれることはこの上なかった。右大臣は、長男の中将を愛し、信頼しているので、その息子が熱愛する嫁を心をこめていたわった。女君の女房たち、衛門や弁の君や少納言などにもそれぞれ、過分な贈り物をされ、結構な部屋を与えられていたので、衛門たちは夢のような気がする。

女君は四、五日滞在したが、そのあいだに、母北の方や中の君とすっかり仲よしになってしまった。母北の方は、出産のとき、若い女房ばかりでは心もとないと、あれこれ今から手配をなさる。

中将の乳母は、はじめ、中将にすばらしい姫君を迎えようという欲があったので、中将がひとりでどこからか見つけ出し、息子の惟成も一緒になって、自分にはひとことの相談もなく、またせっかく自分が肝煎《きもい》りした、右大臣家との縁談も破棄したことをたいそうむくれていたのであった。

しかし、女君をひと目見てから、

「さすが、私がお育てした若君でございますよ。すばらしい北の方をお探しになりました。この方以上の姫君は、天子さまのおん娘にもいられますまい」

と喜んだ。尤も、この乳母は、中将を愛するあまり、中将と一心同体になっていて、中将が惚れているものに自分も惚れてしまう、盲目的なところがあるのであるが。

乳母は、女君のお産には自分が采配を振い、きっと玉のような赤ちゃんを取り上げてみせます、と張り切っていた。

衛門は、そんな女君の幸福を、北の方にみせつけてやりたくてならなかった。北の方に知らせなければ、せっかくの栄華も幸福も、栄《は》えない気がする。

「衛門はなんて執念ぶかいのでしょう」

と女君は嘆息するが、衛門は中将と気持ちを一つにしているので平気だった。

年も明けて正月十三日、女君は、男の子を安産した。

早速、乳母が万事の采配をふるう。

産養《うぶやしない》などの美々しい行事は世になりひびくほど盛大であった。何日も音楽の遊びがひらかれ、宴は昼も夜もつづいた。

若君の乳母には、ちょうどその頃、少納言が子供を産んだので、それにさせることになった。

除目《じもく》に、中将は中納言に昇進した。かく、慶事つづきの一家にひきかえ、中納言家では、何一ついいこともなく、四の君は馬面男とかけおちして恥をさらし、三の君は夫が離れてゆくし、賀茂祭では世間の笑いものになり、北の方はなぜこう、うまくいかないのか、理由もなく新・中納言一家に迫害されるのは、家相がわるいのではないかと考えた。

「そういえば、大殿さま、三条にお邸を持っていられる、ということですが、あれはどうなりました？」

と夫の中納言にきいた。

中納言はますます老い呆けていまは出仕もせず、ぐちをいって引っこんでいる老人になっていた。

「三条の邸は、あれは落窪が、母親から伝えられたものだ。もともと私のものではない」

「でも、おちくぼの物は、親のあなたさまの物ですよ。それで、地券（土地家屋の権利書である）などは、お持ちですか？」

「おちくぼが持っていたはずだが……べつに用もないから、そのままにしておいた。あれがいなくなってからどうなったか分らぬ」

「ええ、まあ、抜かったことをおっしゃるのですねえ。そんなものはさっさと取り上げてお置きになればよろしいのに……。おちくぼの出たあとは、何も残ってませんでしたよ。あのさかしらな阿漕《あこぎ》がさらって逃げたんですもの」

北の方は、いまいましさに歯ぎしりした。

「でもまあ、どっちみち、おちくぼなんか今ごろ野垂れ死にしているでしょうよ。たとえ、生きていても、そんな邸に住むほどの力はありますまいよ。そこへ転宅しましょうよ」

もはや、中納言には、拒否する力もなく、すべて北の方の言いなりであった。

北の方は、まるで厄難を避けようとするかの如く、憑《つ》かれたように、三条の邸の修復に精魂をこめた。荘園から上る二年分の所得を造営につぎこみ、金を惜しまず使って、光り輝くばかりの邸に仕上げたのである。

「これで、いやなことの厄おとしはすみましたよ」

と、北の方は、中納言にいった。

「この新邸に住んでいれば、おのずと幸運も舞いこむってものですわ。娘たちも新規まき直し、新しい人生が送れることでしょうよ」

中納言は、新しい邸を見て、北の方のいうことも尤もだと、うなずいた。一家は吉日をしらべて、引っ越しの日を指折りかぞえてまった。

家財道具も新調し、美々しい邸にふさわしいようなものをととのえて、引っ越しより先に送っておいた。

いよいよ、当日が来た。

中納言家では、一家が車や馬で行列をつくって、三条邸へ出発した。

初夏のすがすがしい快晴の日である。北の方には、幸先よい門出にも思われた。

車は、昼すぎ三条邸に着いたが、行列の先頭では大騒動がもち上っていた。

美しい新邸には、すでに誰かがはいりこんでいたのだ。

「大変でございます。新・中納言さまの一行がこの邸に上りこんで、ここは自分の所領すべきゆかりのある邸だと言い張っておられます」

供の侍が、おろおろして告げてきた。

「そんな、ばかなことが。またあの新・中納言がのさばったのかえ。今度という今度は泣き寝入りするわけにいかない」

と北の方は血相を変えた。

「新・中納言がなぜ、わしらを怨むのかわからないが、これも前世の何かの因縁だろう。あきらめなければしかたない。せめて、道具だけでも返してもらうように交渉しよう」

中納言は気が弱くなっているので、そういうが、北の方は、奮い立った。

「そんなわけにいきません。これは誰が見ても向うに非があります。お寺の籠り部屋を争うのとはわけがちがいます。この邸を奪われるのは、私たちの死活問題ですよ。腕ずくでとれるものならとってみるがいい。もし、そんなことをしたら、生霊《いきりょう》になって、新・中納言にとりついてやりますよ」

北の方は、とめる中納言や娘たちの手をふり切り、侍にいいつけて、車を強行して邸内へ着けさせた。

邸に先に入っている新・中納言が、何かを命じたらしい。門を塞いでいた、新・中納言方の人垣が二つに割れ、北の方の車は、難なく、寝殿の南面、正面まで引き込まれた。

北の方が車から見ると簀子縁に立って、にこやかに出迎えたのは、一人の美しい貴公子である。

「これはようこそ。中納言家の北の方。はじめてお目にかかります。尤も、私の方は、あなたを存じ上げていますが、あなたは私をご存じございますまい。今日は私の邸へはるばる、ようこそお越し下さいました。私は新・中納言・藤原道頼。これをご縁にお見知りおき下さい」

「私の邸ですと？　ここは、源の中納言の邸、私共の血と汗の結晶ともいうべき新しい邸ですよ！」

北の方は、怒りで目がくらむように思った。

「他人の邸を横取りするなんて、いかに天下の権力家だといっても、理不尽すぎるではありませんか。その筋へ訴え出ますよ！」

「これは意外なことを承ります」

美青年は悠々として笑いさえふくみ、

「私の邸と主張なさるからには、地券をお持ちかな？　その筋は、地券なきものの訴えはお取り上げになりませんぞ。それこそ、理不尽と申すもの。――地券はこれ、この通り、私の手に」

青年がふところから、とり出してみせたのはまがうかたなき、三条邸の地券である。

北の方は、あたまが熱して何も考えることができなくなった。わずかに思いめぐらせたのは、失踪したおちくぼ姫が、生活に困って地券を誰かに売り、それが転々と人手に渡って新・中納言の手にあるのではないか、ということだった。それならそれで、早くから名乗り出ればいいものを、こちらが営々と作り上げたときに現われるとは、何という意地の悪いやり方であろう。

「よろしい、この邸を奪うのなら、生霊になって、あなた方一家にとりついてやる！」

北の方は車から身を乗り出さんばかりにしてわめき散らした。憤怒にわれを忘れて、今は外聞もかまっていられなかった。

「いやいや、何か勘違いされていられるのではありませぬか？　ここは私共の邸とはいったが、それで以て中納言の殿ご一家を追い払おう、というのではありません」

青年はさわやかに言い切った。

「せっかく心をつくしてご造営なされたこのお邸、私共から地券もろとも、さし上げたいと存じますが、いろいろこれには深いわけがあること。――ともかく、上へおあがり下さい。奥には、殿ご一行のおいでをお待ち申しあげている者がたくさんいます。ぜひ、お引き合わせしとうございます」

新・中納言は、手をとらんばかりにしていざなう。

中納言も北の方も、姫君たちも、夢に夢みる心地である。

牛車を寄せる供人に、手伝おうとかけよってくる少年、何やら見おぼえあると思えば、かの昔、帯刀について走り使いをしていた竹丸ではないか。と思うと、正面の階《きざはし》をのぼ

る中納言の家族たちを迎えて、

「どうぞ、こちらへ……」

と案内するのは、弁の君である。

（なぜ、あの邸からひまを取った者たちが、新・中納言のもとに……）

と、一行は何が何だか分らなくなってしまった。

南面の廂の間は、格子をあげて明るく、夏の風が快く几帳の裾を吹き払ってゆく。女房たちが、そこに控えていて、どうやら、几帳の奥には、あるじが坐っているらしい。

新・中納言が、大股であらわれた。

「どうぞ、おくつろぎ下さい。今は、ここの邸のあるじは殿。――私どもこそ、客でございます。客が、お目通りしたいと申しています」

そういうと、奥の几帳のかげから、

「そのせつは、お美事なものを頂戴いたしました。これをお返し申したくて」

と女の声が仄《ほの》かに聞こえて、そろそろと鏡の箱が几帳の裾から押しやられた。

一同の視線はその品物に釘付けになった。

黒い漆塗りだが、剥げちょろけの、古色蒼然たる中古品である。「お美事なもの」とは義理にもいえぬ品である。

北の方は見おぼえがある。おちくぼ姫からりっぱな蒔絵の鏡箱をとりあげた代りに、この安物の古いガラクタを与えたのであった。

「あの声は、阿漕じゃなくて？」

と、三の君たちはざわめいていた。

「いいえ、新・中納言にお仕えしている現在は、衛門と申します。みなさま、お久しゅうございます」

と衛門が姿を現わした。衣裳もすばらしく、おちついた態度になり、女ぶりも一だんと上っているが、その得意そうな様子、勝ち誇った、はしっこい表情は、昔そのままである。

北の方や三の君は、あっけにとられるばかりであった。

北の方が、ガラクタの鏡箱を見て、間のわるそうな顔をしているのへ、衛門は、

「ほんとうにお美事な品を頂いて……。朝夕、これを眺めて、北の方さまのご好意を、御方さまはありがたく身に沁みていらっしゃいましたわ」

と皮肉をいった。新・中納言は笑っているが、奥の方から、堪えかねたように、

「衛門や、……もう、お止し」

と制する人があった。

新・中納言は立っていって、その人を几帳のかげから連れ出してきた。その人は恥ずかしそうに膝をすすめたが、袖で顔を隠していた。

「私の妻です」

と新・中納言はいった。

衛門も口を添え、

「新・中納言さまの北の方として、いま大臣家でこの上なく尊く扱われていらっしゃる御方さまでございます」

中納言や北の方がひとめ見て、あっとおどろいたのはいうまでもない。北の方は頓狂な叫びをあげた。

「お前は、まあ、おちくぼではないか！」

——おちくぼの君は、微笑をたたえて、そこに坐っていたが、もう、昔のおもかげはなく、権門の夫人らしい気品とおちつきにあふれ、女ざかりのあでやかさも加わって、おとなびた、光り輝くばかりの美女に変貌していた。

「信じられない……」

北の方は目を疑った。落ち窪んだ暗い一間で、縫物に精を出していた、痩せて貧相な醜い娘が、なぜ、今を時めく権勢家の夫人におさまり返ったのか……。

「それで読めた。おちくぼのことを根に持って、新・中納言は手をかえ品をかえ、私を苛めたのだねえ！　みんなおちくぼの差し金だったのだね！」

と北の方は勢いこんでいった。

「それはお見込みちがいですよ」

新・中納言が朗らかに口を挟む。

「この人は、人から受けた仕打ちはすぐ忘れる方でしてね。もっぱら私の執念ぶかさで北の方をお悩ませ申したのです。しかし、今までのことは双方、これで、おあいこ、水に流すことに致しましょう。及ばずながら私はこれから、ご一家のお世話をできるかぎりさせて頂きましょう。妻の縁によって、新しい身内となった方々のために」

その昔のおちくぼは……いや、新・中納言夫人の女君は、心からなつかしそうにいうのであった。

「みなさまに、こうしてまたお目にかかれて、嬉しゅうございますわ。これからは、扶け合って仲良く、おつき合いして頂きとう存じます」

父の中納言はたまらず、むせび泣いた。

「おちくぼや、お前はよう生きていてくれたのだね。そうして、出世してそんなに幸せそうになって……」

北の方は、ひとりいまいましそうにふくれっつらだった。

かわいらしい色白の、ふっくら肥えた男の赤ん坊が、衛門に抱かれて出てきた。

「若君でいらっしゃいます」

「おお、おお、これがおちくぼの……」

中納言は、赤ん坊を膝へ抱きとって頬ずりした。女君は、それを妬ましそうに見ている北の方に、

「もう一人、お父さま、お母さまの孫がおいでですのよ。この子もごらんになって下さ

いまし」

彼女が促すと、几帳のかげから、にこにこと出て来たのは、同じような男の子を抱いた資親と、四の君であった。

「まあ、お前たちまで、おちくぼと心あわせていたのだねえ……」

北の方は憤然とした。

「どうか、この人たちを許してあげて下さい。結婚を祝福してやって下さい。私同様、この資親をも、あなた方の婿としてお扱い頂けませんか」

新・中納言は、中納言と北の方にあたまを下げた。

「これからは、お二人に孝養をつくさせて頂きたいと思います。それは、資親も同じ気持ちでございましょう」

「いいえ、私は許せない。あなた方とつきあうつもりは、今後もありません！」

北の方はおちくぼの君に、こんどはあべこべに憐れまれるくらいなら、いまいましく腹立たしく、死んだ方がマシだと思いこんでいる。

そこへ、衛門の気転で、はやくも、酒や肴がかずかず運ばれてきた。

「引っ越し祝いに加えて、再会の宴、とでもいいますか、さ、父上、お一つ」

新・中納言が、中納言に盃をさすと、

「いや、これはあべこべ。まず舅から婿の君に一献。あなたのような方を婿と呼べるとは、老いの身の栄えでございますな」

中納言は、意地も張りもなく、涙をこぼして喜んでいた。

そんな中納言を見るにつけても、北の方はたまらなくて、一人でさっさと裾をひるがえして立ってしまった。三の君たちを見返ると、娘たちは、この日のために用意された、女君からの贈り物――それは、美しいきらびやかな、幾組かの衣裳であった――にすっかり心奪われ、また、新・中納言や女君、それに女房たちの醸し出す上流社会らしい雰囲気にすっかり酔ってしまって、北の方についてくる者もいない。

北の方は簀子縁まで出て、ふと足をとめた。

居間からは、人々のにぎやかな歌声がきこえる。

「舞え舞え　蝸牛《かたつぶり》
　舞わぬものならば
　馬の子や牛の子に蹴させてん
　踏みわらせてん……」

あまり楽しそうなので、ひとりぼっちの北の方はじっとすくんでいた。

その袖をやさしく捉えたのは、女君と四の君である。北の方は居間へ戻りたいのであるが、負けずぎらいな烈しい自我のために、素直に戻れなくて立ち往生しているのであった。

それを、衛門と、左衛門尉・惟成の夫婦が笑いながら見ている。居間の歌声はのどかにますます高くなるようであった。

あとがき

「落窪物語」は王朝前期ごろにできた大衆小説であるが、その正確な年代も作者もわかっていない。

そうして、文化の担い手たる宮廷貴紳層からは俗書として貶《おと》しめられ、三流四流の小説の取扱いを受けてきた。おそらく、「源氏物語」や「枕草子」より先に世に出、もてはやされたと思われるのに、「源氏」にも「落窪」の名はみえず、「枕」の「物語は」のくだりにも、

「住吉。うつぼ。殿うつり。国ゆづり。埋れ木。月待つ女。梅壺の大将。道心すすむる。松が枝。こま野の物語。ものうらやみの中将。交野の少将」

などと並んでいるが、あわれにも「落窪」は無視されている。しかしながら、「枕」にあげられたあまたの物語、いかにも魅力的な題で心をそそられるが、大半は散佚《さんいつ》して

世に伝わらない。清少納言があげたうち、わずかに「住吉物語」「宇津保物語」が残っただけである。

なぜ中古文化人が支持した作品が散佚し、無視した三流小説の「落窪」が千年の命を今に伝えたのであろうか。

それは民衆に愛されたからである。

「落窪」は、一般に、継子いじめの物語といわれている。民衆の関心をそそらずにいないテーマである上に、主人公の右近の少将は、当時に珍しく、ただ一人の女性「落窪姫」しか愛さない。大臣の姫との縁談も拒んで、庇護者も財産もない姫を、生涯の妻と誓う。貧しく、迫害されていた姫は、少将に愛されて現世の栄耀栄華をきわめるようになる。これは日本のシンデレラ物語なのである。

民衆の、とくに女性の夢は、これより以上のものがあったろうか。彼女らは、少将と姫の純愛に、見果てぬ夢を託し、その栄華に、はかないあこがれをつなぐのであった。されば物語の後半は、現世の物質的欲望充足の、あらゆる条件がこまごまとしるされる。文学的価値という点では、次元が低いのである。しかも、原作では、右近の少将が姫の継母一家に加える復讐は、あまりにもあざとく、悪どい。これでもか、これでもかと度を越して苛めるのであるが、あとは一転して、継母一家を好遇する。

こういう点も、さぞ民衆に、やんやの喝采を博したことであろう。これはむしろ中世の「今昔物語」に直結する世界である。現世に執着し、本然の性のまま怒り泣き、笑い、奔放に生を謳歌する。因果応報とか勧善懲悪のさかしらな思想や拘束から解放され、民衆の生物的欲望のままに、悪業を重ねるという感じである。

それと、この作品の特徴の一つは、人物造型がハッキリしていて達者なことである。おそらく民衆にはわかりやすい類型であったであろう。ぐいぐいと大まかなタッチでわかりやすく、ユーモアがある。粗っぽいながら目鼻立ちのくっきりした人間をえがきあげている。ぜひ原文を楽しまれることをおすすめする。

「落窪」は文化人からはバカにされたが、しかし「源氏」には、所々、「落窪」からヒントを得たと思われる個所がある(尤も「落窪」からというより、それらは当時流行の大衆小説の典型みたいなものかもしれないけれど)。

たとえば「源氏」の葵祭で車争いをするくだりもそうだし、玉鬘《たまかずら》の姫が九州で大夫の監《げん》という田舎紳士に迫られるくだりは、落窪姫が典薬の助によって危い目にあうところに似通う。

その点からも、「落窪」はじつによく出来た、大衆小説の鼻祖《びそ》といってよい。

私は大衆小説としての原作の骨格をふまえ、なるべくたのしい読みものとして書いてみた。後半は、しかし、潤色というより換骨奪胎《かんこつだったい》して大団円とした。原作の主人公の無意味な悪どい迫害ぶりは、近代人の我々の感性ではちょっとついていけないので、私の好きなように書きあらためた。

たぶん、「落窪」の作者は、それを許してくれると思う。彼(或いは彼女)は、「落窪」が姿を変えよそおいを新たにして民衆の中に生きつづけてくれることを、歓迎するであろう。

それにしても「落窪」はふしぎな物語である。千年余の昔に、かくも相思相愛を謳い、一夫一婦の貞潔を貫く（それも倫理観からではなく）男女が主人公になっているとは、大いなる謎である。作者の創作意図はどこにあったか、あるいはこの作者は女性だったのかもしれない。女性の願望がこの作品を支え、民衆の支持を得てきたのかもしれない。

解　説

少女マンガの王道をいく古典小説

美内すずえ

漫画家という職業柄なのか、いや、プロになるずっと前から、私は本を読んだり、人からおもしろい話を聞かされると、とつぜん頭のなかにバーッと映像が浮かんでくることがあった。物語の世界が鮮やかな色を帯びて、登場人物がリアルに動き出す。田辺聖子さんの『おちくぼ物語』を読んだときが、まさにそんな感じだった。物語の最初のほうで描かれる阿漕《あこぎ》と帯刀《たちはき》のラブシーンの美しさときたら……、紅、蘇芳《すおう》、青の花が咲いたような衣の上に長い黒髪が広がって、その髪ごと阿漕の細いからだを抱きしめる。さぁ、このシーンを読んだ瞬間から、頭のなかは映像でいっぱいだ。あとは次から次へと勝手に絵が浮かんで、読み終えたときは一冊分の映像が出来上がっていた。

そういう作品に出会うと、私は自分の手で漫画にしてみたくなる。今は忙しすぎてそんな余裕はないが、せめてキャラクターの絵だけでも描いてみたくなる。しっかり者の阿漕なら『ガラスの仮面』に出てくる速水真澄の秘書、水城冴子のイメージで、メガネをはずし、目を大きくキラキラさせると、ぴったりはまりそうだ。姫君なら、右近の少将なら……と、頭の中でペンをとってみる。私に限らずこの作品を読んだ漫画家はみんな同じことをするだろう。

継母にいじめられていた姫君が美しい貴公子に助けられ、一途に愛されて富も栄誉も手に入れるという原作は、女性の夢やあこがれを詰め込んだ少女漫画の世界そのものだ。姫君に次々と襲いかかる危機。そこかしこにちりばめられたユーモア。もし『落窪物語』の原作者が現代に生きていたら、きっと売れっ子の漫画家になっていたと思う。

もともとドラマチックな原作をベースにしながら、田辺さんが読みやすくアレンジし、こまやかに人物を描写したこの作品がおもしろくならないはずがない。ストーリーは類型的で、あらすじは知っているのに、物置に閉じ込められた姫君を救うために少将が屋敷に乗り込む場面は、初めて読むようにハラハラ、ドキドキ。喜怒哀楽のすべてを盛り込んだ濃密な時間をあのスピード感で描けるとは、さすがは田辺さんだなぁ、とあらためて力量に驚かされる。

何が魅力的かというと、主役から脇役まですべてのキャラクターが立っていることだ。主人公の姫君は美しく、気高く、虐げられた暮らしをしていても、人を怨まず、悪口もいわず。しかも、裁縫も上手で和歌もすらすらと詠む。非の打ちどころがなさすぎて、逆に物足りないくらいだが、平安時代はあれが理想の姫君像だったのだろう。なぜそこまでと思うほど姫に献身的に仕える侍女の阿漕と、気の強い彼女にぞっこん惚れこんでいるお調子者だけど正義感の強い帯刀。少しボケかかって、奥さんの北の方のいいなりになっている実父の中納言もいい味を出している。

「どうしておちくぼのおねえちゃまを物置なんかに閉じ込めるの」と無邪気に質問して、北の方をカッカと怒らせる中納言家の末子、三郎などは、ほんの端役なのに、その愛らしさはいつまでも心に残る。私の大好きなキャラクターだ。

たぶん、人間の大好きな田辺さんが愛情を込めて書いているからだろう、敵役でさえどこか愛嬌があって憎みきれない。「くんくん、若いおなごの肌の匂いはたまらんなあ」となぜか作中でひとりだけ大阪弁をしゃべりながら、姫を手籠めにしようとする典薬《てんやく》の助《すけ》のいやらしさ。とんでもないエロ爺さんには違いないのだが、『カモカのおっちゃん』に出てきそうな中年男の下ネタを聞いているようで、私は思わず笑ってしまう。

よりにもよってなぜこのタイミングで、というときに下痢腹になり、「わやや！」と嘆きながら姫の前から逃げていくシーンも秀逸だ。それも、着物の裾から汚物を垂れ流しながら。大雨の夜、姫のもとに通う少将が雑色に見咎められて、牛の糞のうえに尻もちをついてしまうなど、緊迫した展開のなかにふと笑いを誘う下世話なシーンがうまく挟み込まれている。緩急をつける巧みな手法は漫画づくりの参考にしたいほどである。

魅力的な物語には魅力的な悪役が欠かせない。『ガラスの仮面』でも、悪役が印象に残るといわれたり、主役の北島マヤを陥れる乙部のりえに意外な人気があったりする。

最初のうちはそうでもないのに、ヒステリーが高じたように、いじめがエスカレートしていく北の方の悪役っぷりも相当なものだ。そこまで自分の感情に正直にふるまえるのがいっそ羨ましい。お針子がわりにこきつかわれて、姫はなにか仕返ししようとは思わないのか、私ならわざと下手くそに縫ってこれ以上仕事を頼まれないように工夫するのにと、イライラしたり、気をもんだり。

そんないじめの根底に本人も気づいていない姫の実の母親の高貴な出自に対するコンプレックスがあると、田辺さんは女の心の奥底を優しく読み解く。それから、姫君の若さと美しさへの嫉妬。いじめは執拗ですさまじいけれど、その気持ちもわかるから、北の方を完全に否定しきれない。もし、私が『おちくぼ物語』を漫画か舞台化したら、感情の起伏の激しい北の方は乙部のりえのようにしょっちゅう白目を剝いていることになるだろう。

少し話はそれるが、小学生から中学生にかけて、毎週日曜日は図書館通いの日と決めていた。漫画と同じくらい本を読むのが好きだった。朝早く自宅を出ると、ボルトやナットを作る工場の廃油の匂いが染みついた町並みを抜けて、今の京セラドームの近くにある大阪市の中央図書館に通っていた。あのころは今よりも読書好きな人が多くて、私の漫画家仲間のなかには学校を卒業する前に校内の図書室の本を全部読み切り、「もう読む本がない」と嘆いている人もいたくらいだ。

中央図書館は大阪市内にある図書館の中核的な施設だから、蔵書数も多く、館内は本の森だった。そこで片っ端から読んだ本のなかに、子供向けの古典シリーズとして書かれた『おちくぼ物語』があったのだが、これがさっぱりおもしろくなかった。小学生でもわかるようにあらすじをなぞっただけなので、薄幸の姫が継母にいじめられてめそめそ泣いているだけのお話、という印象しかなかった。同じ古典シリーズでも『今昔物語』のほうがかっこいいヒーロー、ヒロインは出てこないけれど、その時代を生きた人間の匂いが感じられておもしろいと感じた。

だから、大人になって初めて田辺さんの『おちくぼ物語』を読んだとき、これが同じ原作なのか、田辺さんの手にかかるとこんなに素敵な作品になるのかと驚いたのである。

不幸のどん底にいる姫君を救う右近の少将は正統派のイケメンヒーローだが、最初のうちはけっこうチャライ。美男でモテモテなのをいいことに、とうぶん定まった妻を持つ気はなく、浮気性の若女房を相手に遊びまわっている。姫君のことも「親に内緒でこっそり盗んで、可愛くなければ捨ててしまえばいい」くらいにしか考えていない。おいおい、ヒーローがこんなに軽くて大丈夫なのか、と不安になるほど軽いが、姫と出会って本物の恋を知ってから、少将の心に変化が生まれていく。

親の後ろだてがない自分を妻にしても、あなたのお役には立てないからと遠慮する姫に少将の返す言葉がカッコイイ。

「それ（見返り）を期待しなければいけないほど、私は無力な男ではない。私ののぞむものは、あなただけですよ」

こんな口説き文句をいわれて、恋に落ちない女性がいるだろうか。その言葉のとおり、姫を二条の屋敷に迎えてからは、自分の力だけでどんどん出世していく。一夫多妻制の時代に妻はこの女性だけと思い定め、権門の右大臣家からの縁談にも耳を貸さない。まぁ、なんていい男だろう！

世をはかなんで嘆いていた姫君もこれだけの男に愛されることで、「何が起きても辛抱できる勇気が出ました、昔のわたくしは死んで生まれ変わったのだから」と気持ちが強くなっていく。この作品は若いふたりの成長の物語として読むことができるだろう。

主人公ふたりの恋に比べると、阿漕と帯刀の関係はもっと現実的で生活感にあふれている。『おちくぼ物語』がユニークなのは、貴族に仕えるこのふたりの召使いが大活躍することだと思う。身近で等身大のキャラクターだから親しみもあるし、食べ物の話や日常の雑事がこと細かに出てくるのも興味深い。

たとえば、初めて姫のもとを訪ねる少将のために、デートを盛り上げようと、帯刀は母親に頼んでお菓子をたくさん用意してもらう。卵を入れた餅や米の粉を練って油で揚げた菓子、焼いた煎餅などなど、「くだもの」とひと口に呼ばれていた平安時代の菓子のことが、わかりやすく説明されている。一夜を過ごした姫と少将のために、せめてもの朝食を用意しようと台所に駆け込み、キリキリと立ち働く阿漕の姿もリアルだ。

タイトルは覚えてないが、こういうシーンを読むと、高校生のころに読んだ田辺さんのジュニア小説を思い出す。あのころは中高生向けのジュニア小説の発刊が相次ぎ、私もいろいろ読んだのだが、筋立てにドキドキはしても、登場人物に親しみを感じることは少なかった。ところが大阪に住む姉妹を主人公にした田辺さんの作品は、まったく様子が違っていた。会社から帰るなり「長いこと立ってたから疲れたわ」とかいって、姉は脚をポンと放り出し、ビール瓶でふくらはぎのマッサージを始めるのだ。ビールなんて飲んだこともない中高生向けの小説で、ビール瓶でふくらはぎをゴリゴリとはずいぶんな描写だと思うが、子供心にもこういう人っているよねと一気に共感することができた。田辺さんに興味を持ち、小説やエッセイをいろいろ読むようになったのは、このジュニア小説がきっかけだったと思う。


子供のころに読んだ『おちくぼ物語』ではむごい扱いをされていた兵部少輔《ひょうぶのしょう》と中納言家の末娘、四の君の関係が、物語を彩るもうひとつの恋として描かれているのも嬉しい。兵部少輔は馬面で社交も苦手なため、周囲から「面白の駒」とからかわれる恋には奥手の青年である。一方、四の君は在原業平のような貴公子の背に背負われて駆け落ちしてみたいと夢見る、まだ幼さの残る少女だ。

真っ暗ななかで右近の少将になりすましたまま四の君を抱くこともできたのに、「いっときの恋を盗むつもりはないから」と、灯りのもとに自分の馬面をさらけ出す。四の君はその誠実さに打たれ、「愛の深さだけが、男をはかる、私の物指《ものさし》」といって、兵部少輔を受け入れる。このシーンにはホロリとさせられた。ちょっと変人だけど、お似合いのカップル。前もって張っていた伏線を回収するように、兵部少輔が四の君を背負って屋敷から連れ出すところも気がきいている。

ふたりの関係も含めて、原作では執拗すぎる後半の復讐劇も、田辺さんの『おちくぼ物語』ではずっとソフトにアレンジされている。祭りの見物場所をめぐる右近の少将と北の方の牛車争いなどは大人げない感じもするが、『源氏物語』の六条御息所《ろくじょうのみやすどころ》にも出てくるくらいだから、平安貴族のあいだではめずらしくなかったのだろうか。それとも、紫式部は落窪物語にヒントを得て、あのシーンを書いたのだろうか。紫式部は継子いじめの物語は俗っぽいとバカにしていたようだが。

ひととおり復讐を果たしたあとは、これまでの恨みを忘れて中納言家を守り立ててゆくと約束する。あのチャラかった少将がここまで度量の広い大人の男になったのかと、感慨もひとしおだ。恋を知り、相手の境遇を思いやり、心を寄せることでひとは変わっていくと、田辺さんは優しく語りかけてくる。

どんなふうに古典と出会うかはとても大事だと思う。古典を原作のまま読もうとすると、むずかしい言葉やよく知らない当時の暮らしにつっかかえて、頭のなかに映像が浮かんでこない。三日夜の餅、なんだそれ、色や形はどうなってるんだと気にかかり、ちっとも先へ進まないのである。

それが田辺さんの『おちくぼ物語』だと、新婚三日目の夜に食べる紅白の小さな餅と、文中に溶け込むように説明されている。古典の素養が身についているから、家具や調度品、衣類まで具体的に描写できるのだと思う。見たこともない千年前の貴族の暮らしがありありと目に浮かぶ。現在活躍されている女流作家のなかで、田辺さんほど古典の造詣の深いかたはほかにいないのではないだろうか。

だから、古典との出会い方はとても大事。私は自信を持ってこういいたい。現代人がこれから古典を読むなら、田辺さんの『おちくぼ物語』から入ってほしい、と。


（漫画家）

本書は一九七九年に刊行された文春文庫「舞え舞え蝸牛　新・落窪物語」を改題した新装版です。

DTP　ジェイ エスキューブ

文春文庫

おちくぼ物語《ものがたり》

定価はカバーに
表示してあります

2015年 4 月10日　第 1 刷
2023年 4 月20日　第 6 刷

著　者　田辺聖子《たなべせいこ》

発行者　大沼貴之
発行所　株式会社 文藝春秋

東京都千代田区紀尾井町 3-23　〒102-8008
TEL 03・3265・1211㈹
文藝春秋ホームページ　http://www.bunshun.co.jp

落丁、乱丁本は、お手数ですが小社製作部宛お送り下さい。送料小社負担でお取替致します。

印刷製本・凸版印刷
Printed in Japan
ISBN978-4-16-790350-3

文春文庫　田辺聖子の本

（　）内は解説者。品切の節はご容赦下さい。

田辺聖子
女は太もも
エッセイベストセレクション1

オンナの性欲、夜這いのルールから名器・名刀の考察まで。切実な男女のエロの問題が、お聖さんの深い言葉でこれでもかと綴られる。爆笑、のちしみじみの名エッセイ集。（酒井順子）
た-3-47

田辺聖子
おちくぼ物語

継母にいじめられて育ったおちくぼ姫。ある日都で評判の貴公子・右近少将が姫の噂を聞きつけて……。美しく心優しい姫君と純愛を貫こうとする少将とのシンデレラストーリー。（美内すずえ）
た-3-50

田辺聖子
とりかえばや物語

権大納言家の若君と姫君には秘密があった！　実はこの異母兄妹、若君は女の子、姫君は男の子。立場を取り替えて宮中デビューした二人の、痛快平安ラブコメディ。（里中満智子）
た-3-51

田辺聖子
老いてこそ上機嫌

「80だろうが、90だろうが屁とも思っておらぬ」と豪語するお聖さんももうすぐ90歳。200を超える作品の中から厳選した、短くて面白くて心の奥に響く言葉ばかりを集めました。

た-3-54

田辺聖子
おいしいものと恋のはなし

別れた恋人と食べるアツアツの葱やき、女友達の恋の悩みを聞きながら食べる焼肉……男女の仲に欠かせない「おいしい料理」と「恋」は表裏一体。せつなくてちょっとビターな9つの恋物語。

た-3-56

田辺聖子
王朝懶夢譚

「イケメンの貴公子と恋をしたい」と願う月冴姫の前に妖怪たちが現れた！　天狗や狐、河童、半魚人……彼らの助けを借りながら、運命の恋に突き進むヒロインの平安ファンタジー。（木原敏江）
た-3-57

田辺聖子
上機嫌な言葉366日

人生を愉しむ達人・お聖さんのチャーミングな言葉366。白黒つけない曖昧な部分にこそ宿るオトナの智恵が、硬い頭と心を解きほぐしてくれる。人生で一番すてきなものは、上機嫌！

た-3-58

（　）内は解説者。品切の節はご容赦下さい。

安部龍太郎
等伯（上下）
武士に生まれながら、天下一の絵師をめざして京に上り、戦国の世でたび重なる悲劇に見舞われつつも、己の道を信じた長谷川等伯の一代記を描く傑作長編。直木賞受賞。（島内景二）
あ-32-4

安部龍太郎
宗麟の海
信長より早く海外貿易を行い、硝石、鉛を輸入、鉄砲をいち早く整備。宣教師たちの助力で知力と軍事力を駆使して瞬く間に九州を制覇した大友宗麟の姿を描く歴史叙事詩。（鹿毛敏夫）
あ-32-8

安能　務
始皇帝　中華帝国の開祖
始皇帝は〝暴君〟ではなく〝名君〟だった⁉　世界で初めて政治力学を意識し中華帝国を創り上げた男。その人物像に迫りつつ、現代にも通じる政治学を解きあかす一冊。（冨谷　至）
あ-33-4

浅田次郎
壬生義士伝《みぶぎしでん》（上下）
「死にたぐねえから、人を斬るのす」――生活苦から南部藩を脱藩し、壬生《みぶ》浪と呼ばれた新選組で人の道を見失わず生きた吉村貫一郎の運命。第十三回柴田錬三郎賞受賞。（久世光彦）
あ-39-2

浅田次郎
一刀斎夢録（上下）
怒濤の幕末を生き延び、明治の世では警視庁の一員として西南戦争を戦った新選組三番隊長・斎藤一の眼を通して描き出される感動ドラマ。新選組三部作ついに完結！（山本兼一）
あ-39-12

浅田次郎
黒書院の六兵衛（上下）
江戸城明渡しが迫る中、てこでも動かぬ謎の武士ひとり。勝海舟や西郷隆盛も現れて、城中は右往左往。六兵衛とは一体何者か？　笑って泣いて感動の結末へ。奇想天外の傑作。（青山文平）
あ-39-16

あさのあつこ
燦《さん》**1**　風の刃《やいば》
疾風のように現れ、藩主を襲った異能の刺客・燦。彼と剣を交えた家老の嫡男・伊月。別世界で生きていた二人には隠された宿命があった。少年の葛藤と成長を描く文庫オリジナルシリーズ。
あ-43-5

（　）内は解説者。品切の節はご容赦下さい。

あさのあつこ
火群《ほむら》のごとく
兄を殺された林弥は剣の稽古の日々を送るが、家老の息子・透馬と出会い、政争と陰謀に巻き込まれる。小舞藩を舞台に少年の友情と成長を描く、著者の新たな代表作。（北上次郎）
あ-43-12

青山文平
白樫の樹の下で
田沼意次の時代から清廉な松平定信の息苦しい時代への過渡期。いまだ人を斬ったことのない貧乏御家人が名刀を手にしたとき、何かが起きる。第18回松本清張賞受賞作。（島内景二）
あ-64-1

青山文平
つまをめとらば
去った女、逝った妻……瞼に浮かぶ、獰猛なまでに美しい女たちの面影は男を惑わせる。江戸の町に乱れ咲く、男と女の性と業。女という圧倒的リアル！　直木賞受賞作。（瀧井朝世）
あ-64-3

朝井まかて
銀の猫
嫁ぎ先を離縁され「介抱人」として稼ぐお咲。年寄りたちに人生を教わる一方で、妾奉公を繰り返し身勝手に生きてきた、自分の母親を許せない。江戸の介護を描く傑作長編。（秋山香乃）
あ-81-1

朝松　健
血と炎の京《みやこ》
私本・応仁の乱
応仁の乱は地獄の戦さだった。花の都は縦横に走る塹壕で切り刻まれ、唐土の殺戮兵器が唸る。戦場を走る復讐鬼・道賢と、救いを希う日野富子を描く書下ろし歴史伝奇。田中芳樹氏推薦。
あ-85-1

井上ひさし
手鎖心中
材木問屋の若旦那、栄次郎は、絵草紙の人気作者になりたいと願うあまり馬鹿馬鹿しい騒ぎを起こし……歌舞伎化もされた直木賞受賞作。表題作ほか「江戸の夕立ち」を収録。（中村勘三郎）
い-3-28

井上ひさし
東慶寺花だより
離縁を望み決死の覚悟で鎌倉の「駆け込み寺」へ――女たちの事情、強さと家族の絆を軽やかに描いて胸に迫る涙と笑いの時代連作集。著者が十年をかけて紡いだ遺作。（長部日出雄）
い-3-32

（　）内は解説者。品切の節はご容赦下さい。

池波正太郎
火の国の城（上下）
関ヶ原の戦いに死んだと思われていた忍者、丹波大介は雌伏五年、傷ついた青春の血を再びたぎらせる。家康の魔手から加藤清正を守る大介と女忍び於蝶の大活躍。（佐藤隆介）
い-4-78

池波正太郎
秘密
家老の子息を斬殺し、討手から身を隠して生きる片桐宗春。だが人の情けに触れ、医師として暮すうち、その心はある境地に達する——。最晩年の著者が描く時代物長篇。（里中哲彦）
い-4-95

池波正太郎
その男（全三冊）
杉虎之助は大川に身投げをしたところを謎の剣士に助けられる。こうして〝その男〟の波瀾の人生が幕を開けた——。幕末から明治へ、維新史の断面を見事に剔る長編。（奥山景布子）
い-4-131

稲葉　稔
武士の流儀（一）
元は風烈廻りの与力の清兵衛は、倅に家督を譲っての若隠居生活。平穏が一番の毎日だが、若い侍が斬りつけられる現場に居合わせたことで、遺された友の手助けをすることになり……。
い-91-12

伊東　潤
王になろうとした男
信長の大いなる夢にインスパイアされた家臣たち。毛利新助、原田直政、荒木村重、津田信澄、黒人の彌介。いつ寝首をかくか、かかれるかの時代の峻烈な生と死を描く短編集。（高橋英樹）
い-100-1

伊東　潤
天下人の茶
政治とともに世に出、政治によって抹殺された千利休。その高弟たちによって語られる秀吉との相克。弟子たちの生涯から利休の求めた理想の茶の湯とその死の真相に迫る。（橋本麻里）
い-100-2

宇江佐真理
幻の声
髪結い伊三次捕物余話
町方同心の下で働く伊三次は、事件を追って今日も東奔西走。江戸庶民のきめ細かな人間関係を描き、現代を感じさせる珠玉の五話。選考委員絶賛のオール讀物新人賞受賞作。（常盤新平）
う-11-1

（　）内は解説者。品切の節はご容赦下さい。

宇江佐真理
余寒の雪
女剣士として身を立てることを夢見る知佐は、江戸で何かを見つけることができるのか。武士から町人まで人情を細やかに描く七篇。中山義秀文学賞受賞の傑作時代小説集。（中村彰彦）
う-11-4

植松三十里
繭と絆
富岡製糸場ものがたり
日本で最初の近代工場の誕生には、幕軍・彰義隊の上野での負け戦が関わっていた。日本を支えた富岡には隠された幕軍側の哀しい事情があった。世界遺産・富岡製糸場の誕生秘話。（田牧大和）
う-26-2

上田秀人
奏者番陰記録
遠謀
奏者番に取り立てられた水野備後守はさらなる出世を目指し、松平伊豆守に服従する。そんな折、由井正雪の乱が起こり、備後守はその裏にある驚くべき陰謀に巻き込まれていく。
う-34-1

冲方　丁
剣樹抄
父を殺され天涯孤独の了助は、若き水戸光國と出会う。異能の子どもたちを集めた幕府の隠密組織に加わり、江戸に火を放つ闇の組織を追う！　傑作時代エンターテインメント。（佐野元彦）
う-36-2

海老沢泰久
無用庵隠居修行
出世に汲々とする武士たちに嫌気が差した直参旗本・日向半兵衛は「無用庵」で隠居暮らしを始めるが、彼の腕を見込んで、難事件が次々と持ち込まれる。涙と笑いありの痛快時代小説。
え-4-15

逢坂　剛・中　一弥　画
平蔵の首
深編笠を深くかぶり決して正体を見せぬ平蔵。その豪腕におののきながらも不逞に暗躍する盗賊たち。まったく新しくハードボイルドに蘇った長谷川平蔵もの六編。（対談・佐々木　譲）
お-13-16

逢坂　剛・中　一弥　画
平蔵狩り
父だという「本所のへいぞう」を探すために、京から下ってきた女絵師。この女は平蔵の娘なのか。ハードボイルドの調べで描く、新たなる鬼平の貌。吉川英治文学賞受賞。（対談・諸田玲子）
お-13-17

乙川優三郎
生きる
亡き藩主への忠誠を示す「追腹」を禁じられ、白眼視されながら生き続ける初老の武士。懊悩の果てに得る人間の強さを格調高く描いた感動の直木賞受賞作など、全三篇を収録。（縄田一男）
お-27-2

奥山景布子
葵の残葉
尾張徳川の分家筋・高須に生まれた四兄弟はやがて尾張、一橋、会津、桑名を継いで維新と佐幕で対立する。歴史と家族の情が絡み合うもうひとつの幕末維新の物語。（内藤麻里子）
お-63-2

奥山景布子
音四郎稽古屋手控　音わざ吹き寄せ
元吉原に住む役者上がりの音四郎と妹お久。町衆に長唄を教えているが、怪我がもとで舞台を去った兄の事情を妹はまだ知らない。その上兄には人に明かせない秘密が……。（吉崎典子）
お-63-3

大島真寿美
渦　妹背山婦女庭訓　魂結び
浄瑠璃作者・近松半二の生涯に、虚と実が混ざりあい物語が生まれる様を、圧倒的熱量と義太夫の如き心地よい大阪弁で描く。史上初の直木賞＆高校生直木賞W受賞作！（豊竹呂太夫）
お-73-2

海音寺潮五郎
加藤清正（上下）
文治派石田三成、小西行長との宿命的な確執、大恩ある豊家危急存亡の苦悩——英雄豪傑の象徴のように伝えられるこの武将の鎧の内にあった人間の素顔を剔抉する傑作歴史長篇。

か-2-19

海音寺潮五郎
天と地と（全三冊）
戦国史上最も戦巧者であり、いまなお語り継がれる武将・上杉謙信。遠国の越後でなければ天下を取ったといわれた男の半生と、宿敵・武田信玄との数度に亘る川中島の合戦を活写する。

か-2-43

加藤　廣
信長の棺（上下）
消えた信長の遺骸、秀吉の中国大返し、桶狭間山の秘策——。丹波を訪れた太田牛一は、阿弥陀寺、本能寺、丹波を結ぶ〝闇の真相〟を知る。傑作長篇歴史ミステリー。（縄田一男）
か-39-1

（　）内は解説者。品切の節はご容赦下さい。

加藤　廣
秀吉の枷（全三冊）
「覇王（信長）を討つべし！」　竹中半兵衛が秀吉に授けた天下取りの秘策。異能集団〈山の民〉を伴い天下統一を成し遂げ、そして病に倒れるまでを描く加藤版「太閤記」。（雨宮由希夫）
か-39-3

加藤　廣
明智左馬助の恋（上下）
秀吉との出世争い、信長の横暴に耐える主君光秀を支える忠臣左馬助の胸にはある一途な決意があった。大ベストセラーとなった『信長の棺』『秀吉の枷』に続く本能寺三部作完結篇。

か-39-6

風野真知雄
耳袋秘帖
眠れない凶四郎（一）
妻が池の端の出合い茶屋で何者かに惨殺された。その現場に立ち会って以来南町奉行所の同心、土久呂凶四郎は不眠症に。見かねた奉行の根岸は彼を夜専門の定町回りに任命。江戸の闇を探る！

か-46-38

風野真知雄
耳袋秘帖
南町奉行と大凶寺
深川にある題経寺は正月におみくじを引いたら大凶ばかり、檀家は落ち目になり、墓をつくれば死人が化けて出る。近所の商人から相談された根岸も、さほどの事とは思わなかったのだが。

か-46-43

門井慶喜
ゆけ、おりょう
「世話のやける弟」のような男・坂本龍馬と結婚したおりょうは、酒を浴びるほど飲み、勝海舟と舌戦し、夫と共に軍艦に乗り長崎へ馬関へ！　自立した魂が輝く傑作長編。（小日向えり）
か-48-7

梶　よう子
一朝の夢
朝顔栽培だけが生きがいで、荒っぽいことには無縁の同心・中根興三郎は、ある武家と知り合ったことから思いもよらぬ形で幕末の政情に巻き込まれる。松本清張賞受賞。（細谷正充）
か-54-1

梶　よう子
赤い風
原野を二年で畑地にせよ——。川越藩主柳沢吉保は前代未聞の命を下す。だが武士と百姓は反目し合い計画は進まない。身分を超え、未曾有の大事業を成し遂げられるのか。（福留真紀）
か-54-4